Edgar Hilsenrath
Die Abenteuer des Ruben Jablonski

Edgar Hilsenrath

# DIE ABENTEUER
# DES RUBEN JABLONSKI

Ein autobiographischer Roman

Piper
München Zürich

Ich hatte Hemmungen, diesen autobiographischen Roman zu schreiben, und nur der Überzeugungskunst meines Lektors Uwe Heldt und seinem sanften Zureden habe ich es zu verdanken, daß das Buch schließlich geschrieben wurde.

ISBN 3-492-03927-8
© R. Piper GmbH & Co. KG, München 1997
Gesetzt aus der Garamond
Gesamtherstellung: Clausen & Bosse, Leck
Printed in Germany

*20. März 1944. Die Russen sind da!*
*Mit dem Einmarsch der russischen Armee kam die Befreiung. Sie kam auf Leiterwagen, die von kleinen Panjepferden gezogen wurden. Die eigentliche Armee hatte einen Umweg um die Stadt gemacht, und was wir sahen, das war Nachschub.*

*Der erste Russe, den ich sah, war ein schlitzäugiger Kirgise. Er war leicht besoffen und drosch wie verrückt auf das kleine Panjepferd ein, schwang mit der einen Hand seine Maschinenpistole, blickte auf die Zuschauer am Straßenrand und schrie: »Berlin! Berlin!« Offenbar ging es nach Berlin. Dann kamen mehr und mehr Russen. Die Menschen am Straßenrand klatschten Beifall. Niemand hatte Blumen, die wir ihnen gern geschenkt hätten, um unserer Freude Ausdruck zu verleihen.*

*Wir waren drei Jahre lang im Ghetto eingesperrt gewesen, und jetzt waren wir frei.*

»Jablonski«, sagte ich zu mir. »Jetzt mußt du sehen, wie die Freiheit aussieht.« Die Stadt war zweigeteilt, ein ukrainischer, das heißt christlicher, und ein jüdischer Teil.

»Jetzt gehst du mal in den christlichen Teil, mal sehen, wie es dort aussieht.«

Ich lief durch die Straßen des ehemaligen Ghettos, bis zur Kreuzung und dem Stacheldrahtverhau. Juden vor mir hatten den Stacheldraht schon aufgeschnitten, und ich konnte einfach durchgehen.

Die Stadt Moghilev-Podolsk war eine ukrainische Ruinenstadt am Rand des Dnjestrs, vom Kriege völlig zerschossen und zerstört. Die zwei Hauptstraßen, die Poltawska und die Puschkinskaja, liefen durch den jüdischen und den christlichen Teil, immer am Ufer des Dnjestr entlang. Ich folgte der Puschkinskaja bis weit in den christlichen Teil hinein. Hier war das Regierungsviertel mit dem Gefängnis, dem Polizeirevier, den Militärkasernen, dem Bahnhof und dem großen russischen Kino. Die Ukrainer blickten uns Juden verblüfft an, aber sagten nichts. War es doch noch vorgestern bei Todesstrafe untersagt, daß Juden diesen Teil der Stadt betraten. Sie konnten es anscheinend nicht fassen, daß wir jetzt gleiche Rechte hatten. Ich traf ein jüdisches Mädchen, das ich kannte.

»Ruben Jablonski!«
»Ja, ich bin's«, sagte ich.
»Wie hast du den Einmarsch überstanden?«
»Gut«, sagte ich.
»Wir haben gestern geplündert.«
»Wir auch«, sagte ich. »Die Deutschen und die Rumänen waren abgezogen, und die Russen noch nicht da. Die

Stadt war herrenlos. Wir haben das Beste aus der Situation gemacht, was wir machen konnten.«

»Ja«, sagte das Mädchen. Sie hieß Miriam und war aus meiner Stadt, aus Sereth.

»Wir haben die Magazine am kleinen Bahnhof geplündert.«

»Ja. Wir auch«, sagte ich. Der kleine Bahnhof war eine Nebenstation, die im Ghetto lag.

»Zucker vor allem«, sagte Miriam, »aber auch Mehl und die Liebespakete für die Front, davon waren große Mengen da.«

»Die Liebespakete«, sagte ich. »Ja, für die Frontsoldaten. Die brauchen sie nicht mehr...«

»Nicht mehr«, sagte Miriam.

»Schokolade«, sagte ich, »war drin und Lebkuchen. Ich habe seit Jahren keine Schokolade gegessen. Das war der erste Geschmack der Freiheit.«

Miriam hängte sich bei mir ein. Wir gingen wie zwei Träumende durch die christlichen Straßen.

»Die Märzsonne wärmt schon richtig«, sagte Miriam. »Das Leben ist schön.«

»Es wird noch schöner werden«, sagte ich. »Wart mal, bis wir wieder zu Hause sind.«

»Zu Hause in Sereth«, sagte sie.

»Ja, in Sereth«, sagte ich.

Miriam ging wieder zurück ins Ghetto, während ich noch eine Weile allein herumschlendern wollte. Ich ging zum Ufer des Dnjestr, ganz in der Nähe. Dort setzte ich mich auf einen Stein. Ich wußte, wie gefährlich das war, denn die Deutschen waren noch am anderen Ufer, und ich *mußte aufpassen, nicht in letzter Minute von einem Scharfschützen erwischt zu werden. Aber irgendwie war mir das jetzt egal. Ich starrte auf den reißenden Fluß. Eisschollen trieben dahin. Ungefähr zwei Kilometer von hier hatten die Russen schon mit dem Bau einer Pontonbrücke begonnen, und ab und zu vernahm man dumpfe Axtschläge. Vorgestern war die Eisenbahnbrücke in die Luft gesprengt worden, und die Russen wollten schnell die Pontonbrücke fertigstellen, um den Deutschen nachzusetzen. Ich fing zu träumen an und dachte an meine Kindheit in Deutschland. Berlin! hatte der kleine schlitzäugige Kirgise auf dem Panjewagen gebrüllt und dabei seine Maschinenpistole geschwungen. Berlin! Berlin!*

# I

Berlin! Magisches Wort? Zauberformel? Wann hörte ich es zum ersten Mal?

Es war im Kindergarten. Ich war fünf und saß neben meiner gleichaltrigen Freundin Gertrud, in die ich sehr verliebt war. Gertrud hatte wasserblaue Augen, blonde Zöpfe, dünne Arme und Beine. Sie war als Schmetterling zur Welt gekommen und hatte sich nur deshalb in ein kleines Mädchen verwandelt, um von mir Buntstifte zu borgen oder graubraune Knete, vielleicht auch, um meine Hände und Arme zu beschmieren, manchmal auch mein Gesicht und natürlich... um mir den Kopf zu verdrehen.

»Ich fahre Weihnachten zu meiner Oma«, sagte Gertrud.

»Nimmst du mich mit?«

»Ja.«

»Wo wohnt deine Oma?«

»In Berlin.«

»Wo ist das?«
»Dort, wo meine Oma wohnt.«

Aufgeregt lief ich nach Hause. »Ich fahre Weihnachten mit Gertrud nach Berlin«, sagte ich zu meinem Vater.
»So«, sagte mein Vater. »Und wer ist Gertrud?«
»Na, die Gertrud«, sagte ich.
Meine Mutter, die gerade ins Wohnzimmer kam, sagte: »Gertrud ist seine kleine Freundin aus dem Kindergarten.«
»Ihre Oma wohnt in Berlin«, sagte ich.
»Weißt du, wo Berlin liegt?« fragte mein Vater.
»Ja«, sagte ich. »Dort, wo Gertruds Oma wohnt.«

Mein Vater erklärte mir, warum Gertrud zu ihrer Oma fährt und wie das mit dem Weihnachtsfest sei, das die Christen feiern. Es sei nämlich ein Familienfest. Da wird ein Weihnachtsbaum im Zimmer aufgestellt – der heiße auch Christbaum – mit vielen Kerzen und kleinen Engeln und Pfefferkuchenherzen und allerlei anderem Baumbehang. Die Wohnungen werden doppelt geheizt, weil's draußen schneit und weil sich zu Weihnachten keiner erkälten darf, wegen der Stimmbänder. Denn zu Weihnachten werden schöne Lieder gesungen wie zum Beispiel: »Stille Nacht« und so weiter, und niemand darf heiser sein. Außerdem gibt's viele Geschenke. Die liegen unter dem Weihnachtsbaum, und man braucht sie nur auszupacken.
»Wer legt die Geschenke unter den Weihnachtsbaum?«
»Der Weihnachtsmann.«
»Kommt der zu Gertruds Oma?«
»Natürlich.«

»Kommt der auch zu uns?«
»Nein.«
»Warum?«
»Weil wir Juden sind«, sagte mein Vater. »Und weil der Weihnachtsmann nur zu den Christen kommt.«

Meine große Berlinreise fiel natürlich ins Wasser. Gertrud brach ihr Versprechen und nahm mich nicht mit. Damals wurde mir klar, daß die großen Entscheidungen nicht im Kindergarten gefällt werden. Trotzdem liebte ich Gertrud nach wie vor, obwohl ich das nicht zugeben wollte.
»Willst du Gertrud heiraten?« fragte mein Vater.
»Nein.«
»Warum?«
»Weil ich meine Mama heiraten will, wenn ich mal groß bin.«
»Liebst du deine Mama?«
»Ja.«
»Und Gertrud?«
»Die nicht.«
»Liebt sie dich?«
»Auch nicht. Sie will mich nur ärgern. Sie bemalt mich mit Buntstift. Sogar mein Gesicht.«
Mein Vater lachte. »Ich hab's ja gewußt.«
»Was denn?«
»Was sich neckt, das liebt sich.«
»Das stimmt aber nicht.«

Kurz nach Weihnachten beschlossen Gertrud und ich, auf eigene Faust von Halle an der Saale nach Berlin zu reisen. Die Sache war ganz einfach. Wir würden meinen Trittroller nehmen, vom Kindergarten um die Ecke fahren, die Bernburger Straße entlang bis zum Reileck, dann in die Ludwig-Wucherer-Straße einbiegen, die direkt zum Hauptbahnhof führte. Alle großen Städte lagen direkt hinter dem Hauptbahnhof. Wir brauchten also nur die Gleise entlangzufahren und würden bestimmt in kürzester Zeit nach Berlin kommen. Leider wurde nichts aus dieser Sache, da Gertrud kurze Zeit nach diesem großen Plan mit ihren Eltern in eine andere Gegend zog und ich im Frühjahr in die Schule kam. Gertrud habe ich nie wiedergesehen.

Berlin! Das magische Wort. Im Jahre 1933 tauchte es plötzlich wieder auf. Ich war sieben und konnte schon lesen und schreiben. Wir saßen beim Mittagessen im Wohnzimmer, und mein Vater las die Zeitung, obwohl meine Mutter das nicht gern hatte, beim Essen.
»In Berlin brennt der Reichstag«, sagte mein Vater und ließ die Zeitung auf seinen Schoß sinken.
»Der Reichstag!« rief meine Mutter aus.
»Ist der Reichstag in Berlin?« fragte ich neugierig.
»Sei ruhig«, sagte mein Vater. Er war nervös, und so hatte ich ihn noch nie gesehen.
»Brennt ganz Berlin?« fragte ich.
»Sei ruhig«, sagte mein Vater.
Unser Dienstmädchen kam ins Zimmer und servierte Dr. Oetkers Götterspeise. »Die Kommunisten haben den Reichstag angezündet«, sagte unser Dienstmädchen. »Ich hab's gerade im Radio gehört.«
Mein Vater nickte. Als sie wieder gegangen war, sagte mein Vater leise: »Es waren nicht die Kommunisten. Es waren die Nazis.«

Ich wußte, daß die Nazis braune Uniformen trugen, Hakenkreuzbinden und forsche Stiefel. Einmal sah ich eine Gruppe von ihnen auf einem Lastauto durch die Straßen von Halle an der Saale fahren. Sie schwenkten Fahnen und brüllten im Chor: »Deutschland erwache! Juda verrecke!« Ich wollte einen von ihnen fragen, ob er den Reichstag angezündet hätte, aber ich traute mich nicht. Die einzige, die das genau wußte, war Gertruds Oma. Schade, daß ich Gertrud aus den Augen verloren hatte. Gertrud hatte mir einmal erzählt, daß ihre Oma in Berlin den ganzen Tag nichts anderes täte, als am Fenster zu lehnen und auf die Straße zu gucken. Oft sogar nachts, weil sie nicht schlafen konnte. Sicher hatte sie gesehen, wer den Reichstag angezündet hatte. Ob es die Kommunisten gewesen waren oder die Nazis.

»Unser Führer Adolf Hitler wohnt jetzt in Berlin«, sagte mein Lehrer in der Schule. »Berlin ist die Reichshauptstadt. Das müßt ihr euch merken. Unser geliebter Führer, dem unser ganzes Vertrauen gehört – Gott schenke ihm Gesundheit und ein langes Leben – hat große Pläne für seine Stadt. Nämlich Baupläne. Bald wird Berlin die Hauptstadt der Welt. Aber zuerst muß der Führer die Herrschaft der Juden brechen. Die verjuden nämlich alles. Sogar die Reichshauptstadt.«

Ist Gertruds Oma eine Jüdin? Und wieso hat sie dann einen Weihnachtsbaum?

Adolf Hitler. Die Juden. Die Kommunisten. Die Nazis. Der Reichstagsbrand. Gertruds Oma. Berlin. Die Reichshauptstadt. Wörter. Begriffe. Vorstellungen. Irgendwann werde ich meinen Trittroller verschenken, denn mein Vater hatte mir ein Knabenfahrrad versprochen. Und dann – wenn ich mal auf dem Fahrrad sicher bin – dann fahre ich bestimmt nach Berlin. Die Reichshauptstadt liegt ja gleich hinter dem Hauptbahnhof von Halle an der Saale.

Nachdem ich mein Fahrrad bekommen hatte, fuhr ich täglich zum Hauptbahnhof, manchmal sogar ein Stückchen weiter. Einmal wagte ich mich auf die Landstraße und fuhr bis nach Schkeuditz, wo meine Tante wohnte. Sie gab mir jüdische Leckerbissen nach dem Rezept meiner Oma. Als ich ihr sagte, daß ich mit dem Fahrrad bis Berlin wollte, lachte sie mich aus. Sie sagte: vielleicht, wenn ich größer sei.

Die Nazis hatten meinen Vater ruiniert, denn arische Kunden hatten Angst, in seinem Möbelladen zu kaufen. Der Laden sollte außerdem arisiert werden. Das alles erfuhr ich aus Gesprächen, die immer dann geführt wurden, wenn meine Eltern glaubten, daß wir Kinder nicht zuhörten. Ich hatte einen jüngeren Bruder, der noch sehr kindisch war. Was die Wörter »arisiert« und »ruiniert« bedeuteten, erklärte ich ihm später.
»Papas Geschäft wird arisiert.«
»Was ist das?«
»Das weiß ich nicht.«
»Und was bedeutet ruiniert?«
»Das weiß ich auch nicht genau. Ich glaube, es bedeutet, daß die Nazis den Juden alles wegnehmen. Auch unserem Papa. Und dann ist er ruiniert.«
»Ist unser Papa ein Jude?«

»Klar.«
»Bin ich auch einer?«
»Du auch.«
»Werden mir die Nazis meinen Teddybär wegnehmen?«
»Den nehmen sie bestimmt.«
»Er hat aber nur ein Ohr.«
»Das macht nichts.«

Im Jahre 1938 beschloß mein Vater, Frau und Kinder ins Ausland zu schicken. Ich erfuhr: aus Sicherheitsgründen. Wir sollten zu unseren Großeltern nach Rumänien fahren, und zwar in die Bukowina. Ich erfuhr noch andere Einzelheiten: Mein Vater würde in Deutschland zurückbleiben, um unsere Wohnung aufzulösen und das Geschäft – alles müßte seine Ordnung haben –, bis dann auch er auswandern könne. Allerdings nicht nach Rumänien, sondern nach Paris. Dort warteten nämlich, so mein Vater, amerikanische Einwanderungsvisen für die ganze Familie. Wir Kinder und meine Mutter würden dann von Rumänien nach Paris fahren, meinen Vater treffen, in einem schönen Hotel wohnen, spazierengehen, Paris angucken, dann die Einwanderungsvisen abholen... und nach Amerika abdampfen. Es klang alles sehr einfach.

»Ich kann aber nicht wegfahren, ohne vorher die Reichshauptstadt gesehen zu haben«, sagte ich zu meinem Vater. »Berlin ist wichtig. Berlin ist die Hauptstadt der Welt.«

»Schlag dir das mit Berlin aus dem Kopf«, sagte mein Vater. »Jetzt müßt ihr schleunigst ins Ausland. Für Berlin ist jetzt keine Zeit.«

»Wann werde ich Berlin sehen?«
»Wenn wir aus der Emigration zurückkommen.«
»Wann wird das sein?«
»Das weiß ich nicht.«

Und dann kam der Tag der Abreise. Juli 1938. Es war ein schwüler Sommertag und wie uns schien: der heißeste Tag des Jahres, denn wir hatten in unseren wenigen Koffern keinen Platz für die dicken Wintersachen und mußten sie deshalb am Leibe tragen. Mein Vater begleitete uns bis Leipzig.

Ich erinnere mich: Ich stand am offenen Zugfenster und guckte hinaus. Mit dem Hauptbahnhof von Halle an der Saale, der langsam in der Ferne verschwand, schien auch meine Kindheit zu entgleiten, für immer. Sie blieb ganz einfach zurück, verlor sich im Wind und im Geratter des Zuges. Und plötzlich sah ich Gertrud. Sie sah genau so aus wie damals im Kindergarten, weder älter noch größer geworden. Dieselben wasserblauen Augen, die blonden Zöpfe, die dünnen Beine. Nur an Stelle der dünnen Arme waren Schmetterlingsflügel. Gertrud schwebte winkend und lachend, vom Wind getragen, neben dem offenen Fenster her.

»Wohin fährst du?«
»Nach Berlin.«
»Sprich lauter!« schrie Gertrud, »denn ich kann dich nicht hören. Es ist soviel Wind.«
»Nach Berlin! Nach Berlin!«
»Nimmst du mich mit?«
»Nein.«
»Warum?«

»Weil ich zuerst nach Rumänien fahre zu meinem Opa und meiner Oma. Und dann nach Paris. Und später über Amerika zurück nach Berlin.«

»Warum so umständlich?« rief Gertrud, und dabei riß sie ihren kleinen Mund lachend auf.

Ich schrie gegen den Wind: »Das weiß ich nicht!«

## 2

Während der langen Eisenbahnfahrt durch Osteuropa erzählte mir meine Mutter von dem kleinen jüdischen Städtchen, in dem unsere Großeltern wohnten und auf uns warteten. Das Städtchen heißt Sereth und ist nicht weit von der russischen Grenze und circa vierzig Kilometer von Czernowitz entfernt. Es sei ein verwunschener Ort wie aus einem Märchenbuch. Im Städtchen wohnten fast nur Juden, die meisten assimiliert, so wie wir, aber auch orthodoxe, die lange schwarze Gewänder trugen, weiße Strümpfe und Pelzmützen, sogar im Sommer. An Markttagen kämen Zigeuner in die Stadt, aber vor allem die Bauern aus den umliegenden Dörfern, Rumänen, Ungarn und Ukrainer, in ihren bunten Trachten. Die Bauern stünden dann mit den Juden und den Zigeunern feilschend auf dem Marktplatz herum und auf den engen Straßen, machten viel Lärm, tranken Schnaps und aßen Salzheringe und Würste. Meine Mutter sagte, daß Sereth in der

Bukowina liege, einer Provinz, die mal zu Österreich gehört hatte, aber dann nach dem Ersten Weltkrieg von Rumänien annektiert worden war. Meine Mutter erklärte uns, daß der große österreichische Kaiser seine Juden in diesen östlichsten Zipfel des K. u. K.-Imperiums geschickt hatte, um das Gebiet einzudeutschen. Das mag für die Ohren eines Nazis wie ein schlechter Witz klingen. Das war aber so. Die Juden waren kaisertreu und verläßliche Staatsbürger. Unter all den vielen ethnischen Nationalitäten in diesem Gebiet bildeten sie den deutschfreundlichsten Teil. Ihnen war es zu verdanken, daß die Bukowina mit ihrer schönen Hauptstadt Czernowitz im Laufe der Zeit zu einer Hochburg deutscher Kultur wurde. Daran hatte sich nichts geändert, sagte meine Mutter. Bis auf den heutigen Tag. Der große Kaiser mußte geahnt haben, daß die Juden bald nach ihrer Ansiedlung seinen Laden schmeißen würden, im kaiserlichen Sinn den Handel kontrollieren, in den Schulen und Universitäten die Durchsetzung der deutschen Unterrichtssprache unterstützen und Kunst und Literatur einen Stempel aufdrücken würden, der dem deutschen Wesen nicht fremd war, natürlich jüdisch gefärbt, was den Kaiser aber offensichtlich wenig gestört hatte.

In der Bukowina, so sagte meine Mutter, lebe das alte Österreich weiter, nämlich das, was sie vor dem Ersten Weltkrieg gekannt hatte, es vermische sich nur mit alter jüdischer Tradition und einem Hauch vom Balkan, eben das richtige, um sich zu Hause zu fühlen. In Sereth gebe es Zigeunerkneipen, wo unser Opa täglich sein Viertel Wein trinkt und auch Rauchfleisch ißt und scharfe Paprika, aber es gebe auch echte Wiener Kaffeehäuser, wo man Kaffee bekommt mit Schlagsahne, die in Sereth Schlagobers heißt, und Cremeschnitten und Sachertorte. In einem der Kaffeehäuser habe sie früher immer Rommé gespielt und das werde sie hoffentlich auch wieder tun. Die Straßenschilder in Sereth, so sagte meine Mutter, haben die Rumänen nach dem Ersten Weltkrieg geändert, und sie trügen jetzt rumänische Namen, aber darum kümmerten sich die Juden in Sereth nicht. Die Juden in Sereth flanierten nach wie vor am Abend in der Kirchengasse oder treffen sich am Ringplatz. Das einzige richtige Hotel heißt immer noch Annahof, und die Volksfeste finden wie zu Kaisers Zeiten auf der Hutweide statt.

Mein Großvater hatte uns im Fiaker vom Serether Bahnhof abgeholt. Als ich meine Mutter fragte, warum er nicht im Auto oder mit dem Taxi gekommen sei, erklärte sie, daß sich auch im Straßenverkehr hierzulande seit der Jahrhundertwende wenig geändert habe. Die Armen gingen zu Fuß und schleppten ihr Gepäck selber, falls sie welches hatten, die Begüterten nahmen sich einen Lastträger oder fuhren mit Pferd und Wagen. Für besondere Anlässe nehme man eben einen Fiaker.

Unser Einzug in das Städtchen glich einem Triumphzug. Anscheinend hatte mein Großvater dafür gesorgt, daß jeder in der Stadt über unsere Ankunft Bescheid wußte. Mein Großvater war ein angesehener Mann und gehörte zu den reichsten Viehhändlern der Gegend. Die Tatsache, daß Verwandte aus dem Westen kamen, und noch dazu aus Deutschland, dem Land von Schiller, Goethe und Beethoven, war eine Sensation. Wir fuhren absichtlich langsam durch das Städtchen. Mein Großvater zog oft den Hut und grüßte Leute, die auf den Straßen oder auf dem Gehsteig herumstanden und uns fasziniert anstarrten. Die meisten Leute kannten meine Mutter von früher, aber es schien, als wäre das vergessen. Wir waren jetzt Westeuropäer. Kinder rannten unserem Fiaker hinterher und versuchten, sich anzuhängen, nur, um einen Blick aus der Nähe zu erhaschen, Straßenhändler drehten sich nach uns um, als trauten sie ihren Augen nicht, und die Handwerker am offenen Fenster oder an Werkbänken vor den Häusern unterbrachen für einen Moment ihre Arbeit. Mir fiel besonders ein alter Jude im Gebetmantel auf. Er stand auf dem baufälligen Balkon eines alten Hauses, trug ein gesticktes Käppi und hatte einen langen, weißen Bart. Als wir unter seinem Balkon vorbeifuhren, unterbrach er sein Gebet, grüßte uns freundlich, lächelte und murmelte irgend etwas. Vielleicht war es ein Segensspruch.

Das Haus meines Großvaters lag am Rande des Städtchens auf dem sogenannten Berg. Da es am Stadtrand nur einen einzigen Berg gab, galt die Bezeichnung Berg als unsere Adresse. Der Name der Straße war unwichtig. Jeder wußte, wo wir wohnten, eben auf dem Berg. Zu Hause wartete man schon auf uns. Da war meine Großmutter, die beiden unverheirateten Onkels, die noch zu Hause wohnten, da war das Dienstmädchen Veronja und der Stallknecht Gregorij. Außerdem war Besuch da: andere Onkels und Tanten, Großonkels und Großtanten, Cousins und Cousinen, die Freundinnen meiner Großmutter und die Freunde meines Großvaters, auch die Freunde und Freundinnen meiner anderen Verwandten, auch Nachbarn mit Kind und Kegel und selbstverständlich die Mägde und Knechte der Nachbarn, die mit dem Dienstmädchen Veronja und dem Stallknecht Gregorij befreundet waren und die uns ebenfalls sehen wollten. Alle bestaunten uns: die Gäste aus dem Westen, die Invasion aus Hitlerdeutschland in Gestalt meiner Mutter, meines kleinen Bruders und mir. Also so sehen *die Deutschen* aus. Das mit dem Hitler und den Nazis sind doch sicher bloß Gerüchte. Sowas gibt es doch gar nicht. Die Deutschen sind ein edles Kulturvolk. Jeder Deutsche ist ein kleiner Schiller, Goethe oder Beethoven. In Deutschland soll es sogar gepflasterte Landstraßen geben, und jedes Haus hat elektrisches Licht. Und woher kommt ihr? Aus Halle an der Saale? Von dieser Stadt haben wir noch nie was gehört. Ihr kommt doch sicher aus Berlin. Berlin ist ein Begriff. Den kennen wir. Eine tolle Stadt. Und so seht ihr auch aus. Wie richtige Westler. Wie Großstädter. Berliner!

Wir Kinder liefen in den Hof, um uns die Hühner anzusehen, die Gänse, die Ziegen, aber vor allem die Ställe mit den Kühen und den Pferden. »Das Pony ist für euch«, hatte mein Großvater gesagt. »Ihr dürft beide darauf reiten. Abwechselnd.«

Hier also würden wir einstweilen bleiben.

## 3

Die ersten Monate in Sereth, also der Spätsommer und Herbst 1938, waren die schönsten in meiner Kindheit gewesen. Hier in der Bukowina, in diesem kleinen osteuropäischen Ort, fühlte ich mich zum erstenmal frei von der täglichen Bedrohung der Nazis. Die Tatsache, daß nirgendwo Hakenkreuzfahnen wehten, daß ich keine SA- und SS-Leute sah, keine Litfaßsäulen mit antisemitischen Hetzplakaten, empfand ich als beglückend. Die zynischen Reden der Nazilehrer in meiner Schule waren schnell vergessen, auch die tagtäglichen Hänseleien der kleinen Hitlerjungen in meiner Klasse. Da wir überzeugt waren, daß wir bald nach Paris fahren würden, meldete unser Großvater uns Jungens gar nicht erst in der rumänischen Schule an, sondern engagierte eine Lehrerin, die uns privat in allen Fächern unterrichtete, selbstverständlich in deutscher Sprache. In unserer Freizeit badeten wir im Fluß oder zogen mit unserem Pony in der Gegend herum. Da wir mit dem Pony unter der Stadtjugend große Aufmerksamkeit erregten, war es nicht verwunderlich, daß wir bald von einer Schar gleichaltriger Jungen und Mädchen umringt waren. Als ich im Herbst 1938 in die städtische Fußballknabenmannschaft eintrat, machte man mich als echten Westeuropäer und echten Deutschen gleich zum Kapitän.

Alles, was irgendwie mit deutscher Sprache und Kultur zu tun hatte, flößte den Leuten hier Ehrfurcht ein. Das war auch der Grund, daß meine Mutter und wir Kinder zu den angesehensten Familien der Stadt eingeladen wurden. Ich glaube, es ging ihnen nur darum, mal *richtiges Deutsch* zu hören, denn wir galten als Vertreter dieser Kultur, die sie nicht aufgeben wollten, trotz rumänischer Herrschaft und der rumänischen Staatsbürgerschaft, die sie angenommen hatten. Manche Leute, bei denen wir zu Gast waren, brachten bei jeder Gelegenheit Zitate von Goethe und Schiller an. Sie glaubten, das würde uns beeindrucken.

Anfang November erreichte uns die Nachricht von der Kristallnacht. In Deutschland brannten die Synagogen. Es hieß: Juden werden auf der Straße erschlagen und zu Tausenden abtransportiert. »Das haben die Nazis gemacht«, sagten die Juden in Sereth. »Das waren nicht die Deutschen.«

Niemand auf der ganzen Welt konnte so laut schnarchen wie mein Großvater Schloime, weder Sindbad, der große Goy und Seeräuber, noch Tevje, der Milchmann, auch Gregorij, unser Stallknecht, konnte das nicht, oder Veronja, unser Dienstmädchen, das auf der Küchenbank schlief, und auch Lasar, der Wasserträger, war kein wirklicher Schnarchmeister. Lasar, der ein bißchen blöd war und auch faul, und den ich mal schnarchend hinter dem Ziehbrunnen erwischt hatte. Wenn Großvater Schloime zu schnarchen anfing, erwachte das ganze jüdische Schtetl. Die Kettenhunde fingen zu bellen an, die Katzen schrien und miauten und huschten ängstlich durch Zaunlücken auf die Schlammstraße, um irgendwo zu verschwinden. Hühner, Enten und Gänse gackerten und schnatterten verstört durcheinander, und sogar die Vögel auf den Bäumen erwachten erschrocken und wären sicher tot auf die Erde gefallen, wenn der liebe Gott das gewollt hätte. Überall in den Hütten der Juden und in den weißgekachelten und bunten Häusern wachten die Leute auf und zündeten die Öllämpchen und die Petroleumlampen an, sogar im Haus des Rabbiners.

Ich kann es wirklich sehen. Da ist er schon, der Rabbiner. Er steckt den weißen Bart zum Fenster raus und sagt zu seinem ältesten Enkel Moischele: »Das hört sich wie ein Gewitter an.«

»Ist aber keines, Sede«, sagt das älteste Enkelkind des Rabbiners. »Das ist bloß der alte Schloime – du weißt doch: der Großvater von den beiden Jungen, die vor dem Hitler geflüchtet sind und jetzt in unserem Schtetl wohnen.«

»Ach ja«, sagt der Rabbiner. »Der Hitler und das Gewitter vom alten Schloime. Das wird's wohl sein.«

»Sag, Sede, warum schnarcht der alte Schloime so laut?«
»Weil er auf dem Rücken liegt, Moischele.«
»Und warum liegt er auf dem Rücken?«
»Weil er nicht auf dem Bauch liegt.«

»Und warum liegt er nicht auf dem Bauch?«

»Ich weiß es nicht, Moischele, aber ich glaube, das hat was mit den drei Daunenkissen zu tun, die ihm seine älteste Tochter vor dem Schlafengehen unter den Rücken bettet.«

»Ist der alte Schloime ein Osterjude?«

»Wie meinst du das, Moischele?«

»Nun, Sede, ich meine: zu Ostern bettet ein guter Jude sich drei Kissen unter den Rücken.«

»So ist es, Moischele.«

»Dann ist bei dem alten Schloime jede Nacht Ostern?«

»Richtig, Moischele.«

Es ist wie ein Märchen. Und es stimmt auch nicht. Denn sicher hätte unser Rabbiner das Wort Ostern nie in den Mund genommen. Ostern gibt es gar nicht, wenigstens nicht für den gläubigen Juden. Bei uns heißt das Pessach, ein Fest, das um die Osterzeit fällt, das Fest nämlich, das wir Juden zum Andenken an den Auszug der Kinder Israel aus Ägypten feiern. Es stimmt auch nicht, daß ein Jude sich zu Pessach drei Daunenkissen unter den Rücken bettet. Denn es können auch vier sein oder nur zwei, vielleicht auch nur eines. Und er bettet die dicken Kissen auch nicht unter, sondern hinter seinen Rücken, beim rituellen Pessach-Abendmahl nämlich und nicht nachts im Bett.

Ich erinnere mich: Einmal wachte ich wirklich nachts vom Geschnarche des Großvaters auf. Der Mond schien ins Zimmer. Es war eine helle Nacht. Ich schlich im Nachthemd zum Bett des Großvaters, kitzelte seine Glatze, zupfte ihn an der Nase und hustete. Großvater hörte sekundenlang zu schnarchen auf, schien sich zu verschlucken, röchelte, schlug plötzlich die Augen auf – kleine, wasserblaue –, guckte mich an, fragte: »Ist was?« und schlief weiter.

Einmal fragte ich meine Mutter: »Warum schläft Opa eigentlich in meinem Zimmer?«
»Weil er nicht mehr im Schlafzimmer schlafen will, seitdem die Oma tot ist.«
»Ist das Ehebett jetzt zu groß?«
»Ja.«
»Es kann doch aber nicht gewachsen sein?«
»Nun, das ist eben so.«

Früher pflegte die Großmutter am Sabbatabend die Kerzen anzuzünden. Seit ihrem Tod machte das meine Mutter. Beim Anzünden der Sabbatkerzen herrschte feierliche Stille im Wohnzimmer. Als wäre das gestern gewesen, so sehe ich meine Mutter vor mir, das Haupt verhüllt, beide Hände beschwörend über den Sabbatkerzen. Sie spricht das Gebet mit geschlossenen Augen. Es ist sehr still im Wohnzimmer. Draußen vor der Tür lauert das Dienstmädchen Veronja. Kaum ist meine Mutter mit dem Segensspruch fertig, da kommt Veronja schon herein, nimmt die Leuchter vom Tisch, stellt sie auf die große Kommode, holt eine frische Tischdecke, deckt dann den Tisch fürs Sabbatmahl, zuletzt stellt sie die Leuchter zurück.

Beim Sabbatmahl ist die ganze Familie versammelt. Großvater spricht den Segensspruch über den Wein: »Gelobt seist du, Ewiger, unser Gott, König der Welt, der die Weinrebe wachsen ließ.« Dann den über das Brot, der so ähnlich ist: »Gelobt seist du, Ewiger, unser Gott, König der Welt, der uns das Brot der Erde gegeben hat.«

»Großvater. Warum hebt ein Jude am Sabbat das Weinglas und macht einen Segensspruch?«

»Ich weiß es nicht, mein Täubchen. Es ist eben so. Mein Vater hat es so gemacht. Und auch mein Großvater. Alle haben es so gemacht.«

»Ist der liebe Gott ein Weintrinker?«

»Ich glaube, ja.«

»Trinkt er sehr viel?«

»Ich glaube nicht. Gott macht alles mit Maß. Auch der Mensch soll alles mit Maß machen.«

»Und wie ist es mit dem Segensspruch über das Brot?«

»Es ist so ähnlich.«

»Warum segnet ein Jude sein Brot und nicht auch seine Lakritzstangen? Lakritze schmeckt doch besser.«

»Das weiß ich nicht, mein Täubchen. Aber möglicherweise gab es damals, als die Gebete erfunden wurden, noch keine Lakritzstangen.«

»Gab es damals schon Brot?«

»Ja. Brot hat es schon immer gegeben.«

Am Sabbat wirkte das ganze Schtetl feierlich. Man sah weder Pferdekutschen noch andere Fahrzeuge auf den Straßen, denn am Sabbat durften Juden nicht fahren. Vieles war am Sabbat verboten. Man trug kein Geld bei sich, und man sollte auch nicht mehr als tausend Schritte tun. Nicht mal Feuer im Herd durften die Juden am Sabbat machen. Das durften nur die Gojim. Bei uns machte Veronja das Feuer. Am Sabbat durfte auch nicht geraucht werden, man machte keine Musik, und man spielte keine Karten. Alle normalen Arbeiten ruhten am Sabbat. Wir Jungen durften am Sabbat nicht mal Fußball spielen. Auch unser Pony blieb im Stall, wir durften an diesem Tag nicht reiten, denn nicht nur der Mensch, auch das Tier sollte am Sabbat ruhen.

Als kleiner Junge stand ich oft abends auf dem Balkon. Da das Haus meines Großvaters auf einer Anhöhe lag, konnte ich das ganze Schtetl überblicken. Wenn die Öllämpchen und Petroleumlampen angezündet wurden, ertönte Musik. Aber das war nichts Besonderes. Es waren nur die Zigeuner, die allabendlich auf einer kleinen Wolke über das Schtetl schwebten und uns mit ihren Geigen aufspielten, Zigeunerweisen und alte jüdische Volkslieder. Ich hörte ihnen lange zu, so lange, bis ich schläfrig wurde und zu Bett ging. Deshalb schlief ich damals so friedlich. Niemand konnte mich aufwecken, höchstens mal Opa Schloime, wenn er allzulaut schnarchte.

Ich habe gerade meine Bar Mitzwa gefeiert und bin dreizehn Jahre alt. Bar Mitzwa heißt auf deutsch: Sohn der guten Tat. Es ist so was Ähnliches wie bei den Christen die Konfirmation, obwohl das nicht stimmt, weil es mit Jesus nichts zu tun hat. Die frommen Juden nehmen die Bar Mitzwa sehr ernst, denn von diesem Tage an trägt der Jude die volle Verantwortung vor Gott und den Menschen. Seine Sünden werden gezählt und auch seine guten Taten. Mit dreizehn ist er ein Mann. Er darf heiraten – er soll es sogar – und, so Gott will, viele Kinder zeugen. Denn es steht geschrieben: »Seid fruchtbar und mehret euch.«

Ich stehe in der kleinen Synagoge von Sereth neben meinem Großvater. Ich bin dreizehn, und ich bete schon richtig mit – so wie die anderen Erwachsenen –, obwohl ich Beten ziemlich langweilig finde und lieber Fußball gespielt hätte. Ich bete aber, um Großvater nicht zu verärgern, denn Großvater Schloime ist fest überzeugt, daß Gebete den lieben Gott umstimmen könnten, der – wie man ja weiß – die Juden seit 2000 Jahren ziellos herumwandern läßt. Während der Gebetspausen höre ich hinter mir zischeln. Ich schiele über meine Schulter und sehe, wie ein alter Mann auf der Bank hinter mir mit dem Finger auf mich zeigt.

Und ich höre, was er zu seinem Nebenmann sagt: »Sehen Sie diesen Jungen. Er ist der Enkel des alten Schloime. Und wissen Sie, woher er kommt?«

»Nein, das weiß ich nicht.«

»Er kommt aus Deutschland.«

»Was Sie nicht sagen. Von so weit?«

»Er ist nämlich vor dem Hitler geflüchtet.«

»Vor dem Hitler?«

»Ja.«

»Den Hitler soll doch der Schlag treffen.«

»Sehr richtig.«

»Ich wünsche ihm nur das Beste.«

»Wem? Dem Jungen?«

»Nein, dem Hitler.«

»Was wünschen Sie ihm denn?«

»Nur das Beste eben.«

»Wie meinen Sie das?«

»Nun, wie soll ich's meinen. Ich meine: er möge wie eine Zwiebel wachsen.«

»Wie eine Zwiebel?«

»Ja.«

»Wie denn?«
»Nun, wie schon. Mit dem Kopf in der Erde. Ersticken soll dieser Hund, der verfluchte.«
»Etwa der Junge?«
»Nein, doch nicht der. Den Hitler mein ich.«

Ich hatte noch nie so viele Juden auf einem Haufen gesehen. In der kleinen osteuropäischen Stadt schien es nur Juden zu geben. Sie gingen schnell über die Straße oder sie standen vor den Häusern herum und schwatzten. Alle Geschäfte gehörten Juden, oder fast alle. Auf der sogenannten Promenade flanierten junge Juden in der Abenddämmerung auf und ab. Dort war auch der jüdische Heiratsmarkt. Man brauchte nur im Kaffeehaus zu sitzen und die Mädchen anzugucken, die auf- und abflanierten, nie alleine, immer mit einer Freundin oder mehreren. Ich war dreizehn. Mit dreizehn ist man ein Mann. Die älteren Jungen nahmen mich allabendlich auf die Promenade mit oder auf den Heiratsmarkt.

## 4

Mir gefielen besonders die Brüste Rebeccas, des Mädchens von nebenan. Ich sah sie öfter vom Balkon vom Hause meines Großvaters, aber sie schwirrte immer so schnell darunter vorbei, daß ich kaum Zeit hatte, sie richtig zu begucken. Anders war das beim Baden unten am Fluß oder allabendlich auf der Promenade. Am Badestrand hockten wir Jungen in ihrer Nähe und bestaunten sie, und abends auf der Promenade gingen wir ihr einfach hinterher. Wir scherzten oder sagten irgend etwas, um sie zum Lachen zu bringen. Aber keiner von uns wagte, sie zu berühren. Dabei wäre es doch so einfach gewesen, sie mal leicht anzurempeln oder sie beim Flanieren am Arm zu packen. Einfach so.

»Ich habe nur noch einen einzigen Wunsch im Leben«, sagte ich zu meinem besten Freund Isiu Schächter.
»Und der wäre?«

»Ich möchte Rebecca mal bei den Titten anpacken.«
»Aber das kann doch nicht dein Ernst sein.«
»Doch. Es ist so. Einmal anpacken und dann sterben.«
»Aber das geht doch nicht. Rebecca ist eine keusche Jungfrau. Niemand auf der ganzen Welt hat sie jemals geküßt oder gar so etwas Häßliches getan.«
»Glaubst du?«
»Da bin ich ganz sicher.«

Ich fragte den Enkel des Rabbiners. »Sag mal, Moischele. Wie packt man jemanden an, ohne daß er es merkt?«
»Woher soll ich das wissen?«
»Aber du bist doch der Enkel des großen Rabbis.«
»Eigentlich ja.«
Moischele überlegte. Man sah's ihm an, wie er angestrengt nachdachte. Dann schien der Geist des großen Rabbis ihn zu erleuchten.
»Ich hab's«, sagte Moischele. »Man muß die betreffende Person eben so ablenken, daß sie nichts merkt, nicht mal, daß man sie irgendwo anpackt.«
Wir versuchten, Rebecca abzulenken, mit allen möglichen Späßen. Aber das nützte nichts. Niemand konnte Rebecca wirklich ablenken. Erst am Badestrand hatte ich den Einfall des Jahrhunderts.

Es gab wirklich einen Badestrand in der kleinen jüdischen Stadt. Sogar mit einem Kaffeehaus und einem Tennis- und Fußballplatz. Der Fluß kam aus den Karpaten, und sein Wasser war so sauber, daß die Pferde daraus trinken konnten. Meistens ritt ich mit meinem Pony bis zur Brücke, die über den Serethfluß führte, nämlich zu der Landstraße am anderen Flußufer, wo der bekannte Wegweiser stand: Vierzig Kilometer bis Czernowitz. Natürlich ritt ich nicht nach Czernowitz, sondern bloß am anderen Flußufer entlang, bis ich sicher war, daß mich Rebecca vom Badestrand aus sehen konnte. Dann trieb ich das Pony an einer flachen Uferstelle ins Wasser, ließ es sogar ein bißchen springen, damit es gefährlich aussah, und schwamm dann auf dem Rücken des Ponys an Rebecca vorbei. Sie tat zwar immer so, als hätte sie das gar nicht bemerkt, aber es war ihr natürlich aufgefallen.

Wieder am richtigen Ufer, fragte ich sie:
»Willst du's nicht auch mal probieren?«
»Du meinst... mit dem Pony im Wasser schwimmen?«
»Ja«, sagte ich.
»So was würde ich nie machen«, sagte Rebecca. »Stell dir vor, ich würde runterfallen und dann ertrinken.«
»Kannst du nicht schwimmen?«
»Nein, das kann ich nicht.«
»Ich könnte es dir beibringen.«
»Wirklich?«
»Ja.«
Ich gab Rebecca zuerst theoretischen Schwimmunterricht. Dann gingen wir zusammen ins Wasser.
»Paß auf«, sagte ich. »Das ist sehr einfach. Du machst jetzt im Wasser, was ich dir theoretisch gezeigt hab.«
»Und wenn ich untergeh?«
»Nein. Du gehst nicht unter. Du brauchst dich bloß auf meine Arme zu legen. Dir kann nichts passieren. Wirklich nicht.«

Während des praktischen Schwimmunterrichts guckten meine Freunde gespannt zu. Sie schlossen Wetten ab. Die einen sagten, er schafft es nie, sie bei den Brüsten zu packen, nicht mal im Wasser. Die anderen sagten, doch, der schafft es. Er kommt ja aus Deutschland und war sicher bei der Hitlerjugend. Der weiß, wie man's macht.

Ich habe nie gewagt, Rebeccas Brüste zu berühren. Auch nicht im Wasser. Aber das sagte ich meinen Freunden nicht. Es gab nämlich Gesprächsstoff für viele Wochen, für den ganzen Sommer 1939. Und jeden Tag mußte ich meinen Freunden lang und breit erzählen, wie es war, wie sich Rebeccas Brüste angefühlt hatten, und wie entzückt Rebecca war, weil ich's gewagt hatte.

Wir hatten zwei zionistische Vereine im Schtetl, die rechtsradikalen Betaristen und die linksliberalen vom Hanoar-Hazioni. Eigentlich zog es mich zu den Rechtsradikalen, denn ich träumte von einer großen jüdischen Armee, die dem Hitler eins aufs Dach klopfen würde. Ich sah mich selbst als jüdischen General. Später, nach dem Sieg über Hitler, würden wir unsere siegreichen Truppen nach Palästina verlegen, die Engländer zum Teufel jagen und das Heilige Land, das uns der liebe Gott persönlich und für alle Zeiten geschenkt hatte, wieder rechtmäßig in Besitz nehmen. Es kam aber anders. Da meine Freunde alle Linke waren, trat ich bei den linken Zionisten ein und wurde sogar später, mit vierzehn, Gruppenführer.

Mit den Zionisten hatte ich keine Schwierigkeiten. Das einzige Problem waren meine kurzen Hosen. Kein Junge in Sereth trug mit vierzehn noch kurze Hosen, und auf keinen Fall so enge wie ich.

»Warum kommst du in kurzen Hosen zu den Versammlungen?« fragte mich einer der Jungs.

»Weil ich keine langen habe«, sagte ich.

»Und warum trägst du sie so eng?«

»Weil sie ausgewachsen sind«, sagte ich.

»Und wie ist das in Deutschland?«

»In Deutschland tragen alle Jungen kurze Hosen«, sagte ich.

»Auch so enge?«

»Ja«, sagte ich. »Besonders in der Hitlerjugend. Da tragen die Jungs die Hosen besonders eng. Eine Hose muß nämlich sitzen.«

»Du bist hier aber nicht in der Hitlerjugend«, sagte mein Freund.

Das stimmte zwar, aber wir waren nun einmal mittellose Emigranten und konnten uns damals wenig leisten, auch keine neuen Kleider für meine Mutter oder andere Hosen für uns Jungen. Und so trug ich meine alten, kurzen, ausgewachsenen Hosen, ob's meinen Freunden nun paßte oder nicht. Mit der Zeit aber gewöhnten sie sich daran.

Es war überhaupt so eine Sache mit meiner deutschen Herkunft. Einerseits hänselten mich die Freunde wegen der kurzen Hosen und der Hitlerjugend, andererseits hörten sie mir gerne zu, besonders, wenn ich bei politischen Diskussionen mal das Wort ergriff. Sie waren an das Balkandeutsch dieser Gegend gewöhnt, und mein Sächsisch aus dem fernen Hitlerland schien sie zu faszinieren. Das war auch einer der Gründe, daß meine Freunde bei den Zionisten mich dann zum Gruppenführer machten.

Wir gingen fast täglich mit unserer Mutter ins Kaffeehaus. Die Rechnung wurde aufgeschrieben und einmal monatlich von Großvater Schloime bezahlt. Rosenzweigs Kaffeehaus war berühmt für echte Cremeschnitten *wie aus Kaisers Zeiten* und echten Mokka mit Schlagsahne. Meistens kamen eine Menge Leute an unseren Tisch, um mit meiner Mutter zu plaudern oder – wie meine Mutter scherzend sagte – von uns mal richtiges Deutsch zu hören.

»Wissen Sie, gnädige Frau«, sagte mal ein älterer Herr an unserem Tisch zu meiner Mutter, »es ist ein Vergnügen, Ihnen und Ihren Kindern zuzuhören.«

Und dann kam noch so ein älterer Herr an unseren Tisch und sagte: »Wissen Sie, gnädige Frau – während des Ersten Weltkrieges hatten die Deutschen und die Österreicher halb Osteuropa besetzt. Und wissen Sie, was mir so ein deutscher Offizier mal gesagt hat?«

»Was denn?«

»Ihr Juden seid außer den Volksdeutschen die einzigen, die unsere Sprache verstehen. Und glauben Sie mir, gnädige Frau, der hat doch tatsächlich einen persönlichen Brief an den Kaiser geschrieben und ihm mitgeteilt, daß die Juden schon wegen der Sprache die natürlichen Verbündeten des Deutschen Reiches seien.«

»Es ist nur schade«, sagte meine Mutter, »daß Hitler das nicht weiß.«

Und der ältere Herr nickte und sagte: »Ja, der Hitler, der ist eben ein Dummkopf.«

Die einfachen Juden in Sereth sprachen Jiddisch, eine Sprache, die ich in wenigen Wochen erlernt hatte. Die meisten, die eine gewisse westliche Bildung hatten, sprachen ein Misch-Masch aus Jiddisch und Deutsch. Die Gebildeten sprachen Hochdeutsch, allerdings mit dem typischen Bukowiner Akzent aus der alten K. u. K.-Zeit. Im Hause meines Großvaters konnte man drei sprachliche Variationen hören. Wenn man unter sich war, sprach man Kauderwelsch, eben ein Durcheinander von Jiddisch und Deutsch; mit einfachen Leuten, zum Beispiel dem Sattlermeister von nebenan oder den Straßenhändlern, die zu uns in die Küche kamen, um einen Schnaps oder Kaffee zu trinken, sprach man Jiddisch, mit vornehmem Besuch, zum Beispiel dem Herrn Apotheker oder dem Herrn Doktor, sprach man Hochdeutsch. Besonders mein Großvater war ein Meister der drei Sprachvariationen. Niemand konnte so gut auf Jiddisch wettern und fluchen wie er. Aber er konnte auch Kauderwelsch, und wenn er mit dem Apotheker oder Doktor deutsch sprach, konnte man glauben, er wäre bei Schiller oder Goethe zur Schule gegangen.

Das Haus meines Großvaters lag direkt an der Landstraße, die wir den Schotzer Berg nannten. Die Straße führte nämlich bergauf nach Schotz, eine Abkürzung und Vereinfachung des Namens Suceava. Früher wohnte die ganze Familie im Haus, aber seitdem die Töchter meines Großvaters, also meine Tanten, geheiratet hatten und die Großmutter gestorben war, waren nur noch die beiden unverheirateten Onkels von mir da, mein Großvater, meine Mutter, mein Bruder und ich und natürlich Veronja, das Dienstmädchen, und der Stallknecht Gregorij, der allerdings niemandem den Platz wegnahm, denn er schlief im Stall bei den Kühen und Pferden.

Es war immer was los in Sereth. Während der Sommerferien lagen wir am Badestrand, spielten Fußball oder Tennis, schwammen im Serethfluß oder ritten mit dem Pony spazieren. Am Abend flanierten wir auf der Promenade. Sonst ging man zu den Sitzungen der Zionisten, zu Volkstänzen auf der Hutweide und einmal wöchentlich ins Kino. Es gab auch einige Kaffeehäuser, Zigeunerkneipen, Restaurants und Buchhandlungen, die eine Auswahl jiddischer, rumänischer, aber vor allem deutscher Bücher hatten, Bücher, die man für einige Lei ausleihen konnte. Fast jede Woche war irgendwo eine jüdische Hochzeit, und man tanzte die halbe Nacht zu den Klängen der Zigeunergeigen.

Am Wochenmarkt kamen ukrainische und rumänische Bauern aus umliegenden Dörfern ins Schtetl, die mit Pferd und Wagen zur Hutweide zogen, sich später in den Kneipen besoffen und grölend durch die Straßen torkelten. Oft kamen die Bauern auch am Sonntag, in sauberen Trachten, holten die Dienstmädchen ab und zogen wieder zur Hutweide, um ihre eigenen Volkstänze zu tanzen. Oft guckten wir Juden ihnen zu, und manchmal tanzten wir mit. Juden, Ukrainer, Rumänen und die anderen Volksgruppen lebten friedlich zusammen.

»Wenn der Hitler sich mal hierher verirren würde«, sagte ein alter Jude in der Synagoge, »dann würde er Mund und Augen aufreißen.«

»Was soll denn der Hitler hier machen?« sagte sein Nebenmann. »Glauben Sie, daß Hitler nichts Besseres zu tun hat, als nach Sereth zu kommen? Ich wette mit Ihnen: Der Hitler hat noch nie etwas von Sereth gehört.«

»Und warum nicht?«

»Nun, ich weiß es nicht.«

»Glauben Sie wirklich, Sereth läge am Arsch der Welt?«

»Am Arsch Europas«, sagte der Jude. »Und Europa ist nicht die Welt.«

## 5

Die Parisreise meines Vaters hatte sich verzögert. Erst Anfang 1939 flüchtete er nach Frankreich – wie wir später erfuhren: mit zehn Mark in der Tasche und einer Schachtel der lebensnotwendigen Zigaretten. Er war Kettenraucher. Irgendwas stimmte da nicht mit seiner geplanten, reibungslosen Auswanderung. In Frankreich jagte ihn die Fremdenpolizei. Auch die Sache mit den amerikanischen Einwanderungsvisen für unsere Familie erwies sich als reine Illusion. Als kurz darauf der Zweite Weltkrieg ausbrach, fiel auch unsere geplante Frankreichreise ins Wasser. Wir waren von unserem Vater abgeschnitten.

Nichts war mehr so ungetrübt wie der Spätsommer und frühe Herbst 1938, obwohl wir auch damals Grund zur Sorge hatten. Aber mit zwölf nimmt man die Dinge nicht so ernst, und unsere Auswanderung war für mich eher ein Abenteuer. Irgendwie jedoch wurde ich nach der Kristallnacht und den schlimmen Nachrichten, die in den nächsten Monaten folgen sollten, schnell erwachsen. Auch ich fing an zu begreifen, daß der Krieg uns einholen könnte. Aus den Gesprächen der Erwachsenen erfuhr ich, daß die ganze Welt die jüdischen Flüchtlinge im Stich gelassen hatte.

Die Ereignisse überstürzten sich. In Europa fiel ein Land nach dem anderen Hitler zum Opfer. Auch die Russen standen nicht still. Sie waren in Polen einmarschiert, überrannten bald die baltischen Staaten und schnappten sich Bessarabien und die Hälfte der Bukowina. Hier trauerte man besonders um Czernowitz. Wie oft waren wir an Wochenenden hingefahren, um Freunde und Verwandte zu besuchen, in den Kaffeehäusern herumzusitzen oder abends auf der Herrengasse zu flanieren. Czernowitz trug den Spitznamen Klein Wien, wobei das Wien der Jahrhundertwende gemeint war. Im Grunde aber war es eine jüdische Stadt wie Sereth. Und die Juden sprachen deutsch und trauerten um den Kaiser. Jetzt gehörte die Stadt den Russen.

Und dann kam der Krieg zu uns. Rumänien wurde faschistisch. Kolonnen der Eisernen Garde, auch Grünhemden genannt, marschierten durch die Stadt. In Bukarest fand ein Pogrom statt. Juden wurden ins Schlachthaus getrieben und aufgehängt. Bald standen deutsche Truppen im Land. Sie kamen als Verbündete des Marschalls Antonescu. Am 22. Juni 1941 marschierten rumänische Truppen zusammen mit der deutschen Wehrmacht über die russische Grenze.

Kurz vor dem Einmarsch in Rußland wurden wir evakuiert. Rumänische Gendarmen brachten uns nach Craiova, einer Stadt im Landesinneren, dann nach Radautz, nur achtzehn Kilometer von Sereth entfernt. Wir glaubten, daß die Rumänen uns in Ruhe lassen würden, wenn wir uns ruhig verhielten. Das aber war ein Irrtum.

Am 14. Oktober wurden sämtliche Juden aus den rumänischen Provinzen Bukowina, Bessarabien und der nördlichen Moldau nach dem Osten abgeschoben. Der Deportationsbefehl kam plötzlich und unerwartet. Eines Morgens brachten uns rumänische Gendarmen zum Radautzer Bahnhof. Keiner von uns wußte, wohin die Fahrt gehen sollte und wo der Bestimmungsort lag. Man hatte uns in Viehwaggons eingepfercht, die eisernen Türen verriegelt und auf Staatskosten verfrachtet. Es war uns nur gestattet worden, das nötigste Handgepäck mitzunehmen. In den Waggons zirkulierten Gerüchte. Es hieß: Einsatzkommandos der SS hätten im Osten sämtliche Juden erschossen und daß wir dorthin gebracht würden, irgendwo in die Ukraine, das Land der Massenerschießungen. Die meisten Leute glaubten nicht daran. Warum sollte die SS ausgerechnet Juden aus der Bukowina erschießen, die ja zum deutschen Kulturkreis gehörten? Und dann: Was hatten wir denn verbrochen? Es gab keinen Grund. Und schließlich: unsere Begleiter waren rumänische Gendarmen. Sie würden es bestimmt nicht zulassen. Nicht alle waren Faschisten.

Die Fahrt im geschlossenen Viehwaggon dauerte tagelang. Eines Nachts erreichten wir den Dnjestr. Wir kampierten am Fluß und wurden am nächsten Morgen mit Flößen und Fähren ans andere Ufer gebracht.

Einige Wochen vor unserer Ankunft in der Ukraine war der eroberte Gebietsabschnitt zwischen Dnjestr und Bug den Rumänen zur Verwaltung übergeben worden. Die Einsatzkommandos der SS operierten jetzt jenseits der rumänischen Einflußzone östlich vom Bug. Unser Schicksal hing jetzt von den Rumänen ab. In den nächsten Wochen und Monaten liquidierten die rumänischen Faschisten Tausende von Juden, auf Todesmärschen und in Arbeitslagern. Einige Menschentransporte wurden weiter nach dem Osten abgeschoben, der SS ausgeliefert und am östlichen Bugufer erschossen. Die meisten von uns jedoch wurden in Ghettos eingesperrt, darunter auch ein Teil meiner Familie und ich. Dies bedeutete einen Aufschub und die Chance zu überleben. Wir sollten ausgehungert werden, denn die Ghettos waren von der Außenwelt abgeriegelt, und Lebensmittel sickerten nur selten und auch nur über gefährliche Schwarzmarktkanäle herein. Die Rumänen waren überzeugt, daß die jüdische Bevölkerung auf diese Art und Weise sowieso dezimiert würde. Es gab viele kleinere und größere Ghettos. Wir kamen ins größte... ins Ghetto der ukrainischen Ruinenstadt Moghilev-Podolsk am östlichen Ufer des Dnjestr.

# 6

Moghilev-Podolsk ... ein riesiges Ruinenfeld, ein Bild der Verwüstung. Als wir am anderen Ufer des Dnjestr ankamen, erschraken wir. Hier also zwischen Trümmern sollten wir wohnen. Wir kampierten am ersten Tag im offenen Gelände. Am nächsten Tag zogen wir in das riesige russische Kino. Der Kinosaal war zwar menschenüberfüllt, aber es gelang uns schließlich, zwischen den Deportierten Platz zu finden, meine Mutter, mein Bruder, der Großvater, meine Tante Jenny und mein Onkel Moscu. Es waren noch ein paar Serether dabei, Freunde der Familie. Am nächsten Tag zogen wir ins Ghetto, den für Juden abgegrenzten Teil der Stadt. Anfangs konnte man zwischen beiden Teilen der Stadt hin- und herziehen, später war das Verlassen des Ghettos bei Todesstrafe verboten.

Ein Freund meines Onkels, Lonju Abraham, hatte Beziehungen zum Stadtkommandanten, einem Rumänen, den er von früher kannte. Dieser Stadtkommandant gab ihm ein Papier, das ihm erlaubte, eine russische Schule für sich und seine Serether Freunde zu requirieren. Ich glaube, daß dieses Schreiben uns das Leben rettete, denn es schützte uns vor weiterer Verschleppung und garantierte uns ein Dach über dem Kopf. Wir gingen gleich hin. Die Schule war ein verlassenes Gebäude in der Poltawskastraße. Wir beschlagnahmten kurzerhand das Schulgebäude und zogen mit all unserem Gepäck dort ein. In den Klassenräumen waren richtige russische Lehmöfen. Wir beschafften uns Holz und heizten tüchtig ein. Es war warm und gut. Lebensmittel hatten wir aus Sereth mitgebracht, das würde für einige Tage reichen.

Inzwischen waren Zehntausende von Deportierten nach Moghilev-Podolsk gekommen. Die meisten übernachteten in den Ruinenfeldern, viele blieben auf der Straße. Es war Ende Oktober, und der russische Winter mit seiner grimmigen Kälte hatte schon eingesetzt. Im Dezember lagen schon Erfrorene auf der Straße. Es wurde immer schlimmer. Die Leichenträger hatten Mühe, die Berge von Leichen wegzuschaffen. Ende Dezember brach eine Typhusepidemie aus. Wer nicht an Typhus starb, den raffte der Hunger und die Kälte weg. Das große Massensterben begann.

Nachts kamen rumänische Gendarmen mit der inzwischen neugegründeten jüdischen Polizei ins Ghetto und schleppten die Obdachlosen zum Bahnhof. Es hieß, das

Ghetto sei überfüllt. Keiner wußte, wohin man die Obdachlosen brachte, aber es hieß, daß die Rumänen sie den Deutschen ausliefern würden. Die Deutschen standen am Bugfluß, man wußte, daß sie jeden Juden erschossen, der ihnen in die Hände fiel. Ich erinnere mich noch gut an das Gebrüll und Wehklagen der Leute, die abtransportiert wurden. Das Heulen durchdrang die Nacht und die Kälte.

Inzwischen saßen wir im Warmen. Da das Schreiben des Stadtkommandanten uns auch vor der Deportation und weiterer Verschleppung schützte, blieb unser einziges Problem die Nahrungsbeschaffung. Denn die Lebensmittel gingen langsam zu Ende. Bald fingen wir zu hungern an. Inzwischen hatten mein Onkel und seine Serether Freunde beschlossen, einen kleinen Schwarzhandel anzufangen. Jeder von uns gab, was er hatte, Eheringe, Diamantringe, Uhren und so weiter. Mit dieser Sammlung gingen wir in die benachbarten Dörfer und kauften ein. Wir wußten, daß das Verlassen des Ghettos mit dem Tod bestraft wurde, aber wir wagten es trotzdem. Auf Schleichwegen verließen einige Serether das Ghetto. Sie brachten Säcke Mehl nach Hause, Eier, Kartoffeln und sogar Butter. Da wir einen großen Backofen in der Schule hatten, fingen wir gleich an, Brot zu backen. Wir Jungen, mein Bruder, ich und einige andere Halbwüchsige, besorgten den Straßenverkauf. Es war gewagt, aber es klappte. Ich erinnere mich, wie ich mit einigen Broten unter dem Mantel durchs Ghetto ging und den Leuten zuflüsterte: »Brot! Brot!« Das Brot war schnell verkauft, und ich hatte eine Menge deutscher Reichsmark in der Tasche. Ich muß zugeben, daß ich nicht ganz ehrlich war, denn der nagende Hunger verleitete mich dazu, unterwegs Brotkrusten abzubrechen und gierig zu verschlingen. Die Brote sahen wie angezupft aus, aber das merkte niemand. Zu Hause lieferte ich das Geld ab. Mit dem Geld kauften wir neue Nahrungsmittel, und so fing unser Schwarzhandel an. Wir besorgten auch Fleisch in den Dörfern, das wir ebenfalls verkauften. Etwas Brot und Fleisch blieb für den Eigengebrauch.

Vor unserer Schule standen oft Schlangen Obdachloser, aber wir wollten niemandem Quartier geben, aus Angst vor dem Typhus. Die Obdachlosen waren verlaust, und wer eine Laus erwischte, der war verloren. Wir konnten nur überleben, wenn wir uns vor der Seuche in acht nahmen. Trotzdem taten wir viel für die Armen. Aus Resten und Abfällen wurde Suppe gekocht und verteilt. Es beruhigte unser schlechtes Gewissen.

In Moghilev-Podolsk gab es sogar einen Basar. Obwohl das Ghetto hermetisch von der Außenwelt abgeriegelt war, drückten die Rumänen ein Auge zu und ließen manchmal ein paar Bauern ins Ghetto. Sie brachten etwas Mehl und Kartoffeln, die sie zu Wucherpreisen verkauften.

Man hatte uns bei der Deportation gesagt: wer Wertsachen oder Geld mitnimmt, wird erschossen. Wir hatten etwas Schmuck mitgenommen, aber die meisten hatten das nicht gewagt. Die Armen hatten sowieso keinen Schmuck oder Wertsachen, und so kam es, daß die Armen als erste verhungerten. Nur wer Wertsachen oder gute Kleider zum Tausch hatte, konnte überleben. Die Armen verkauften ihre letzten Habseligkeiten. Sie tauschten das letzte Hemd, die letzte Hose, die einzigen Schuhe für Brot ein. Nach einiger Zeit sah man Menschen in Mehlsäcke gehüllt und mit Fetzen an den Füßen durch die Straßen wanken.

Ein Freund von mir, Joel Goldwasser, war während einer Razzia geschnappt worden. Man hatte ihn zum Bug deportiert. Dort schaffte er es wegzulaufen. Ich traf ihn auf dem Basar. Er erzählte mir, daß der rumänische Sektor am Bugfluß aufhöre. Auf der anderen Seite des Bug standen die Deutschen. Das wußte ich allerdings.

»Die SS hat alle erschossen«, sagte er. »Sie mußten vorher ihre eigenen Gräber schaufeln. Ich bin einfach weggerannt, zum Fluß runter, dann über den Bug geschwommen bis in den rumänischen Sektor. Später ging ich über Felder und Landstraßen zurück nach Moghilev-Podolsk.«

»Du hast Glück gehabt, daß die rumänischen Gendarmen dich unterwegs nicht erwischt haben«, sagte ich. »Die machen kurzen Prozeß mit Juden, die außerhalb des Ghettos erwischt werden.«

»Ja, ich weiß«, sagte Goldwasser. »Mein Vater hat vor einiger Zeit das Ghetto verlassen, um Lebensmittel in den Dörfern zu kaufen. Die Gendarmen haben ihn erwischt und gleich erschossen.«

Ich trug immer Brot bei mir, wenn ich über den Basar ging, und verteilte es unter die Armen. Manche saßen heulend am Straßenrand. Sie heulten vor Hunger. Einmal kam eine junge Frau auf mich zu. Sie war verwahrlost und verlaust und hatte einen irren Blick. Sie erkannte in mir den Brotverkäufer.

»Brot«, flüsterte sie. »Geben Sie mir ein Stück Brot.«

»Ich habe bereits alles verteilt, was ich hatte«, sagte ich.

»Nur ein Stück«, sagte sie, »ein einziges.« Sie flüsterte schnell: »Sie können mich ficken ... nur für ein Stück Brot.«

»Ich habe keins mehr«, sagte ich.

»In den Ruinen«, flüsterte sie. »Ich schlafe in den Ruinen.«

»Ich habe kein Brot«, sagte ich. Sie war zerlumpt und verwahrlost, aber immer noch eine schöne Frau.

»Ich habe kein Brot«, sagte ich.

# 7

Niemand wußte, warum die rumänische Regierung nur einen Teil ihrer Juden deportiert und die übrigen verschont hatte. Betroffen waren lediglich die annektierten Gebiete, die einmal zu Rußland und Österreich gehört hatten, also hauptsächlich die Bukowina und Bessarabien, obwohl auch einige Marktflecken und Städte der nördlichen Moldau den Deportationen angeschlossen wurden. Die Juden Altrumäniens schien man übersehen zu haben, zum Beispiel die Juden in Bukarest. Die Bukarester jüdische Gemeinde sammelte Geld für uns, auch Kleider. Irgendwie, auf Umwegen, kamen die Pakete auch an. Davon wurden Suppenküchen für die Armen aufgestellt und die Kleider verteilt... Ab Spätherbst 42 ging es den Leuten etwas besser. Die Stadt war nicht mehr so übervölkert, da man die meisten Obdachlosen schon abgeholt hatte. Daß sie erschossen wurden, kümmerte die Behörden nicht. Es war mehr Platz im Ghetto. Die nächtlichen

Razzien hörten allmählich auf. Nach dem Fall von Stalingrad änderte sich unsere Lage vollständig. Rumänien war kriegsmüde und suchte Kontakte zu den Engländern und Amerikanern. Sie ließen die Juden in Ruhe. Zwar lebten wir noch immer im Ghetto, aber unsere Lage war leichter, seitdem die Razzien aufgehört hatten. Die Rumänen ließen auch mehr Bauern ins Ghetto, die in gefüllten Säcken Lebensmittel brachten. Das Problem war nur, daß die meisten kein Geld hatten, um sich davon etwas zu kaufen. Die Suppenküchen hatten Konjunktur. Die Schlangen vor den Suppenkesseln schienen endlos. Es gab jetzt auch ein Bordell im Ghetto und ein Kaffeehaus, wo man für wenig Geld Ersatzkaffee trinken konnte. Ich entdeckte bei meinen Spaziergängen eine geheime Bäckerei, die weißes Mehl hatte und kleine Kuchen feilbot. Einmal kaufte ich so ein Stück Kuchen und ließ ihn langsam auf der Zunge zergehen, um den Genuß zu verzögern. Es war wie ein Vorgeschmack der Freiheit.

Der Dnjestr floß durchs Ghetto. Im Sommer 43 wagten einige Juden, zum Strand zu gehen. Natürlich durfte keiner ans andere Ufer schwimmen. Das war verboten. Aber auf dieser Seite durften wir baden. Ich erinnere mich, daß auch ich baden ging. Drüben am anderen Ufer war Bessarabien. Ich starrte sehnsüchtig hinüber zum anderen Ufer und dachte daran, daß ich eines Tages, wenn die Befreiung kam, den Fluß überqueren und durch Bessarabien gehen würde, bis Czernowitz und dann weiter... bis Sereth. Ich war zwar deutscher Jude, aber meine Wahlheimat war die Bukowina und das jüdische Städtchen Sereth. Das war mein Zuhause.

In Moghilev-Podolsk waren natürlich nicht nur Serether Juden. Die Transporte mit Deportierten kamen aus allen Richtungen, aus Radautz, Czernowitz, aus Strojinetz, sogar aus den frommen orthodoxen Städtchen Wijnitz und Sadagura. Auch aus Bessarabien kamen Transporte, und da waren noch die einheimischen Juden da, die die Deutschen vergessen hatten zu erschießen, Reste der alten jüdischen Gemeinde von Moghilev-Podolsk. Es wurde jiddisch und deutsch im Ghetto gesprochen, aber auch ukrainisch und rumänisch. Wir deutschsprachigen Bukowiner Juden unterschieden uns ganz wesentlich von den einheimischen und den bessarabischen, nicht nur sprachlich, wir hatten auch eine andere Mentalität. Die Bukowiner empfanden sich als Österreicher, das heißt K. u. K.-Österreich, das es ja längst nicht mehr gab. Die Bukowiner sprachen immer noch von ihrem Kaiser Franz Joseph und vom schönen alten Wien, das so ähnlich war wie Czernowitz.

Eines Tages – es war im Frühherbst 42 – lief ich in eine Falle. Ich war am Nachmittag spazierengegangen und auf dem Heimweg am Basar vorbeigeschlendert, um von dem Knischesverkäufer – Knisches waren kleine Kartoffelkuchen – mir ein paar frische Knisches zu kaufen. Es war gefährlich, denn die Bettler umzingelten einen gleich und versuchten sich den Leckerbissen zu schnappen. Ich kaufte also zwei von den Kartoffelpuffern, als ich plötzlich Gendarmen auftauchen sah. Dann sah ich auch jüdische Polizei. Sie hatten den Basar umzingelt und abgeriegelt. Es gab kein Entkommen. Im Nu hatten sie eine größere Menschenmenge zusammengetrieben und in Richtung kleiner Bahnhof gedrängt. Mich hatten sie auch erwischt. Ich wußte gar nicht, wie mir geschah. Plötzlich befand ich mich unter den Deportierten.

Am Bahnhof stand ein leerer Eisenbahnzug. Jetzt sah ich auch mehr Gendarmen und Polizei, die aus anderen Richtungen kamen. Sie trieben verzweifelte Menschen vor sich her. Schnell waren die Leute verfrachtet und die Waggons abgeriegelt. Wir fuhren los. Die Fahrt ging in Richtung Bug quer durch die Ukraine.

»Jablonski«, sagte ich zu mir. »Verfluchte Scheiße. Am Bug werden sie euch alle erschießen. Du mußt sehen, daß du von hier abhaust.«

Die Gelegenheit zur Flucht kam ungefähr siebzig Kilometer von Moghilev-Podolsk entfernt während einer Pinkelpause. Die Gendarmen hatten die Waggons geöffnet, um die Leute austreten zu lassen, sozusagen, um ihre Notdurft zu verrichten. Es dunkelte bereits. Ich sprang aus dem Zug und verschwand in einem Maisfeld.

Einige Tage ernährte ich mich von Singvögeln, Krähen, Eidechsen und Feldfrüchten. Ich schlief auf der nackten Erde. Es war zwar erst früher Herbst, aber die Nächte waren schon kalt, und ich erwachte frühmorgens blaugefroren.

Ich war oft hungrig, aber ich lebte, und das war die Hauptsache. Ich ging tagsüber in Richtung Moghilev-Podolsk, immer auf der Hut vor den Gendarmen. Ungefähr dreißig Kilometer vor der Stadt stieß ich auf ein kleines ukrainisches Dorf. Die Kettenhunde schlugen an, als ich die Dorfstraße entlangging, aber ich kümmerte mich nicht darum. Ich war hungrig, und mir war kalt.

An einer kleinen Kate machte ich halt und klopfte. Es dauerte eine Weile, bis jemand kam.

Eine junge Bäuerin öffnete die Tür. Sie war ziemlich dick und rotwangig. Ich stotterte irgend etwas auf ukrainisch, und sie machte mir ein Zeichen einzutreten.
»Wer bist du?« fragte sie.
»Ich bin auf der Flucht vor den Gendarmen«, sagte ich.
»Jude?«
»Ja. Ich bin aus dem Zug gesprungen.«
»Wohin wollten sie dich schleppen?«
»Zum Bug«, sagte ich, »um mich den Deutschen auszuliefern. Jeder wird erschossen, der ihnen ausgeliefert wird.«
»Ja. Ich habe davon gehört. Die Deutschen soll der Teufel holen.«
»Ja«, sagte ich.
Sie schubste mich in die Küche und drückte mich auf einen Schemel.
»Du siehst hungrig und erfroren aus.«
»Ja«, sagte ich.
»Ich mache dir eine heiße Suppe.«
»Danke«, sagte ich.
Sie stellte zwei Suppenteller auf den Tisch und zwei Schnapsgläser. »Der Wodka wird dich erwärmen«, sagte sie. Ich beobachtete, wie sie die Suppe servierte und die Gläser füllte. Sie mochte ungefähr dreißig sein. Sie trug ein geflicktes, buntes Bauernkleid und ein rotes Kopftuch.
»Du hast Glück, daß du an die richtige Kate geklopft hast. Beim Nachbarn hätten sie dich erschlagen.«
»Erschlagen?«

»Ja. Der Bauer Iwanowitsch haßt die Juden. Er hat schon einmal einen erschlagen, als er an die Tür klopfte. Ein hungriger Jude wie du. Ebenfalls auf der Flucht.«
»Wann war das?«
»Im Winter. Der Jude war ganz steif vor Kälte. Die Knochen haben richtig geknackt.«
»Hast du gesehen, wie er ihn erschlagen hat?«
»Ja«, sagte sie.

»Wenn die Sowjets zurückkommen, werden sie ihn aufhängen.«
»Wann werden die Sowjets zurückkommen?«
»Bald«, sagte sie.

»Ich wohne allein«, sagte sie. »Es ist schwer, wenn man allein ist.«
»Hast du keinen Mann?«
»Doch, aber der ist im Krieg. Die Sowjets haben ihn mitgenommen, bevor die Deutschen kamen. Beim Abzug.«
»Weißt du, ob er noch lebt?«
»Nein«, sagte sie.
Wir löffelten die heiße Suppe und tranken Wodka.
»Ich heiße Lydia«, sagte sie. »Und wie heißt du?«
»Ruben«, sagte ich. »Ruben Jablonski.«
Sie lachte. »Ruben Jablonski«, sagte sie. »Ihr Juden habt komische Namen.« Sie trank ziemlich viel und prostete mir zu. Plötzlich machte sie eine ungestüme Bewegung und packte mein Glied an. »Wie alt bist du?«
»Sechzehn«, sagte ich. Sie nickte und öffnete meine Hose und nahm mein Glied in den Mund.

»Du bist sechzehn«, sagte sie. »Aber dein Schwanz ist einundzwanzig.«
»Wieso?« sagte ich.
»Weil dein Schwanz schon erwachsen ist«, sagte sie.

»Du kannst ein paar Tage bei mir bleiben«, sagte sie. »Aber paß auf, daß die Nachbarn dich nicht sehen.«
»Ja«, sagte ich. »Ich werde aufpassen.«
Nachts schlief ich mit Lydia. Sie erzählte mir, daß sie seit Jahren keinen Mann gehabt hatte. Der Nachbar Iwanowitsch hatte es ein paar Mal bei ihr versucht, aber sie hatte ihn abgelehnt. »Er roch nach saurem Schweiß«, sagte sie, »und Schnaps. Und er roch nach dem Juden, den er erschlagen hatte.«
Lydia war heiß und unersättlich. Sie leckte meinen ganzen Körper, und einmal biß sie mich in den Schwanz.

Ich blieb ein paar Tage bei Lydia, dann beschloß ich abzuhauen.
»Ruben Jablonski«, sagte ich zu mir. »Es ist besser, wenn du in der Nacht abhaust, während Lydia schläft. Wenn sie es merkt, könnte es Ärger geben. Wer weiß, vielleicht ruft sie aus Wut die Gendarmen. Nein, es ist besser, wenn du lautlos verschwindest.«

Ich zog mich mitten in der Nacht an und stieg aus dem Fenster. Ich hatte Lydia ordentlich gefickt, und sie schlief fest und traumlos, ein glückliches Lächeln um den Mund. Draußen war es windig. Ich hüllte mich tiefer in meine Jacke und tauchte in den Feldern unter.

Ich ging zwei Tage, um nach Moghilev-Podolsk zu kommen, weil ich langsam ging, die Landstraßen vermied, immer auf der Hut vor den Gendarmen. Endlich tauchte in der Ferne die Silhouette der Ruinenstadt auf. Ich hatte es geschafft.

»Du mußt nur am Ufer des Dnjestr entlanggehen«, sagte ich zu mir, »der Dnjestr führt dich direkt ins Ghetto.«

Es war Nacht, als ich ankam. Nach Einbruch der Dunkelheit war Ausgehverbot, und wer nachts auf der Straße erwischt wurde, dem drohte die Todesstrafe. Ich ging vorsichtig und hielt Ausschau nach den Gendarmen. Ich vermied die Straßen und bahnte mir den Weg zwischen den Ruinenfeldern. Endlich gelangte ich in die Poltawskastraße. Es war nicht mehr weit bis zur Schule und unserer Wohnung.

Meine Mutter weinte, als sie mich sah. »Wir dachten, du würdest nie mehr zurückkommen«, sagte sie.

»Ich bin aber zurückgekommen«, sagte ich.

# 8

Und dann im März 44 kam die Befreiung. Wir blieben nicht im Ghetto und zogen in den christlichen Stadtteil. Ich ließ es mir gutgehen und genoß die warme Aprilsonne, machte lange Spaziergänge und träumte von der Rückkehr. Die Brücke über den Dnjestr war gesprengt. Am Ufer lagen tote deutsche und rumänische Soldaten, die erschossen wurden, als zwei Tage vor dem Einmarsch der Russen Partisanen die Stadt stürmten. Auf dem Gerüst der gesprengten Brücke hingen Pferdekadaver und tote Soldaten, die bei der Sprengung in die Luft geflogen waren, Reste der geschlagenen faschistischen Armee, denen es nicht mehr gelungen war, über die Brücke zu kommen. Ich dachte daran, daß ich diesen Ort des Grauens so schnell wie möglich verlassen würde, aber es gab weder Autos noch Busse noch eine Eisenbahn, die mich zurückbringen konnte. Ende April beschloß ich, zu Fuß loszuziehen. Es war kurz nach meinem achtzehnten Geburtstag.

Meine Familie war damit einverstanden, daß ich als erster zurückkehren würde. Die anderen würden nachkommen, sobald sich eine Gelegenheit ergab. Ich sollte mich in Sereth umschauen, sollte ihnen Nachricht geben, ob Sereth zerstört war, ob unser Haus noch stand, ob fremde Leute eingezogen waren, ob unsere Möbel noch da waren, ob man geplündert hatte, ob die Nachbarn noch lebten, ob jemand unsere Tiere gefüttert hatte während unserer Abwesenheit, sollte ihnen schreiben, ob die Ställe noch da waren und die Holzkammer, und ob die Kettenhunde noch lebten.

Meine Mutter hatte zwei Flaschen Wodka besorgt, um die russischen Soldaten zu bestechen. Sie gab mir außerdem zwanzig Rubel und fünf von den geheimen Dollars. Die Dollars nähte sie fürsorglich in mein Jackenfutter ein. Ich verabschiedete mich von meiner Mutter, meinem jüngeren Bruder, vom Großvater, der Tante und dem Onkel. Dann machte ich mich auf den Weg.

Am Ufer des Dnjestr warteten bereits Juden, die so wie ich nach Hause wollten und nach einer Gelegenheit Ausschau hielten, um über den Fluß zu gelangen. Es war nicht einfach. Einer von ihnen sagte mir: »Wenn du Wodka hast, dann nehmen dich die russischen Patrouillenboote mit. Du mußt warten, bis eines vorbeikommt.«

Gegen Mitternacht kam eines vorbei. Es hatte am Ufer angelegt. Ein Soldat sprang ans Ufer und fragte uns, ob wir Wodka hätten. Ich sagte ihm, daß ich zwei Flaschen hätte, worauf er mir ins Boot half. Noch einige Juden hatten Wodka. Sie stiegen ebenfalls ein. Dann stieß das Boot ab.

Mitten auf dem Fluß aber stellte einer der Russen den Motor ab. Einer von ihnen sagte uns, daß er uns alle ins Wasser schmeißen würde, wenn wir ihnen nicht mehr Wodka geben würden. Er sagte, sie wollten auch Geld. Wir machten eine Art Sammlung und händigten mehr Wodka aus und auch etwas Geld. Der Russe zählte das Geld und wollte mehr. Wir fingen aufs neue zu sammeln an, bis sie sich zufrieden gaben. Dann ging die Fahrt weiter. Als wir am anderen Ufer ankamen, waren wir froh, mit heiler Haut davongekommen zu sein. Wir stiegen aus und zerstreuten uns im Dunkeln.

Wir waren im bessarabischen Flachland. Weit und breit waren dunkle Felder zu sehen, ab und zu Wald. Wir gingen durch menschenleere Dörfer. Einer der Juden sagte: »Das waren jüdische Dörfer. Alle Bewohner wurden beim Einmarsch der Deutschen und der Rumänen erschossen. Einige der rumänischen Bauern, die in den jüdischen Dörfern gewohnt hatten, sind anscheinend fortgezogen.«

Ich sagte: »Als Junge bin ich oft mit meinem Großvater durch Bessarabien gefahren. Mein Großvater war Viehhändler, und Bessarabien war sprichwörtlich für billiges Vieh. Es wimmelte damals von Juden in Bessarabien. Besonders in Kischinew und Beltz. Man sah sie auch auf der Landstraße, jüdische Händler und Hausierer. Wo sind sie jetzt?«

»Tot«, sagte der Jude. »Alle.«

Wir gingen die ganze Nacht. Mein Gesprächspartner sagte: »Wir müssen aufpassen, daß uns keine russische Patrouille sieht. Angeblich ziehen die Russen alle Männer ab achtzehn zum Militärdienst ein.«

»Glaubst du, daß die Russen den Juden trauen?«
»Nein. Der Militärdienst ist nur ein Vorwand. Sie werden die Männer zur Zwangsarbeit schicken, vielleicht nach Sibirien oder ins Donezbecken.«

Unsere Gruppe erreichte am Morgen einen kleinen Bahnhof. Neben den Gleisen lagerten Hunderte von Flüchtlingen. Es waren Juden aus der rumänisch besetzten Ukraine, dem Gebiet von Transnistrien. Sie waren aus allen Richtungen gekommen, aus Berschad und Jampol und Djurin, sie mußten es irgendwie geschafft haben, den Dnjestr zu überqueren, und sie warteten hier auf einen Zug, der sie nach Czernowitz bringen sollte. Ich sprach mit einigen Leuten und erfuhr, daß sie schon zwei Tage und zwei Nächte hier warteten, aber bisher hatte keiner von ihnen einen Zug gesehen.
»Es ist zwecklos«, sagte ich. »Am besten, wir gehen zu Fuß weiter.«

Am späten Nachmittag erreichten wir ein kleines bessarabisches Dorf. Der Bauer, ein Rumäne, ließ uns in der Scheune schlafen. Wir lebten von den Lebensmitteln, die wir mitgebracht hatten, aber sie gingen allmählich zu Ende. Am nächsten Morgen zogen wir weiter. Wir kamen wieder auf einen kleinen eingleisigen Bahnhof. Auch hier lagerten Hunderte von jüdischen Flüchtlingen. Ich entdeckte eine Bekannte unter ihnen, Helga Sabbat aus Sereth. Wir begrüßten uns und erzählten uns kurz, woher wir kamen. Helga war im Ghetto Berschad gewesen, unweit vom Bug. Ich hatte viel über Berschad gehört. Dort war das Massensterben noch schlimmer gewesen als in

Moghilev-Podolsk. Helgas Familie war tot, ihre Eltern und Geschwister an Typhus gestorben, ihre Großeltern, die ich noch gekannt hatte, waren während eines Todesmarsches zurückgeblieben und von rumänischen Gendarmen erschossen worden. Helga hatte eine kleine Freundin bei sich, ein ungefähr dreizehnjähriges Mädchen, die verliebte Augen machte, als Helga mich vorstellte.

»Das ist Martha«, sagte sie. »Sie hat keine Familie. Ich kannte sie von früher und hab sie mitgenommen.«

Martha erzählte mir, daß sie aus einem kleinen Dorf kam, in der Nähe von Radautz.

»Meine Eltern hatten dort eine Schenke und einen kleinen Bauernhof.«

»Wo sind deine Eltern?« fragte ich.

»Tot«, sagte sie nur.

Ein paar russische Soldaten, die über den Bahnhof schlenderten, sagten uns, daß heute nachmittag ein Zug erwartet würde, der in Richtung Czernowitz fuhr. Der Zug kam auch tatsächlich, ein Militärzug, der mit Panzern und Munition geladen war. Der Zug blieb nicht lange stehen, aber lang genug, um aufzusteigen. Die Flüchtlinge hockten auf den Dächern und saßen zwischen Panzerfahrzeugen. Es ging im Schneckentempo weiter. Soldaten sprangen ab und zu ab und reparierten die Gleise, notdürftig, aber gut genug, um weiterzufahren. Gegen Abend tauchten deutsche Flugzeuge auf. Sie kamen im Sturzflug auf den Zug zu und schossen aus ihren Maschinengewehren. Dann fielen einige Bomben. Die meisten gingen zwar daneben, aber eine traf den zweiten Waggon, der krachend in die Luft flog. Der Zug blieb stehen. Panzer und Munitionskisten lagen auf der Strecke. Es gab auch einige Tote. Die anderen Flüchtlinge und die Soldaten waren abgesprungen. Einige Soldaten ballerten mit ihren Maschinenpistolen, aber trafen die Flugzeuge nicht. Die hatten abgedreht und waren im Abendhimmel verschwunden.

Es blieb uns nichts andres übrig, als zu Fuß weiterzugehen. Ich schloß mich Helga und Martha an, und so gingen wir zu dritt die endlose Landstraße entlang. Irgendwie war ich froh, daß ich die Gruppe abgeschüttelt hatte.

Gegen Abend erreichten wir ein Dorf. Helga nahm sich ein Herz und pochte an die Tür eines kleinen strohgedeckten Bauernhauses. Ein alter Bauer machte auf.

»Juden?« fragte er.

Wir sagten: »Ja.«

»Ich habe nichts gegen Juden«, sagte der Bauer. »Ich weiß, daß die Russen die Juden beschützen. Deswegen ist es gut für uns, Juden im Haus zu haben.«

»Haben die Russen euch belästigt?« fragte Helga.

»Ja. Sie haben ein Schwein mitgenommen und einige Hühner.«

»Sie werden keine weiteren Tiere wegnehmen, solange wir da sind«, sagte Helga.

Wir traten ein. Eine muffige, enge Bauernstube. Am Herd saß eine alte Frau.

»Meine beiden Töchter haben geheiratet«, sagte der Bauer, »früher wohnten sie mit uns. Mein Sohn war in der rumänischen Armee und ist bei Stalingrad gefallen. Seine Frau wohnt nebenan.« Er fragte: »Habt ihr Tabak?«

»Ich habe Tabak«, sagte ich, »geschnittenen.«

Meine Mutter hatte mir einen großen Beutel Tabak mitgegeben. »Den wirst du als Tauschmittel brauchen«, hatte sie gesagt. Wie recht sie hatte. Offenbar gab es keinen Tabak in Bessarabien.

»Kriegt ihr keinen Tabak?« fragte ich.

Der Bauer schüttelte den Kopf. »Es gibt seit Monaten keinen Tabak mehr«, sagte er. »Sie können ein ganzes Schwein für ein Säckchen Tabak kaufen.«

Ich gab dem alten Bauern eine Handvoll Tabak. Er stopfte sich gleich eine Pfeife und blies den Rauch genüßlich vor sich hin.

»Wenn ihr wollt«, sagte er, »geh ich zum Nachbarn und hole Schweinefleisch und Kartoffeln. Meine Frau wird einen guten Braten für euch machen. Aber ich brauche mehr Tabak für den Nachbarn.«

Ich gab ihm mehr Tabak, und der Bauer verließ die Stube.

»Er wird für den Tabak gutes Fleisch bringen«, sagte die Alte. »Ich habe noch rote Rüben, davon mach ich euch eine Suppe. Ihr seid doch sicher hungrig?«

»Ja«, sagte Helga. »Wir haben seit Tagen kaum was gegessen.«

Als der Bauer mit dem Fleisch und den Kartoffeln zurückkam, sagte die Alte:

»Stimmt das, daß die Juden kein Schweinefleisch essen?«

»Die frommen Juden«, sagte Helga. »Aber wir sind nicht fromm.«

»Was passiert, wenn ein frommer Jude Schweinefleisch ißt?«

»Gar nichts«, sagte Helga. »Er bekommt ein schlechtes Gewissen.«

»Man schläft schlecht«, sagte der alte Bauer, »wenn das Gewissen schlecht ist.«

»Wir schlafen nur schlecht, wenn wir nichts zu essen haben«, sagte Helga. »Nach einem guten Schweinebraten schlafen wir gut.«

»Die Russen haben vor einigen Tagen Czernowitz genommen«, sagte der alte Bauer. »Ich war mal in Czernowitz in meiner Jugend. Es ist eine schöne Stadt.«

»Ja«, sagte ich. »Czernowitz war mal die Hauptstadt der Bukowina, der Nachbarprovinz von Bessarabien. Es war eine alte Kaiserstadt mit vielen Theatern und einer Oper und einer Universität und vielen schönen Kaffeehäusern.«

»Wie ist es jetzt?« fragte der Bauer.

»Das wissen wir nicht«, sagte Helga, »aber wo der Russe hintritt, da wächst kein Gras mehr. Wir wissen nicht, was aus den Theatern geworden ist und der Universität und der Oper und den vielen Kaffeehäusern.«

»Die Russen haben Rumänien schon erobert?« sagte die Alte.

»Noch nicht«, sagte Helga, »aber ich habe gehört, daß die Russen sechzig Kilometer vorgestoßen sind, das heißt: sechzig Kilometer über Czernowitz hinaus.«

»Dann hätten sie Sereth erobert«, sagte ich.

»Das sowieso«, sagte Helga, »wenn sie sechzig Kilometer über Czernowitz hinaus sind, dann liegt die Front irgendwo in der Nähe von Radautz.«

»Radautz«, sagte der alte Bauer. »Ich kenne die Landkarte nicht, aber von Radautz habe ich schon gehört.«

»Es liegt achtzehn Kilometer von Sereth entfernt«, sagte ich. »Wir Juden wurden im Jahre 41 vom Radautzer Bahnhof deportiert. Ich kann den Radautzer Bahnhof noch deutlich vor mir sehen. So was vergißt man nicht.«

»Die Russen waren zweimal hier«, sagte der alte Bauer. »Beim ersten Mal haben sie das Schwein mitgenommen und ein paar Hühner, beim zweiten Mal wollten sie Wodka.«

»Habt ihr ihnen Wodka gegeben?«

»Nein«, sagte der alte Bauer, »weil wir keinen hatten. Aber ich gab ihnen rumänischen Schnaps... Zuika... und damit waren sie zufrieden.«

»Zuika wird aus Pflaumen gemacht«, sagte die Alte. »Wir machen ihn selber.«

»Ich habe noch ein paar Flaschen im Haus«, sagte der alte Bauer. »Wenn Sie mir noch etwas Tabak geben, damit ich meine Pfeife stopfe, dann mach ich später eine Flasche auf.«

»Gut«, sagte ich. »Den Tabak können Sie haben.«

»Wir kommen aus Berschad«, sagte Helga, »eine Stadt am Bug.«

»Und ich komme aus Moghilev-Podolsk«, sagte ich. »Wissen Sie, wo das ist?«

»Nein«, sagte der Bauer.

»Eine ukrainische Stadt am Dnjestr, völlig vom Krieg zerstört.« Ich fügte hinzu: »Ein riesiges Ruinenfeld. In diesen Ruinen haben wir fast drei Jahre lang gelebt.«

»Schlecht gelebt?« fragte der Bauer.

»Ja«, sagte ich. »Wir hatten noch Glück, weil wir einen Schwarzhandel betrieben und ein Dach über dem Kopf hatten, aber die meisten Juden sind in den Ruinen verhungert und erfroren. Auch an Typhus gestorben. Es war ein großes Sterbefeld.«

Ich sagte: »Aber das war nicht alles. Tausende wurden weiter verschleppt und unterwegs erschossen und erschlagen. Und viele wurden den Deutschen ausgeliefert und kamen nie wieder zurück.«

»Jetzt geht ihr aber wieder nach Hause«, sagte der alte Bauer.

»Ja«, sagte Helga. »Jetzt gehen wir wieder nach Hause.«

»Woher seid ihr?« fragte der alte Bauer.

»Aus Sereth«, sagte Helga. Sie zeigte auf mich. »Er kommt aus Deutschland, aber er hat vor dem Krieg in Sereth gewohnt.«

»Und die Kleine?« fragte der Bauer und zeigte auf Martha.

»Sie kommt aus einem kleinen Dorf in der Nähe von Radautz.«

»Lebt ihre Familie noch?« fragte der Bauer.

»Nein«, sagte Helga.

»Kurz vor dem Rußlandkrieg«, sagte der Bauer, »da kamen plötzlich die Sowjets und haben Bessarabien besetzt.«

»Sie haben damals auch Polen besetzt und die baltischen Länder«, sagte ich. »Und sogar Czernowitz und die Hälfte der Bukowina.«

»Das weiß ich nicht«, sagte der Bauer. »Ich weiß nur, daß sie damals hier bei uns waren, sogar in diesem Dorf.«

»Im Jahre 40 war das«, sagte Helga.

»Ja, im Jahre 40«, sagte der Bauer.

»Wie haben euch die Russen damals behandelt?« fragte ich.

»Schlecht«, sagte der Bauer. »Sie haben uns kleinen Bauern alles weggenommen, Haus und Hof, auch das Vieh.«

Der Bauer paffte bedächtig und bewegte seine Pfeife im Halbkreis um den Kopf. »Am schlimmsten waren die jüdischen Kommissare«, sagte er, »die haben uns das Leben zur Hölle gemacht.«

»Jüdische Kommunisten«, sagte ich. »Stalin hat besonders Juden ausgewählt, um hier seine Politik durchzusetzen. Ich nehme an, weil in Bessarabien, aber auch in der Bukowina, so viele Juden wohnten.«

»Die Bauern haben die Juden verflucht«, sagte der alte Bauer, »obwohl ich ihnen immer wieder gesagt habe: Nicht alle Juden sind Kommissare. Schaut mal in unser Dorf. Ist der jüdische Schuster Horrowitz etwa ein Kommissar oder der jüdische Schmied oder der jüdische Schankwirt? Ich trinke immer meinen Schnaps beim Schankwirt, und es ist ein anständiger Schnaps, nicht etwa verdünnt mit Wasser wie bei dem ukrainischen Schankwirt Kolja. Und der jüdische Schmied hat seit Jahren meine Pferde beschlagen, und so wahr ich Dimitriu heiße, er hat mich nie betrogen. Aber davon wollten die Bauern nichts wissen. – Alle Juden sind Stalinisten, sagten sie. Seht mal die Kommissare.«

»Dann kamen die Deutschen und die Rumänen und haben die Kommissare vertrieben und mit ihnen die Sowjetarmee«, sagte ich. »Aber jetzt sind sie wieder zurück.«

»Im Jahre 41«, sagte der Bauer, »da haben sich mal drei jüdische Männer in meinem Stall versteckt. Sie kamen aus Chotin, das ist nicht weit von hier. Die rumänischen Gendarmen haben alle Häuser durchsucht, auch mein Haus und meinen Stall. Als sie die drei fanden, haben sie sie gleich an die Wand gestellt und erschossen. Mich schleppten sie zur Polizei, weil ich die Juden versteckt hatte. Aber der Bürgermeister kannte mich gut und hat sich für mich eingesetzt. – Er hat's nicht gesehen, daß die Juden in seinem Stall versteckt waren, sagte er. Und ich sagte: Ich hab nichts gesehen. Da ließen sie mich wieder laufen.«

»Die Rumänen und die Deutschen haben Tausende Juden auf dem Durchmarsch erschossen«, sagte ich. »Ich war damals in Sereth, aber das Gerücht von den Massenerschießungen drang bis zu uns.«

»Ja, die Rumänen und die Deutschen haben gewütet«, sagte der Bauer. »Uns Bauern sagten sie: Alle Juden sind Kommunisten. Deshalb müssen sie sterben. Einer hat mal gefragt: Auch die kleinen Kinder? Die auch, hatte der Soldat gesagt: Die Kinder lernen von ihren Vätern und werden später noch schlimmere Kommunisten.« Der Bauer spuckte aus. »Die Faschisten waren ein schlimmes Pack«, sagte er, »aber die Russen sind auch nicht besser.«

»Die Russen töten keine Kinder«, sagte ich, »und wir Juden haben es besser bei ihnen.«

»Das ist wahr«, sagte der Bauer.

Die Alte sagte: »Die Russen werden Hunderttausende nach Sibirien schicken, so wie sie das im Jahre 40 gemacht haben.«

»Abwarten«, sagte Helga. »Wir wissen nicht, was die Russen vorhaben.«

Die Alte machte den Schweinebraten und kochte Kartoffeln. Er roch nach Lorbeerblättern, Zwiebeln und Knoblauch. Sie kochte auch eine Rübensuppe. Wir setzten uns zu Tisch. Der alte Bauer holte eine Flasche rumänischen Zuika und sagte: »Davon kann man tüchtig furzen.«

Gerade, als wir zu essen anfingen, kam die Schwiegertochter herein.

»Das sind unsere Gäste«, sagte der alte Bauer. »Es sind Juden, die von der Deportation zurückkommen, aus der Ukraine. Sie werden ein gutes Wort für uns einlegen, falls es den Russen einfallen sollte, heute nacht das Vieh wegzuholen.«

»Juden?« sagte die Schwiegertochter.

»Ja«, sagte Helga.

»Die Russen mögen die Juden. Sie tun den Juden nichts.«

»Ja«, sagte Helga.

Die Schwiegertochter nahm ebenfalls am Tisch Platz, und die Alte stellte noch einen Suppenteller vor sie hin.

»Es ist ein guter Borschtsch«, sagte die Alte. »Hier. Trink etwas Zuika.« Die Alte schenkte ein, und die Schwiegertochter prostete uns zu. Sie sagte: »Ich habe nichts gegen Juden.«

Die Alte zeigte auf das große Bett im Zimmer. »Zwei von euch können im Bett schlafen, der dritte wird bei der Schwiegertochter schlafen.«

»Gut«, sagte die Schwiegertochter, »einer von euch kann zu mir kommen.« Die Schwiegertochter guckte mich ziemlich geil an. Offenbar hatte sie keinen Mann mehr gehabt, seitdem ihrer bei Stalingrad gefallen war. Ich hatte aber keine Lust, zu ihr zu gehen. Sie war ein häßliches

Weib mit einem derben Gesicht und einer großen Narbe auf der linken Wange.

»Willst du zu ihr gehen?« fragte Helga und zeigte auf die Schwiegertochter.

»Nein«, sagte ich. »Sie ist mir nicht sympathisch.« Ich sprach deutsch, damit der Bauer und seine Familie mich nicht verstanden.

»Gut«, sagte Helga, »dann werde ich bei ihr schlafen. Du kannst dir mit Martha das große Bett teilen.«

Damit war ich einverstanden.

Helga zeigte auf mich. »Er will bei Martha bleiben«, sagte sie. »Er fürchtet sich ohne uns, weil er nachts Alpträume hat.«

»Er spricht ein komisches Rumänisch«, sagte der alte Bauer, »so wie einer, der in der Fremde geboren wurde.«

»Er kommt aus Deutschland«, sagte Helga.

»Dann hat er den Hitler gekannt?« fragte der alte Bauer.

»Nicht persönlich«, sagte ich.

»Warum wollte Hitler alle Juden umbringen?«

»Weil er verrückt war«, sagte Helga.

»Sind alle Faschisten verrückt?«

»Irgendwie schon«, sagte Helga.

Wir aßen mit gutem Appetit und leerten die halbe Zuikaflasche. Der alte Bauer stieß mehreremal mit mir an und fragte: »Hast du den Hitler wirklich nicht gekannt?«

»Ich habe ihn einmal während einer Parade gesehen.«

»Hatte er wirklich eine Stirnlocke und einen Schnurrbart?«

»Ja«, sagte ich.

Helga ging mit der Schwiegertochter fort. Die Alte machte unser Bett und löschte die Petroleumlampe aus.

»Haben Sie ein zweites Bett im anderen Zimmer?« fragte ich.

»Nein«, sagte die Alte. »Wir schlafen auf dem Fußboden. Aber mach dir keine Sorgen. Wir haben Lammfelle und Decken.«

Ich schlief in meinen Unterhosen und Martha im Unterrock. Sie lehnte im Dunkeln den Kopf an meine Schulter. Ich streichelte sie. Sie fing zu schluchzen an.

»Nicht weinen«, sagte ich.

Ich küßte sie zärtlich und berührte ihre kleinen Brüste. Dann fuhr ich mit der Hand unter ihren Rock und berührte ihr Geschlechtsteil.

»Wie alt bist du?« fragte ich.

»Vierzehn«, sagte sie.

»Das stimmt nicht«, sagte ich.

»Nein, es stimmt nicht. Ich bin dreizehn, aber in sechs Monaten werde ich vierzehn.«

»Also dreizehn«, sagte ich.

»Und wie alt bist du?«

»Achtzehn«, sagte ich.

»Ich hätte dich jünger geschätzt.«

»Wie alt?«

»Siebzehn«, sagte sie.

Ich lachte und sagte: »Ich bin trotzdem zu alt für dich. Ich bin doch kein Kinderschänder.«

Ihr Geschlechtsteil war feucht und verlangend. Trotzdem scheute ich mich, es mit ihr zu machen.

Ich streichelte sie und sagte: »Wir werden jetzt schlafen.« Sie weinte noch ein bißchen, dann drehte sie sich um und zeigte mir den Rücken.

Helga kam schon in der Morgendämmerung zu uns.
»Ich konnte nicht schlafen«, sagte sie. »Und ihr? Habt ihr gut geschlafen?«
»Ja«, sagte ich. »Ausgezeichnet.«
Die beiden Alten waren auch schon wach. Die Alte brühte Tee. Dann setzte sie einen Maisbrei auf. Die Rumänen nennen den Maisbrei Mamaliga. »Ich mach euch eine gute Mamaliga«, sagte die Alte, »und dazu gibt's Brinsa.« Brinsa war Schafskäse.
Wir frühstückten und ließen es uns schmecken.
»Wie weit ist es nach Czernowitz?«
»Ungefähr dreißig Kilometer«, sagte der Alte.
»Wir wollen noch heute nach Czernowitz«, sagte Helga.
»Wenn ihr tüchtig marschiert, könnt ihr es schaffen.«
»Wir werden es versuchen«, sagte Helga.

Ich gab dem Alten noch etwas Tabak, und er überließ mir die halbleere Zuikaflasche.
»Ihr seid hier nicht weit von Chotin«, sagte er. »Aber ihr braucht gar nicht nach Chotin zu gehen. Unten an der nächsten Kreuzung ist ein Wegweiser. Dort steht drauf: sechzehn Kilometer nach Chotin. Ihr braucht euch nicht darum zu kümmern, sondern geht in die entgegengesetzte Richtung, dann kommt ihr direkt nach Czernowitz.«
Wir packten unsere Sachen, verabschiedeten uns von den Bauern, bedankten uns und gingen.

Wir trafen viele Juden unterwegs, die alle nach Rumänien wollten und die Route über Czernowitz eingeschlagen hatten. Sie warnten uns vor den Russen.

»Die Russen rekrutieren alle Männer ab achtzehn. Die machen nicht viel Faxen und nehmen einen gleich mit.« Sie zeigten auf mich. »Besonders der da muß aufpassen.«

An der Kreuzung nach Chotin schlugen wir die entgegengesetzte Richtung ein. Durch eine Lichtung am Waldrand schimmerte das breite Band des Dnjestr.

»Wißt ihr, daß wir die ganze Zeit am Dnjestr entlanggelaufen sind?«

»Ja«, sagte ich, »obwohl wir den Dnjestr nicht gesehen haben. Er floß hinter dem Wald und den Feldern.«

»Wenn wir immer geradeaus gehen«, sagte Helga, »dann kommen wir zum Pruth.«

»Pruth?« fragte Martha.

»Der Pruth ist der Czernowitzer Fluß. Er kommt aus Polen und fließt durch Kolomea. Die Russen haben ihn zum Grenzfluß erklärt.«

»Grenzfluß?« sagte Martha.

»Ich glaube, weil die Russen alles diesseits des Pruth annektieren wollen, es soll Sowjetunion werden, den Rest des Landes werden sie den Rumänen lassen.«

»Woher weißt du das?«

»Ich habe mit russischen Offizieren gesprochen. Sie werden Rumänien bald ganz erobert haben und dann dort eine kommunistische Regierung einsetzen. Das Land jenseits des Pruth bleibt aber rumänisch.«

»Du scheinst ja ziemlich viel zu wissen«, sagte ich.

»Die russischen Offiziere, die mir das gesagt haben,

waren Juden. Wir haben jiddisch gesprochen, und die haben mir das vertraulich gesagt.«

»Die Frage bleibt, woher die jüdischen Offiziere so gut Bescheid wußten.«

»Sie wußten es von ihrem General, übrigens auch ein Jude.«

Ich lachte und sagte bloß: »Ach so.«

Ich zog meinen Mantel aus und später auch die kurze Joppe. Die Sonne war schon fast sommerlich. Das ganze Land blühte grün und gelb, durchsetzt von Blumen in allen Farben. Die Maisstauden am Wegrand standen noch niedrig und bewegten sich nur leicht im Wind. Helga hatte ihr Kopftuch abgenommen und ließ ihr Haar im Wind flattern. Wir schritten kräftig aus und begannen zu singen, alles durcheinander, rumänische und jiddische Lieder. Helga kannte auch Zigeunerweisen und sang sie vor sich hin. Bessarabien und die Bukowina waren schließlich Zigeunerland. Wir alle kannten diese schwermütigen Lieder.

Am späten Nachmittag erreichten wir den Pruth. Auf der anderen Pruthseite lag die alte Kaiserstadt Czernowitz.

»Die Österreicher sind im Jahre 1772 in Polen einmarschiert«, sagte ich, »und haben Galizien besetzt, zwei Jahre später, im Jahre 1774 eroberten sie die Nachbarprovinz Bukowina, die damals von Moldaufürsten regiert wurde. Das Land hieß damals noch nicht Bukowina, den Namen haben die Österreicher erfunden.«

»War Czernowitz damals schon die Hauptstadt?« fragte Martha.

»Nein«, sagte ich. »Es gab überhaupt keine Hauptstadt.

Czernowitz war damals ein kleines Dorf. Ich weiß nicht, warum die Österreicher beschlossen, das Dorf zur Hauptstadt zu machen. Angeblich sollte Sadagura Hauptstadt werden, das Nachbarstädtchen von Czernowitz, aber Sadagura hieß damals noch Wagenbach, nach einem russischen Offizier mit deutschem Namen, und nach einem Russen wollten die Österreicher ihre Hauptstadt nicht nennen. Also fiel die Wahl auf Czernowitz.«

»Ursprünglich«, sagte ich, »lag das Dorf Czernowitz am linken Pruthufer. Nach einer Überschwemmung bauten die Österreicher das Dorf wieder auf, aber auf der anderen Flußseite.«

»Und das ist heute Czernowitz?« fragte Martha.

»Ja«, sagte ich.

»Und aus dem Dorf ist eine Stadt geworden?«

»Ja, eine herrliche Stadt, die Perle der Bukowina.«

»Die Bukowina gehörte fast 150 Jahre zu Österreich«, sagte ich. »Nach dem Ersten Weltkrieg zogen die Österreicher ab, und die Bukowina wurde rumänisch. Die rumänische Bevölkerung jubelte damals, aber auch die Ukrainer, die den Anschluß an die Ukraine herbeisehnten. Die einzigen, die um Österreich getrauert haben, waren die Juden. Sie waren absolut kaisertreu.«

»Die Juden waren die verläßlichste Minorität in Österreich«, sagte Helga. »Besonders in Czernowitz trauerten die Juden, als die Österreicher abzogen, kein Wunder, da in Czernowitz alles deutschsprachig war, die Presse, das Theater und so weiter, und jetzt sollten sie sich auf Rumänisch umstellen.«

»Der ganze Kulturbereich war in jüdischen Händen.«

»Ja.«

»In Sereth war es nicht anders«, sagte ich. »Die Serether Juden fühlten sich als Österreicher.«

»Wann kamen deine Verwandten nach Sereth?« fragte Helga.

»Kurz nach dem Einmarsch der Österreicher im Jahre 1775. Sie kamen aus Galizien, ich glaube aus Kolomea oder Horodenka.«

»Die meisten Serether kamen aus Galizien«, sagte Helga, »meine Leute kamen aus Lemberg.«

»Lemberg«, sagte Martha, »es soll so ähnlich aussehen wie Czernowitz.«

»Nein«, sagte Helga. »Ich war einmal in Lemberg. Es sieht anders aus als Czernowitz, aber es hat dieselbe Atmosphäre, ein Hauch von Kaiser Franz Joseph, man spürt ihn überall in der Stadt.«

Als wir zur Pruthbrücke kamen, bemerkten wir russische Posten auf der Brücke.

»Wir gehen lieber unter der Brücke durch«, sagte ich, »ich habe keine Lust, mich von dem Posten aufhalten zu lassen.«

»Sie könnten dich verhaften«, sagte Helga, »und gleich ins Militär stecken.«

»Sie könnten mich auch zur Zwangsarbeit schicken«, sagte ich.

Wir gingen unter der Brücke durch. Teilweise wateten wir durchs Wasser. Der Fluß war hier nicht tief, aber reißend. Ich mußte meine Hosen festhalten, und die Mädchen hoben ihre Kleider bis über die Hüften. Endlich waren wir am anderen Ufer und kletterten dort die Böschung hinauf.

## 9

Czernowitz glich einer belagerten Stadt und nicht einer befreiten. Überall sowjetische Panzer und Soldaten. Durch die Straßen rasten Lastautos mit Militär. Wir gingen zum Bahnhof, der in der unteren Stadt lag, dicht am Pruth, und folgten dann der alten Tramlinie in die Oberstadt. Aus einem niederen Fenster beobachtete uns eine alte Frau. Sie fragte: »Juden?«

»Ja«, sagte Helga.

»Woher kommt ihr?«

»Aus Transnistrien«, sagte Helga, »Ukraine.«

»Von den Deportierten?«

»Ja.«

»Wir glaubten, die Deportierten wären alle umgekommen.«

»Nicht alle«, sagte Helga.

Wir gingen zum Ringplatz im Zentrum. Ich erkannte das Hotel Schwarzer Adler.

»Schau«, sagte ich zu Helga. »Das ist das Hotel Schwarzer Adler. War mal das berühmteste und beste Hotel in Czernowitz. Meine Tante hat dort Hochzeit gefeiert, 1936. Ich war damals noch ein kleiner Junge.«

»Das Hotel sieht ziemlich vergammelt aus«, sagte Helga. »Es scheint einiges vom Krieg abgekriegt zu haben.«

Wir gingen zum Theaterplatz. Gegenüber dem großen Platz hatte meine Tante gewohnt, nicht die, die im Hotel Schwarzer Adler geheiratet hatte, sondern Binnutza Rukkenstein, eine Verwandte meiner Großmutter. Ich erkundigte mich im Haus nach den Ruckensteins. »Als die Rumänen das Ghetto einrichteten, sind die Ruckensteins fortgezogen«, sagte man mir. »Wahrscheinlich wohnen sie jetzt in der Judengasse oder am Türkenbrunnen.«

Wir gingen ins ehemalige Ghetto und zogen Erkundigungen ein. Endlich fand ich das Haus der Ruckensteins, in der Nähe der Synagogengasse und der Bindergasse. Helga und Martha suchten ebenfalls ihre Verwandten. Wir verabschiedeten uns und versprachen, uns wiederzusehen.

Tante Binnutza war nicht besonders erfreut, mich zu sehen. Ein zusätzlicher Esser, das war schwierig, da sie selbst nichts hatten. Ich sagte, ich könnte mich mit Tabak revanchieren, und Tabak könnte sie ja eintauschen, für Lebensmittel zum Beispiel. Da war noch ein Sohn da, etwas jünger als ich, und ihr Vater, ein Raucher.

Der Alte freute sich, als ich ihm Tabak gab, und sagte, ich solle mich wie zu Hause fühlen.

Tante Binnutza erzählte mir, wie das war, als die Deutschen und die rumänischen Faschisten im Jahre 41 einmarschierten. »Sie haben gleich ein paar Tausend Juden erschossen, darunter auch den Oberrabbiner. Der Rest der Czernowitzer Juden wurde zum Bug abgeschoben, nach Transnistrien. Ein paar Ausnahmefälle konnten bleiben. Wir gehörten zu den Ausnahmen. Wir hatten Popovichpässe. Popovich war der ehemalige Bürgermeister, der sich sehr für Juden eingesetzt hat und Papiere ausgestellt hat, die es den Juden erlaubten, in gesonderten Quartieren zu wohnen. Wir mußten allerdings aus unserem Haus am Theaterplatz ausziehen und in das Judenviertel übersiedeln.« Sie erzählte, daß ihr Mann 1942 gestorben war und sie es schwer hatte, die Familie durchzubringen.

»Wie hat man die Juden abtransportiert?«

»In Viehwaggons, unten am Bahnhof am Pruth. Viele sind unterwegs gestorben. Bekannte von mir wurden in Flößen über den Dnjestr gebracht und mußten dann bis zum Bug zu Fuß gehen. Wer nicht schnell genug gehen konnte, wurde von den rumänischen Gendarmen an Ort und Stelle erschossen. Am Bug waren rumänische und deutsche Lager. Wer Glück hatte, blieb bei den Rumänen. Diejenigen, die den Deutschen ausgeliefert wurden, hat man gleich erschossen.«

»Ja, ich weiß«, sagte ich, »ich kenne die Geschichten vom Bug.«

Ich ließ es mir in Czernowitz gut gehen. Für etwas Tabak bekam ich ein Billett für die Oper. Ich war noch nie in der Oper gewesen und war gespannt. Es stellte sich aber heraus, daß keine Opernaufführungen stattfanden. Eine Soldatengruppe sang russische Lieder und führte Kosakentänze auf. Es gefiel mir trotzdem. Das Gefühl, in einer Oper zu sein, genügte. Ich hatte mir sogar von Tante Binnutza ein Opernglas geborgt und trug es stolz zur Schau.

Die meisten Czernowitzer Kaffeehäuser waren geschlossen. Ich fand aber eins, das geöffnet war. Ich ging täglich hin und genoß das Gefühl, frei zu sein. Eines Tages setzten sich drei Russinnen an meinen Tisch. Sie trugen Soldatenkleider, und die eine war sogar Feldwebel. Der Feldwebel sprach deutsch. Sie sagte, sie hätte in Moskau Germanistik studiert. Wir unterhielten uns über Goethe und Schiller. Als ich den Feldwebel fragte, ob wir uns nicht mal privat treffen könnten, willigte sie ein. Wir verabredeten uns für den nächsten Tag am Ringplatz.

Ich hatte ein Zimmer in einem Stundenhotel gemietet und war ganz aufgeregt. »Paß auf, Jablonski«, sagte ich zu mir. »Die Frau ist ein Feldwebel. Du könntest Ärger haben. Wenn sie dich anzeigt wegen Vergewaltigung oder so was, dann bist du dran. Die Russen sind schließlich die Besatzungsmacht.«

Sie kam auch pünktlich. Ich stellte fest, daß sie ziemlich dick war und riesige Brüste hatte, die unter der Uniform wie zwei geplatzte Orangen hervorquollen. Sie hieß Natascha, hatte zwar in Moskau studiert, stammte aber aus einem russischen Dorf.
　»Wir können zu mir nach Hause gehen«, sagte ich. »Es ist nicht weit.«
　Damit war sie einverstanden. Wir unterhielten uns über

Literatur, und ich gestand ihr, daß ich die Absicht hätte, Schriftsteller zu werden.

Das begeisterte Natascha. »Haben Sie schon etwas veröffentlicht?« wollte sie wissen.

»Ehrlich gesagt, noch nicht«, sagte ich, »aber ich bin erst achtzehn und lasse mir Zeit.«

»Worüber wollen Sie schreiben?« fragte sie.

»Über das Ghetto«, sagte ich, »und den Krieg.«

»Waren Sie in einem Ghetto?«

»Ja.«

»Dann sind Sie Jude?«

»Ich bin Jude«, sagte ich.

»Haben die Nazis Sie verschleppt?«

»Nein. Die rumänischen Faschisten. Sie sind mit den Deutschen verbündet. Und auch sie haben ganz schön gewütet. Sie haben viele Juden erschossen, und sie haben auch Juden der SS ausgeliefert. Besonders am Bug. Da war es ganz schlimm.«

»Der Bug fließt in der Ukraine. Das ist Sowjetunion.«

»Ja«, sagte ich. »Es war das Gebiet, das die Deutschen und die rumänischen Faschisten von der Sowjetunion erobert hatten.«

»Gestohlen«, sagte Natascha.

»Natürlich gestohlen«, sagte ich. »Aber die Sowjets haben es ja zurückerobert. Sie haben alle Faschisten aus den sowjetischen Gebieten vertrieben.«

»Gott sei Dank«, sagte Natascha, und ich wunderte mich, daß sie das Wort Gott aussprach.

»Wie habt ihr die Befreiung erlebt?«

»Wir waren glücklich, als die Sowjets endlich kamen«, sagte ich. »Es sind Hunderttausende von uns gestorben, verhungert, am Typhus gestorben, erschlagen und erschossen.«

»Die Sowjets kamen also rechtzeitig?«

»Für mich und die Überlebenden, ja«, sagte ich. »Für die Toten kamen sie zu spät.«

Wir erreichten das Stundenhotel. Es war eigentlich eine große Wohnung. Die Wirtin, eine Czernowitzer Jüdin, vermietete die Zimmer stundenweise.

»Hier wohne ich«, sagte ich zu Natascha. Ich hatte der Wirtin gesagt, daß ich mit meiner Braut käme, und sie war natürlich verblüfft, als ich mit einem russischen Feldwebel auftauchte. Ich stellte Natascha kurz vor und bekam den Schlüssel zu einem der hinteren Zimmer.

Das Zimmer war ein altmodisches Schlafzimmer mit einem breiten Doppelbett in der Mitte. Kein Tisch und kein Stuhl. Ich forderte Natascha auf, Platz zu nehmen. Sie machte es sich auf dem Bett bequem, und ich setzte mich schnell neben sie hin.

»Hier wohnen Sie also?« sagte sie.

»Ja«, sagte ich, »allerdings nur vorübergehend, denn ich bleibe nicht lange in Czernowitz. Ich habe ein Haus in Sereth, vierzig Kilometer von hier entfernt.«

»Sereth«, sagte sie. »Da waren doch unlängst noch Kämpfe?«

»Ja«, sagte ich, »die Front ist nicht weit von Sereth, ich glaube, sie ist bei Radautz, das ist achtzehn Kilometer von Sereth.«

»Ich habe die Front in den letzten Tagen nicht verfolgt«, sagte Natascha, »aber das müßte ungefähr stimmen.«

»Sereth war einmal eine jüdische Stadt«, sagte ich, »aber die meisten Juden sind tot. Ich bin neugierig, wie das Städtchen jetzt aussieht.«

»Wie lange waren Sie nicht zu Hause?«

»Fast drei Jahre«, sagte ich. »Ich will vor allem sehen, ob das Haus noch steht, und was aus unseren Tieren geworden ist. Mein Großvater war Viehhändler, und wir hatten immer Kühe und Pferde im Stall. Sogar zwei Kettenhunde im Hof. Bin neugierig, ob jemand sie während unserer Abwesenheit gefüttert hat.«

»Ich bin in einem Dorf aufgewachsen«, sagte Natascha, »ich weiß, wie man an seinen Tieren hängt. Man kennt jedes einzelne. Ich kannte sogar die Hühner und war traurig, wenn eines geschlachtet wurde. Es gab eine Zeit, wo ich mich weigerte, Fleisch zu essen.«

»Ja, ich verstehe das«, sagte ich.

»War Sereth eine orthodoxe Stadt?« fragte Natascha.

»Wir hatten eine kleine orthodoxe Gemeinde«, sagte ich, »das waren Leute mit Kaftan und Pelzmützen und Schläfenlocken, ihre Frauen trugen Perücken und Kopftücher, aber die meisten Serether waren wie ich, wir gaben uns westeuropäisch.«

Ich sagte: »Wir sprachen alle Deutsch, mit Ausnahme der orthodoxen und der ganz einfachen Leute. Aber Deutsch war die Hauptsprache, obwohl Sereth seit 1918 zu Rumänien gehörte, aber darum kümmerte sich niemand. Die Rumänen hatten alle deutschen Straßennamen geändert, aber wir nannten die Straßen auch Jahre nach dem Ersten Weltkrieg mit ihren deutschen Namen. Wir fühlten uns als Österreicher. Das große Ideal blieb unser Kaiser Franz Joseph.«

»Wann werden Sie zurück nach Sereth gehen?«
»Sobald die Front etwas weiter weggerückt ist. Zwanzig Kilometer von Sereth entfernt, das ist mir zu gewagt. Was mache ich, wenn die Deutschen noch einmal vorstoßen und ich als Jude in ihre Hände falle?«
»Ja«, sagte Natascha. »Es ist jetzt zu riskant, obwohl ich nicht glaube, daß es den Deutschen gelingen wird, die sowjetische Armee zurückzuwerfen.«
Natascha hatte die Beine weit von sich gestreckt. Wie gern hätte ich sie gestreichelt, aber ich wagte nicht, sie anzurühren.
»Jablonski«, sagte ich zu mir. »Mach es vorsichtig. Streichele ihr Haar, dann ihre Brüste, von außen natürlich, fahr nur mit der Hand über ihr Kleid. Versuch, sie zu küssen. Später vielleicht, dann wirst du ihr das Uniformkleid aufheben und ein bißchen mit der Hand zwischen ihren Beinen fummeln. Sicher ist sie ganz feucht. Du siehst es an ihren Augen, wie erregt sie ist.«
»Haben Sie Dostojewski gelesen?« fragte Natascha.
»Natürlich«, sagte ich.
»Und Tolstoi?«
»Auch«, sagte ich.
»Wie alt waren Sie, als Sie deportiert wurden?«
»Fünfzehn.«
»Ich nehme an, daß es in diesem Ghetto keine Bücher gab.«
»Bücher gab es nicht«, sagte ich.
»Dann haben Sie all diese Bücher vor Ihrem fünfzehnten Lebensjahr gelesen?«
»Ja. Wir hatten eine deutsche Leihbibliothek in Sereth. Der Besitzer hieß Grauer. Grauer hat mir jede Woche die

besten Bücher geliehen, das heißt, die Bücher, die er für die besten hielt.«

»Kennen Sie auch Maxim Gorki? Und Die toten Seelen von Gogol?«

»Auch«, sagte ich.

»Dann sind Sie also mit unserer Literatur vertraut?«

»Ich kenne nicht alle russischen Autoren, aber die bekanntesten.«

Ich fragte: »Wer ist der beliebteste deutsche Autor in Ihrem Land?«

»Erich Maria Remarque«, sagte Natascha. »Im Westen nichts Neues.«

Sie fügte hinzu: »Ich habe gehört, daß Remarque in seiner Heimat nie anerkannt worden ist.«

»Er wurde von den Kritikern verpönt. Er war ihnen zu schlicht und einfach. Die deutschen Kritiker mögen komplizierte und schwülstige Literatur.«

»Das sind schlechte Kritiker«, sagte Natascha.

»Die deutschen Kritiker sitzen auf dem hohen Roß«, sagte ich, »aber sie üben eine unheilvolle Macht aus.«

»Da haben Sie sich gut informiert in so jungen Jahren. Sie waren kaum fünfzehn.«

»Das kann man wohl sagen«, sagte ich. »Ich hatte einige intellektuelle Freunde in Sereth, die haben viel angeregt.«

»Freunde, die älter waren als Sie?«

»Ja«, sagte ich.

Ich fragte schüchtern: »Darf ich Sie streicheln, Natascha?«

»Nein«, sagte sie. »Wir sollten schön brav bleiben. Ich bin in Ihre Wohnung gekommen, weil ich Ihnen vertraut habe.«

»Schon gut«, sagte ich. »Aber Sie sind so schön. Ich konnte nicht widerstehen.«

»Sie sind ein Mann«, sagte sie, »solche niedrigen Gelüste sollten Sie beherrschen.«

»Nur ein bißchen«, sagte ich. »Lassen Sie mich wenigstens Ihr Haar streicheln.«

»So fängt es immer an«, sagte Natascha. »Zuerst wollen Sie nur mein Haar streicheln, dann meine Brüste, dann mehr. Nein, daraus wird nichts.«

Wir redeten noch eine Weile über Literatur, dann wurde ich ärgerlich und sagte: »Am besten, wir gehen jetzt.«

»Das ist auch das Beste«, sagte Natascha.

Sie sprang vom Bett runter, als wäre sie federleicht.

»Hier ist meine Adresse«, sagte sie, »die in Moskau und meine Feldpostnummer.« Sie kritzelte etwas auf einen Zettel und reichte ihn mir. Ich nahm ihn, obwohl ich genau wußte, daß ich ihn wieder wegwerfen würde. Dann gingen wir.

Das Abenteuer mit Natascha hatte mein Selbstbewußtsein ziemlich erschüttert, aber dann sagte ich mir: »Vergiß es. Du hättest sowieso nichts mit ihr gemacht, weil du viel zu große Angst vor ihrer Uniform hattest.«

## 10

Ich schrieb einen Brief an meine Mutter.
Liebe Mama, ich bin in Czernowitz. Mir geht es ausgezeichnet. Du hast mir fünf Dollar mit auf den Weg gegeben, die ich aber nicht angerührt habe. Du hast sie ins Jakkenfutter eingenäht, und dort sind sie noch drin. Ich war in der Oper und im Kaffeehaus in der Herrengasse. Es sind viele Russen hier. Die meisten Juden sind tot. Ab und zu sieht man welche. Dabei war Czernowitz einst eine jüdische Stadt. Die Herrengasse hat nicht mehr den alten Glanz. Vor dem Ersten Weltkrieg, erzähltest du mir, da spazierten österreichische Offiziere mit ihren Damen auf der Herrengasse auf und ab, oder man ging in den Schwarzen Adler. Diese Zeiten sind vorbei. Czernowitz ist eine triste Stadt geworden. Und überall sind die Russen. Man hört kaum noch Deutsch auf den Straßen, weil es so wenig Juden gibt. Das Rumänische überwiegt.
    Ich wohne bei Tante Binnutza. Ihr Mann ist 1942 ver-

storben. Bitte, vergiß nicht, größere Mengen Tabak mitzubringen. Tabak ist hier Mangelware, und für Tabak ist alles zu haben. Es ist das beliebteste Tauschmittel.

Ich gab den Brief einem der Kuriere, die auf dem Ringplatz herumstanden, schrieb die Adresse meiner Mutter drauf und schärfte ihm ein, daß er den Brief noch diese Woche abliefern sollte. Ich sagte: »Meine Mutter wird Ihnen eine große Belohnung zahlen, denn ich bin ihr Sohn.«

Anfang Mai fand eine große Razzia in Czernowitz statt. Die Russen verhafteten alle Männer zwischen achtzehn und fünfundfünfzig. Mich holten sie um fünf Uhr früh aus dem Bett. Als ich Kolbenschläge an der Tür hörte, ahnte ich nichts Gutes. Ich stand verschlafen auf und öffnete die Tür. Draußen stand ein kleiner schlitzäugiger Mongole. Er zeigte auf den Hausflur und auf die Straße, was hieß, daß ich mitkommen müßte, und er sagte nur: »Dawai, dawai.« Ich wußte, was das bedeutete: »Los! Los!« Ich zog mir in Eile die Hosen an, ohne den Pyjama auszuziehen, streifte Schuhe und Jacke über und folgte dem Soldaten. Unten vor dem Haus standen schon eine Reihe Männer, bewacht von einem anderen Posten. Gott sei Dank, nicht nur Juden, dachte ich. Die Russen machen keine Unterschiede. Jetzt geht's allen an den Kragen.

Wir marschierten durch die morgendliche Straße. Einige Frühaufsteher glotzten mitleidig. Eine alte Frau rief uns zu: »Wohin?«

Jemand aus der Reihe sagte: »Das wissen wir nicht.«

Sie brachten uns ins große Gefängnis in der Nähe des Ringplatzes. Im großen Saal hockten schon Hunderte von Männern.

»Wartet hier«, sagte uns der Posten. Wir hockten uns zwischen die Männer.

»Wißt ihr, was das bedeutet?« fragte ich einen der Männer.

»Wir wissen soviel wie du«, sagte der Mann.

Jemand sagte: »Es heißt, daß sie uns in die Kohlengruben am Donbass schicken. Einer der Soldaten sagte das.«

»Was sollen wir dort machen?«

Die Männer lachten.

»Kohle schaufeln für das Vaterland«, sagte einer.

Ein Russe brachte Tee und Brot. Dann kam ein anderer, um uns zu zählen. Wir traten zum Appell an. Die Männer nannten ihre Namen, und ein kleiner Russe schrieb alles auf. Plötzlich hörte ich den Namen David Jablonski. Das war der Name meines Vaters. Mein Vater war aber in Frankreich und nicht hier im Czernowitzer Gefängnis. Ich sah einen kleinen Mann mit einer Glatze.

»Sind Sie David Jablonski?«

»Ja«, sagte der Mann.

»So heißt mein Vater.«

»Wo ist Ihr Vater?«

»Wenn er noch lebt, in Frankreich«, sagte ich.

»Ich bin aus Kolomea, Galizien. Als die Russen einmarschierten, bin ich gleich nach Czernowitz.«

»Kolomea, Galizien?«

»Ja«, sagte der Mann.

»Mein Vater, David Jablonski, kommt aus Leipzig.«

»Ihr Vater ist ein entfernter Cousin von mir. Ich habe schon von ihm gehört. Leipzig. Deutschland.«

»Ja«, sagte ich. »Wir hatten viele Verwandte in Galizien, auch in Kolomea.«

Wir hockten uns, leise miteinander redend, auf den Fußboden hin.

»Die Deutschen haben alle Juden in Kolomea ermordet«, sagte mein Verwandter. »Ich hatte mich bei einem ruthenischen Bauern versteckt.«

»Sind Sie der einzige Überlebende Ihrer Familie?«

»Wir sind zwei Überlebende. Ich hatte noch eine Tochter, die mit mir zusammen versteckt war.«

»Wie alt sind Sie?« fragte David Jablonski.

»Achtzehn.«

»Sie sehen wie sechzehn aus. Wir machen Sie ein bißchen jünger. Zeigen Sie mal Ihre Papiere.«

Ich zeigte ihm meinen rumänischen Ausweis. Er war in Handschrift mit Tinte geschrieben.

»Geboren 1926«, sagte David Jablonski. »Wir machen ganz einfach aus der 6 eine 8.«

»Dann wäre ich nicht 1926, sondern 1928 geboren?«

»Sehr richtig«, sagte David Jablonski. »Damit wären Sie zwei Jahre jünger, also sechzehn.«

»Sechzehn?«

»Die Russen rekrutieren keine Sechzehnjährigen. Man wird Sie folglich wieder laufen lassen.«

»Gute Idee«, sagte ich, »aber wie ändern wir den Ausweis?«

»Das lassen Sie meine Sorge sein«, sagte er.

David Jablonski ging zum Gefängnisschreiber und besorgte Amtstinte und einen Federhalter. Ich beobachtete, wie er mit wenigen Strichen aus der 6 eine 8 machte, und dann das Ganze mit Staub etwas verwischte.

»So, das wär's«, sagte er.

Wir klopften am Büro des Gefängnisses und verlangten den zuständigen Offizier zu sprechen. Jablonski zeigte ihm den Ausweis und zeigte zugleich auf mich. Er sagte auf russisch: »Hier dieser Junge ist erst sechzehn Jahre.«
»Sechzehn?« sagte der Offizier erstaunt. »Das ist zu jung.« Er ergriff ein Stück Papier und schrieb etwas darauf, stempelte es ab und gab es mir.
»Hier, geh nach Hause«, sagte er.

Ich zeigte dem Posten den Entlassungsschein und machte mich schleunigst davon. Auf der Straße fing ich zu rennen an, als hätte ich Angst, daß die Russen mich nochmals verhaften könnten. Im Geiste hörte ich den russischen Offizier sagen: »Ja, es war ein Fehler, ihn nach Hause zu schikken. Er ist kräftig und kann arbeiten.«
Zu Hause machte mir die Tante eine heiße Suppe.
»Du hast den ganzen Tag nichts gegessen. Die Suppe wird dir guttun.«
»Habt ihr etwas über die Razzia gehört?«
»Ja«, sagte die Tante. »Die Leute haben Gerüchte verbreitet. Einige sagten: Die Russen brauchen Leute fürs Militär. Andere sagten: Es geht in die Kohlengruben am Donbass.«

# 11

Mir wurde der Boden in Czernowitz zu heiß. Wer weiß, wann sie eine zweite Razzia machen, und ob sie dich noch einmal laufen lassen. Ich beschloß, am nächsten Tag nach Sereth zu gehen.

Am Ringplatz traf ich Rika Kraft, eine alte Bekannte aus Sereth. Als ich ihr sagte, daß ich heute noch nach Sereth gehen würde, sagte sie nur: »Nimmst du mich mit? Ich trau mich nicht, allein zu gehen.«
»Gut«, sagte ich.
»Ich wohne hier um die Ecke. Warte auf mich, damit ich meinen Koffer hole.«

Wir marschierten zusammen los. Es war neun Uhr früh. Die Sonne schien und versprach einen echten Frühlingstag. Wir fingen auf der Landstraße zu singen an. Ich glaube, wir waren beide glücklich.

»Nach Hause«, sagte ich zu Rika.
»Endlich«, sagte Rika.
»Am Ausgang von Sereth steht ein Wegweiser. Ich erinnere mich genau. Und darauf stand: vierzig Kilometer nach Czernowitz.«
»Ja, ich kenne den Wegweiser«, sagte Rika.
»Also vierzig Kilometer«, sagte ich. »Glaubst du, daß wir das noch heute schaffen?«
»Ja«, sagte Rika. »Heute will ich zu Hause sein.«

Ab und zu kamen russische Militärfahrzeuge vorbei, aber niemand hielt uns an.
Rika sagte: »Die Russen haben ganz Bessarabien und die halbe Bukowina annektiert. Es gehört jetzt zur Sowjetunion. Der Rest der Bukowina ist freie Zone.«
»Soll das heißen, daß Sereth zur freien Zone gehört?«
»Ja«, sagte Rika. »Alles jenseits des Serethflusses ist freie Zone. Die Russen werden nach der Kapitulation Rumäniens eine kommunistische Marionettenregierung einsetzen, aber sich sonst nicht einmischen.«
»Du meinst, sie können mich nicht mehr verhaften?«
»So ist es«, sagte Rika. »In Sereth bist du frei.«

Wir hatten die vierzig Kilometer geschafft. Am Abend kamen wir in Sereth an. Ich erkannte den Fluß von weitem und die kleine Holzbrücke, die man überqueren mußte, um in die Stadt zu gelangen. Niemand hielt uns an, keine russische Patrouille, keine Posten. Offenbar hatten sie Befehl, die Zivilbevölkerung passieren zu lassen, ehe die neue Grenze nicht festgelegt war. Als wir die ersten Straßen erreichten, fing Rika zu weinen an.

»Zu Hause«, sagte ich.

»Ja, zu Hause«, sagte Rika.

Rika wohnte in einem Mietshaus im Zentrum. Meine Straße war abgebrannt. Nur das Haus meines Großvaters stand einsam zwischen den Ruinen. Im Haus brannte schon Licht. Wer mochte hier wohnen? Als ich eintrat, sah ich als erste meine Mutter, dann den Rest der Familie. Meine Mutter umarmte mich.

»Ich komme aus Czernowitz«, sagte ich.

»Wir kamen vor einigen Tagen direkt aus Moghilev-Podolsk. Ein russisches Lastauto hat uns mitgenommen, für Wodka und Tabak.« Meine Mutter sagte: »Als wir ankamen, wohnten hier fremde Leute, die Familie Tomaciuk, Volksdeutsche. Wir haben sie gleich rausgeschmissen. Die Tomaciuks waren große Antisemiten.«

»Es ist noch eine rumänische Familie im Haus, aber die durften bleiben«, sagte mein Onkel.

»Was ist mit den Tieren?«

»Die Ställe sind abgebrannt«, sagte meine Mutter. »Die Tiere sind weg. Ich nehme an, daß die Bauern sie genommen haben, natürlich auch die Hühner und Gänse.«

»Es ist zu lange her«, sagte mein Großvater. »Die Kettenhunde müssen sich losgerissen haben, als die Stadt beschossen wurde und als die Ställe brannten. Einer der Hunde mit einer Kette am Hals streunt noch durch die Straßen. Ich sah ihn neulich.«

»Welcher? Hektor?«

»Nein, der hellbraune. Schnucki.«

Unser früheres Schlafzimmer war von der rumänischen Familie besetzt. Ich schlief in der Glasveranda, aber ich schlief in meinem alten Bett. Es war gut, wieder zu Hause zu sein. Ich dachte an Sereth und die alten Zeiten. Rebecca, der ich einst Schwimmunterricht gegeben hatte und die im Nachbarhaus wohnte, war nicht mehr da. Vielleicht war sie in der Ukraine gestorben. Oder sie würde wieder in Sereth auftauchen, inzwischen erwachsen. Damals hatte ich nicht gewagt, ihre Brüste zu berühren. Wie mochte sie heute aussehen, falls sie noch lebte? Sollte ich ihr wieder Schwimmunterricht geben? Vielleicht im Wasser die Brüste berühren, was ich damals nicht gewagt hatte. Ich dachte an die Kirchengasse und die Promenade von einst, den Heiratsmarkt. Wie wir den Mädchen hinterherguckten, wie wir flirteten. Ich werde morgen zuerst in die Kirchengasse gehen und sehen, ob sie noch die alte Straße ist. Ob Rosenzweigs Kaffeehaus noch da ist? Und der Ringplatz? Und der Annahof? Ich müßte auch den Rebben besuchen und Moischele, seinen Enkel, der mein Freund war. Ob sie noch leben?

Ich schlief traumlos und glücklich. Am Morgen weckte mich die Sonne, die auf die Glasveranda schien.

Sereth war eine tote Stadt. Die Juden waren nicht mehr da. Rumänische und ruthenische Bauern waren vom Land nach Sereth gezogen. Es war fast wie in Czernowitz. Auf den Straßen wurde kaum Deutsch gesprochen, obwohl Sereth eine deutschsprachige Stadt gewesen war. Man hörte viel Rumänisch und Ruthenisch. Der Annahof war geschlossen. Auch Rosenzweigs Kaffeehaus existierte nicht mehr. Ich ging auf der Kirchengasse auf und ab, besonders gegen Abend zur Zeit der Flaneure auf der Promenade. Aber keine Spur flanierender Menschen oder gar eines

Heiratsmarktes. Keine kichernden Mädchen, die sich bestaunen ließen und auf und ab gingen. Es war, als hätte das Städtchen seine Seele verloren. Am Nachmittag war ich auch zum Badestrand gegangen. Aber der Strand war leer. Keine Rebecca, die mir zuschaute, wie ich mit meinem Pony Wassersprünge machte, und die ihre verführerischen Brüste zur Schau stellte. Keine Jungens, die herumtollten. Niemand, der mich anspornte, es doch noch mal mit Rebecca zu versuchen. Gähnende Leere. Ich starrte auf den Fluß und ging dann weg.

Nach und nach kamen einige der Totgeglaubten nach Sereth zurück. Zuerst einzelne, dann wurden es mehr. Der Rebbe tauchte nicht mehr auf, und auch nicht sein Enkel, der mein Freund war. Wahrscheinlich waren sie in der Ukraine umgekommen. Aus dem zionistischen Verein kam nur einer zurück. Er hieß Marcel Blumenthal. Marcel war bei den Partisanen gewesen. Einmal, als wir baden gingen, erzählte er mir seine Geschichte.

Die Rumänen hatten ihn den Deutschen ausgeliefert. Die Deutschen hatten ihn über den Bug geholt, wo die SS-Truppen standen. Die SS wollte alle Juden erschießen, als plötzlich Partisanen auftauchten. Die Partisanen erschossen die SS und befreiten die Gefangenen. Blumenthal schloß sich den Partisanen an. Sie lebten in den Wäldern und holten sich Nahrungsmittel von den Bauern. Einmal weigerte sich ein Bauer, ihnen Nahrungsmittel zu geben. Die Partisanen hängten ihn im Pferdestall auf, seine Frau peitschten sie aus.

Blumenthal sagte: »Es war ein fürchterlicher Anblick, wie der Bauer über dem Pferd hing. Das Pferd schnupperte fortwährend an seinen Füßen und fing dann an, seine Hosen zu zerkauen. Als wir die Frau in den Stall zerrten und sie ihren Mann hängen sah, fing sie wie ein Tier zu brüllen an, dann peitschten wir sie aus, und sie brüllte noch stärker.«

Blumenthal sagte: »Einmal fingen wir eine deutsche Patrouille. Sie hatten zwei Krankenschwestern bei sich. Die Frauen hatten große Angst, aber wir beruhigten sie und sagten ihnen, daß wir sie nur austauschen wollten, für ein paar unserer Leute, und daß wir ihnen nichts tun würden. Nachts fielen zwei von unseren Männern über die Frauen her und vergewaltigten sie. Die Frauen weinten. Am nächsten Morgen wurden die beiden Männer erschossen, weil sie ohne Erlaubnis des Kommandanten gehandelt hatten. Bei uns herrschte große Disziplin.

Dann kam eine Gelegenheit, die Gefangenen auszutauschen. Die Deutschen hatten vier unserer Leute geschnappt. Sie sollten standrechtlich erschossen werden. Wir machten den Deutschen ein Angebot. Unsere Leute gegen die Gefangenen, vier gegen vier und die Krankenschwestern. Aber die Deutschen lehnten ab. Dann werden wir eure Leute erschießen, teilten wir ihnen mit. Es nützte nichts. Die Deutschen blieben stur.«

»Was habt ihr gemacht?« fragte ich.

»Es blieb uns nichts anderes übrig, als die Gefangenen zu erschießen«, sagte Blumenthal.

»Habt ihr auch die beiden Schwestern erschossen?«

»Die auch«, sagte Blumenthal.

Wir badeten im Fluß und schwammen den Sereth abwärts, bis zu der Stelle, wo ich einst mit meinem Pony ins Wasser gesprungen war. »Dieser Fluß birgt viele Erinnerungen«, sagte ich. »Kannst du dich noch an Rebecca erinnern?«

»Ja«, sagte Blumenthal.

»Weißt du, was aus ihr geworden ist?«

»Sie ist im Ghetto Berschad verhungert«, sagte Blumenthal. »Es war um die Zeit, als ich zu den Partisanen ging. Ich habe sie vorher im Ghetto öfter gesehen.«

Wir gingen über das Bahnhofsgelände zurück. »Es hat sich im Grunde nichts geändert«, sagte ich. »Das alte Bahnhofsgelände steht noch so wie einst, auch der Fluß ist noch da, und doch ist mir alles fremd.«

»Weil die Menschen nicht mehr da sind«, sagte Blumenthal. »Auch die Stimmung ist weg.«

»Unlängst hab ich zu mir gesagt: Es ist wie eine Stadt ohne Seele.«

»Ja«, sagte Blumenthal. »Sie haben uns die Seele genommen.«

Wir schlenderten durch das Geschäftsviertel. Fast alle Geschäfte hatten Juden gehört. Sie waren verschlossen, die Inhaber verschollen oder gestorben.

»Sogar der Sodawasserstand vom alten Katscher existiert nicht«, sagte ich. »Der alte Katscher war ein Verwandter von mir. Als Junge hat er mir immer eine Limonade spendiert. Ich erinnere mich noch ganz genau: Rosenwasser.«

Auch Delphiners Eiscremeladen war geschlossen.

»Als Junge bin ich mit meinem Pony in seinen Laden geritten«, sagte ich, »und habe Eis geschleckt. Die Kunden hatten großen Spaß mit dem Pony, weil es in dem schmalen Laden nicht umdrehen konnte. Gemeinsam stießen es die Kunden rückwärts wieder heraus.«

»Kann ich mir gut vorstellen«, sagte Blumenthal. »Weißt du: ich erinnere mich noch an dein Pony.«

»Und an meine kurzen Hosen«, sagte ich.

»An die auch«, sagte Blumenthal. »Du trugst sie sehr knapp und kurz und sagtest uns immer: So wie in der Hitlerjugend. – Aber hierzulande trugen Jungens über zwölf keine kurzen Hosen. Ich erinnere mich, wie unser Zionistenführer zu dir sagte: Du bist aber hier nicht in der Hitlerjugend.«

»Ja«, sagte ich. »Das waren noch Zeiten.«

Von meinen früheren Freunden kam niemand zurück. Anfang Juni sperrten die Russen die Zonengrenze zu. Spätheimkehrer konnten nicht mehr über den Serethfluß.

»Sie haben die Zonengrenze abgeriegelt«, sagte ich zu meiner Mutter. »Auf der Brücke sind Posten, die auf alles schießen, was über die Brücke will.«

»Die verdammten Russen«, sagte meine Mutter.

»Sie haben uns das Leben gerettet«, sagte ich. »Vergiß das nicht.«

## 12

Gritti Goldschläger war eine Bekannte von mir. Die Goldschlägers hatten ein Haus in der Nähe der Kirchengasse mit einem großen Garten. Ein paar Jugendliche trafen sich oft in ihrem Garten. Ich ging auch öfters hin. Gritti war siebzehn. Einmal kam eine Freundin zu ihr, Micki Drimmer aus Radautz. Ich verliebte mich gleich Hals über Kopf in Micki. Micki hatte das Ghetto Berschad überlebt. Auch ihre Eltern. Micki erzählte mir, daß ihre Eltern noch in Czernowitz seien und jetzt nicht mehr über die Zonengrenze nach Sereth könnten.

»Sobald die Front weiter weg ist«, sagte Micki, »geh ich nach Radautz zurück. Ich will aber in Sereth auf meine Eltern warten.«

»Vielleicht öffnen die Russen die Zonengrenze«, sagte ich. »Man muß abwarten.« Ich fügte tröstend hinzu: »Sie werden die Zonengrenze bestimmt wieder öffnen, und dann können deine Eltern über die Brücke kommen.«

»Von deinem Mund in Gottes Ohren«, sagte Micki. Micki war blond und hatte grüne Augen. Sie sah sehr zart aus, und als ich erfuhr, daß sie schon zwanzig war, war ich erstaunt.

»Du wirst wenig Chancen bei ihr haben«, sagte Gritti. »Micki zieht ältere Männer vor. Aber du kannst es ja versuchen.«

Ich versuchte es wirklich. Micki und ich trafen uns täglich, rein freundschaftlich, sagte Micki. Sie machte sich nie über meine achtzehn Jahre lustig, sondern behandelte mich wie einen Erwachsenen. Ich kriegte raus, daß Micki an Depressionen litt. Das hatte was mit dem vergeblichen Warten auf ihre Eltern zu tun. Wir küßten uns oft hinter dem Haus oder im Hof. Micki sagte, sie könne nicht mit mir schlafen, da sie Jungfrau sei und ihr Jungfernhäutchen für den Mann aufgehoben hätte, den sie liebte. Ich respektierte das. Eines Tages wurde sie auf dem Nachhauseweg von russischen Soldaten vergewaltigt. Sie hatten sie verschleppt, und sie kam erst nach zwei Tagen zurück.

Ihre Depressionen wurden schlimmer. Sie hatte ihr Jungfernhäutchen an einen Unwürdigen verloren, und darüber kam sie nicht hinweg. Mickis Schwager arbeitete als Sekretär beim russischen Stadtkommandanten. Er erstattete gleich Anzeige, und der Stadtkommandant versprach alles zu tun, um Mickis Ehre wiederherzustellen und den Kerl zur Rechenschaft zu ziehen. Aber das waren leere Worte. Ihr Fall war aussichtslos, die Russen waren schließlich die Herren und hatten kein Interesse, diese Sache zu verfolgen.

Je schlimmer ihre Depressionen wurden, um so hinfälliger wurde sie. Oft verließ sie tagelang nicht das Bett. Ich hatte ein Buch von Max Brod entdeckt und saß oft stundenlang an ihrem Bett und las ihr vor. Max Brod gehörte zu meinen Lieblingsautoren. Micki wußte das, und sie schätzte meine Bemühungen. Sie schätzte mich vor allem als Freund. Ihre Leidenschaft oder Liebe konnte ich nicht erwecken.

Ende Juli beschloß Micki, nach Radautz zurückzukehren. Das Risiko war nicht groß und die Front weit weg. Sie hatte beschlossen, in Radautz auf ihre Eltern zu warten.

Grauers Buchhandlung existierte nicht mehr. Trotzdem gelang es mir, von Bekannten Bücher zu borgen. Den Brod hatte ich schon, und so bekam ich jetzt Im Westen nichts Neues von Erich Maria Remarque und Stefan Zweigs Novellen. Ich war hungrig nach Büchern und verschlang sie buchstäblich. Die Novellen von Stefan Zweig begeisterten mich am meisten. Das war das alte Österreich, und wie ich glaubte, *Meine Welt*.

Nachdem Micki weg war, wurde es öder in Sereth. Im August kapitulierte Rumänien, und die Russen besetzten Bukarest. Im September kam die erste Nachricht aus Bukarest, adressiert an den Zionistischen Verein Sereth. Der existierte zwar nicht mehr, aber der Brief kam trotzdem an. Uns ehemaligen Zionisten wurde mitgeteilt, daß die Organisation Gelegenheit hätte, Leute von uns nach Palästina zu bringen. Die Organisation forderte uns, die aus dem Ghetto zurückgekehrt waren, auf, sofort nach Bukarest zu kommen. Für unsere Weiterreise sei gesorgt.

## 13

Ende September mietete ich mit einigen Jugendlichen einen alten Bauernwagen mit zwei klapprigen Pferden, und wir machten uns auf den Weg nach Bukarest. Meine Mutter weinte, als ich mich von ihr verabschiedete. Auch mein Großvater hatte Tränen in den Augen. Die Tante und der Onkel blickten traurig. Nur mein Bruder grinste: »Schreib mal 'ne Ansichtskarte aus Palästina«, sagte er.

Wir fuhren über Dorohoi, machten dort halt und besuchten das alte Judenviertel. Ich war erstaunt, Juden in Dorohoi anzutreffen. Dann ging es weiter, am Rande der Karpaten entlang über Focşani in Richtung Hauptstadt. Es hieß, daß es in Focşani einen Bahnhof gab und auch Züge, die in Richtung Bukarest fuhren. In Focşani übernachteten wir im Wartesaal des Bahnhofs, zusammen mit besoffenen russischen Soldaten. Am nächsten Tag, am späten Nachmittag, kam tatsächlich ein Zug.

Unser Zug war völlig überfüllt. In den Gängen drängten sich Menschen, und draußen auf dem Trittbrett und unter den Dächern hingen sie wie Trauben. Besoffene Soldaten lungerten in den Kabinen und Gängen, tranken Wodka und sangen grölende Lieder. Es war wie eine Erlösung, als der Zug endlich in Bukarest einlief und wir ins Freie stürzten.

Ich hatte mir den besten Anzug angezogen, den Pumphosenanzug, den ich als Fünfzehnjähriger vor der Deportation getragen hatte. Er platzte aus allen Nähten, aber ich hatte nichts Besseres. Meine erste Handlung in der Hauptstadt war, einen Schuhputzer aufzusuchen. Wenigstens meine Schuhe wollte ich auf Hochglanz bringen. Schuhputzer saßen an allen Straßenecken. Ich machte den Schuhputzer darauf aufmerksam, daß die Farbe längst abgeblättert war, aber er versprach Abhilfe. Da die Schuhe ehemals braun waren, schmierte er eine braune Farbe aus einer Tube auf meine Schuhe und polierte so lange, bis sie tatsächlich wie neu aussahen. »So, Jablonski«, sagte ich zu mir. »Jetzt bist du wieder präsentabel.« Ich beschloß zuerst die Freundin meiner Mutter aufzusuchen, Käte Gottlieb, die am Park Cismigiu wohnte, zusammen mit ihrem Mann Max, der als großer Geizkragen bekannt war.

Die Freundin meiner Mutter war hocherfreut, mich lebend wiederzusehen. Ich erzählte ihr, daß ein Teil der Familie umgekommen war, aber daß meine Mutter lebte und auch mein Bruder, der Großvater und die Schwester meiner Mutter und Onkel Moscu. Die Freundin meiner Mutter machte mir gleich ein warmes Essen und fragte mich, ob ich Geld hätte. Ich verneinte. Der Mann, Max, war ins Zimmer gekommen und hatte die letzte Frage gehört, aber er dachte nicht daran, mir etwas zu leihen. Immerhin öffnete er sein silbernes Zigarettenetui und bot mir ein paar Zigaretten an.

»Ich werde dir morgen Geld beschaffen«, sagte die Freundin meiner Mutter. »Die jüdische Gemeinde von Bukarest muß helfen, und auch die Familie deiner Tante Tina, die sehr reich ist.«

Ich schlief eine Nacht bei Käte. Am nächsten Morgen gingen wir zur jüdischen Gemeinde, die mir tatsächlich Geld gab. Käte hatte Beziehungen. Dann besuchten wir die Familie meiner Tante Tina. Sie war die zweitälteste Schwester meiner Mutter, die einen reichen rumänischen Juden geheiratet hatte. Dort trat gleich ein Familienrat zusammen, und nachdem Käte ihnen ins Gewissen geredet hatte, machten sie eine kleine Sammlung für mich. Als ich mit Käte wieder auf der Straße war, lachte sie und sagte: »Man muß nur wissen, wie man mit den Leuten redet. Ich habe ihnen erzählt, daß du gerade aus dem Ghetto kommst, völlig mittellos bist und etwas Geld brauchst. Du hast gesehen, wie großzügig sie waren.«

»Ja«, sagte ich. »Das hab ich alles dir zu verdanken.«

»Ich wußte, daß Max dir nichts geben würde«, sagte sie, »aber mach dir nichts draus. Du kennst ihn ja.«

»Max hat mir ein paar Zigaretten gegeben«, sagte ich. »Es ist besser als gar nichts.«

»Rauchst du überhaupt?«

»Ja«, sagte ich.

»Weißt du, wieso ich Raucher geworden bin?«
»Woher soll ich das wissen«, sagte Käte.
»Nun, ich werde es dir erzählen.«
Wir gingen die Calea Victorie entlang, das war die eleganteste Straße in Bukarest. Käte blieb öfter vor den Geschäften stehen, natürlich den Modegeschäften, und bestaunte die eleganten Kleider.
»Es wundert mich, daß es in Bukarest trotz des Krieges noch so schöne Sachen gibt«, sagte ich.
»Nur Lebensmittel sind Mangelware«, sagte Käte.
»Lebensmittel gibt es in Sereth in Hülle und Fülle, aber keine Modekleider oder gar Parfums oder Toilettenartikel.«
»Ich werde deiner Mutter schreiben, daß sie mit Lebensmitteln zu uns kommt und dafür Modeartikel eintauschen kann. Vielleicht hat sie Lust, einen kleinen Schwarzhandel anzufangen. Die Modeartikel kann sie dann in Sereth verkaufen.«
»Keine schlechte Idee«, sagte ich.
»Also, wie war das mit deinem Rauchen?« fragte Käte.

»Kurz vor dem Einmarsch der Russen in Moghilev-Podolsk«, sagte ich, »kam eine Rote-Kreuz-Kommission ins Ghetto auf der Suche nach Waisenkindern. Sie hatten die Erlaubnis der rumänischen Regierung, die, wie man jetzt weiß, Kontakte zu den Alliierten suchte. Die Rote-Kreuz-Leute fanden also 150 Waisenkinder, brachten sie zum Bahnhof und fuhren mit ihnen nach Bukarest, von wo sie nach Palästina gebracht werden sollten. Ich wußte natürlich von der ganzen Sache und wollte mit den Waisenkindern in die Freiheit fahren.

Ich stieg also mit den Kindern ein, obwohl ich keine gültigen Papiere hatte, vom Roten Kreuz und der rumänischen Regierung gestempelt. Wir fuhren auch tatsächlich los, über die damals noch intakte Brücke am Dnjestr, und kamen in Bessarabien an. An einer kleinen Bahnstation jedoch wurde der Zug angehalten, der Zug war von rumänischen Gendarmen umstellt, die in die Waggons eindrangen und uns aufforderten, auszusteigen. Draußen mußten wir unsere Dokumente vorzeigen. Ich hatte natürlich keine und wurde gleich aus der Reihe rausgeholt. Es waren noch andere Illegale im Zug, die dasselbe versucht hatten wie ich. Sie wurden ebenfalls aus der Reihe geholt und mußten sich links von der Gruppe der Waisenkinder aufstellen. Später wurden die Waisenkinder zurück in die Waggons gebracht. Der Zug fuhr wieder los.

Auf dem Bahnhofsgelände zwischen den Gleisen war ein Maschinengewehr aufgestellt. Wir mußten uns vor dem Maschinengewehr aufstellen, und ich nahm an, daß sie uns erschießen wollten, denn Flucht aus dem Ghetto wurde mit dem Tod bestraft. Es geschah aber nichts. Der Soldat stand grinsend neben dem Maschinengewehr, machte aber keine Anstalten, anzulegen. Wir waren nicht gefesselt. Ich hatte mich umgeschaut. Hinter den Gleisen war freies Feld, und dahinter lag der Dnjestr. Ich glaube, wir waren in Attacki, dem Dorf auf der anderen Flußseite von Moghilev-Podolsk.

»Jablonski«, sagte ich zu mir. »Wenn der Soldat sich hinter sein Maschinengewehr kauert und auf euch anlegt, dann haust du ab. Du bist jung und schnell. Mit wenigen Sprüngen kannst du das Feld erreichen und darin verschwinden. Und der Dnjestr ist nicht weit. Es ist außerdem schon dunkel, und sie können dich nicht verfolgen. Du wirst in den Dnjestr springen und nach Moghilev-Podolsk zurückschwimmen.«

Es kam aber anders. Wir standen ungefähr eine Stunde vor dem Maschinengewehr. Dann kam ein Leutnant aus dem Bahnhofsgebäude und sagte uns, daß er mit der Ghettoverwaltung telefoniert hätte und daß sie uns zurückhaben wollten. Er würde uns alle ins Ghetto zurückschicken, wo uns sicherlich der Prozeß gemacht werden würde.

Wir waren erleichtert. Mit schlotternden Knien gingen wir zu den Bahnsteigen zurück, wo bereits ein zweiter Zug auf uns wartete. Wir stiegen ein. Unter uns Illegalen waren auch Frauen. Die Frauen weinten. Es ist alles gut, sagten wir ihnen. Im Ghetto würde uns nichts passieren. Die Russen sind nicht mehr weit und die Ghettobehörden schon mit dem Packen ihrer Sachen beschäftigt. Sie werden keine Zeit mit uns verschwenden.

»Aber sie könnten uns erschießen«, sagte eine der Frauen.

»Das glaube ich nicht«, sagte einer der Männer. »Die Rumänen erschießen in der letzten Zeit keine Juden mehr.«

Im Waggon war keine Sitzgelegenheit. Es war ein Viehwaggon. Einige von uns setzten sich auf den Boden, wir anderen blieben stehen. – Ein Soldat kam an unseren Waggon und bot uns Zigaretten an. Es waren die billigsten rumänischen Zigaretten von der Marke *Plugar*. Ich nahm eine, obwohl ich kein Raucher war. Der Rauch beruhigte meine Nerven. Ich rauchte mit Genuß, in tiefen Zügen.

Seit jenem Tag war ich Raucher.

Käte erzählte mir, wie sie den Krieg überstanden hatten. »Die Juden in Bukarest wurden nicht deportiert«, sagte sie, »weil das faschistische Rumänien zwischen den Juden der annektierten Gebiete und den Juden im *Regat*, dem sogenannten Altrumänien, unterschied. Aber die Juden wurden zur Zwangsarbeit herangezogen, und wir mußten unsere Juwelen und unseren Schmuck abliefern. Das Geld auf den Banken wurde eingezogen, und Juden verloren ihre Geschäfte. Aber durch Bestechung ist in Rumänien alles zu erreichen. Max behielt den größten Teil seines Geldes und führte den Holzhandel weiter. Er kaufte sich auch von der Zwangsarbeit frei.« Käte sagte: »Weißt du, daß Rumänien alle Juden an die Deutschen ausliefern wollte?«

»Nein«, sagte ich.

»Die Deutschen bestellten den für die Judenfrage zuständigen Minister nach Berlin, um mit ihm über die Auslieferung der Juden zu verhandeln. Ich glaube, er hieß Radu Lecca. Lecca fuhr auch hin, aber wurde in Berlin arrogant behandelt. Hitler hatte keine Zeit für ihn und auch nicht die hochrangigen Beamten. Man ließ ihn stundenlang im Vorzimmer warten. Daraufhin reiste Lecca wütend wieder ab und beschloß, aus Trotz die Juden nicht auszuliefern. Das hat uns das Leben gerettet, denn die Züge nach Auschwitz standen schon bereit.«

»Da habt ihr Schwein gehabt«, sagte ich. »Auschwitz hätte wohl keiner von euch überlebt.«

»Ja«, sagte Käte. »Das Schicksal hat es noch einmal gut mit uns gemeint.«

Wir gingen in einen Parfümladen, und Käte kaufte eine Gesichtscreme.

»Brauchst du nicht etwas für dich?« fragte sie. »Ich möchte dir etwas kaufen.«

»Nein«, sagte ich. »Ich habe, was ich brauche.«

»Rasierst du dich schon?«

»Natürlich«, sagte ich, »aber ich habe einen alten Rasierapparat und auch Rasierseife und Pinsel.«

»Vielleicht Eau de Cologne, eines für Männer?«

»Brauche ich eigentlich nicht«, sagte ich.

Käte kaufte trotzdem eins und gab es mir.

»So, damit du gut duftest.«

Ich gab ihr einen dankbaren Kuß auf die Wange, und wir spazierten weiter auf der Calea Victorie.

Käte war eine ausgesprochen schöne Frau von achtunddreißig. Sie war groß und blond und sah wie eine Deutsche aus. Da wir deutsch sprachen und Käte ihren Hallensischen Akzent nicht verbergen konnte, stand ihre deutsche Herkunft außer Zweifel. Sie sah überhaupt nicht jüdisch aus, und doch stammte sie aus einem orthodoxen jüdischen Elternhaus. Käte hatte vor dem Krieg mit ihren Eltern in Halle gewohnt, wo sie Max, einen rumänischen Juden, kennengelernt hatte. Max hatte sich in sie verliebt und sie im Jahre 38 geheiratet. Ich war als Zwölfjähriger bei der Hochzeit. Max holte sie dann nach Bukarest. Ihre Eltern wurden nach Auschwitz deportiert. Käte hat nie mehr von ihnen gehört.

Käte kannte mich noch als Baby. Sie hat mich gebadet und geschrubbt, und ich erinnere mich noch heute an ihr schönes, immer lachendes Gesicht, wenn sie mich auf den Arm nahm und herumwirbelte.

Wir gingen noch in ein Herrenbekleidungsgeschäft,

dessen Inhaber, ein Jude, Käte kannte. »Dieser junge Mann braucht eine Jacke und eine Hose zu einem Sonderpreis«, sagte sie zu dem Besitzer. »Er kommt gerade von der Deportation zurück.«

»Einen Sonderpreis soll er haben«, sagte der Besitzer. »Ich gebe ihm die Sachen zum Einkaufspreis.«

Käte suchte ein Sportjackett und eine graue Hose für mich aus. Ich probierte die Sachen an und stellte fest, daß sie ausgezeichnet paßten. Ich bezahlte mit dem Geld von der jüdischen Gemeinde.

»Jetzt hab ich noch das Geld von Tante Tinas Verwandten«, sagte ich, »aber das brauche ich als Taschengeld.«

»Gib es nur aus«, sagte Käte, »nach der langen Deportation mußt du ein bißchen Spaß haben. Geh mal ins Kino oder in eine Konditorei.«

»Ja«, sagte ich, »das werde ich machen.« Ich sagte: »Morgen geh ich ins zionistische Gemeindehaus. Ich war als Jugendlicher Zionistenführer in Sereth. Man kennt mich dort. Man will mir helfen, nach Palästina zu kommen. Angeblich haben sie auch freie Zimmer im Gemeindehaus und Betten zum Schlafen.«

# 14

Am nächsten Morgen ging ich ins zionistische Gemeindehaus. Ich hatte Glück und traf den Leiter persönlich. Er hieß Itziu Herzig und war ein alter Freund von mir. Itziu war erst dreiundzwanzig, aber er hatte eine hohe Funktion bei den Zionisten und organisierte die ganze illegale Einwanderung nach Palästina für die Bewegung.

»Du hast Glück, daß du rechtzeitig gekommen bist«, sagte er. »Ich habe deinen Namen bereits auf die Liste für den nächsten Transport gesetzt.«

»Ein Transport nach Palästina?«

»Ja.«

»Ihr kriegt falsche Pässe, um die Engländer zu täuschen. Es sind Familienpässe von toten Juden. Wir stellen ganz einfach neue Familien zusammen. Du kriegst also einen falschen Vater, eine falsche Mutter und einige Geschwister.«

»Werden die Engländer das nicht merken?«
»Nein«, sagte Itziu. »Laß das meine Sorge sein.«
»Und wie kommen wir nach Palästina? Mit dem Schiff?«
»Nein«, sagte Itziu. »Mit der Bahn über Bulgarien, Türkei, Syrien und Libanon. Es ist alles geregelt.« Er sagte noch: »Du mußt morgen ein paar Fotos machen.«
»Das ist kein Problem«, sagte ich.

Wir sprachen lange über Sereth, die Deportation, die Ukraine, die Rumänen und die Deutschen und die Russen.
»Ich erinnere mich noch«, sagte ich, »wie du in Sereth die zionistische Organisation aufgebaut hast. Wie hast du es nur zu so einem verantwortungsvollen Posten in Bukarest gebracht?«
»Durch meine Verdienste für die Bewegung«, sagte er.
Ich sagte: »Ich habe keine Wohnung und schlafe bei einer Freundin meiner Mutter, die selbst nicht viel Platz hat.«
»Wir werden dich im Gemeindehaus unterbringen«, sagte Itziu, »vielleicht wirst du kein eigenes Zimmer haben, aber auf jeden Fall eine Bettstelle im großen Saal.«

Ich bekam eine Bettstelle im großen Saal. Meinen kleinen Reisekoffer verstaute ich unter dem Bett.
Im Saal des Gemeindehauses waren zweiundzwanzig Betten aufgestellt, alle für Auswanderer. Mein Bett stand in der Mitte, aber das störte mich nicht. Es waren alles junge Leute, ungefähr in meinem Alter. Es gab frühmorgens auch ein Frühstück und sogar mittags und abends ein Eintopfgericht, eine Suppe mit Fleisch- und Gemüsestreifen. Ich war zufrieden, lebte ohne Sorgen und konnte mein

Geld für Dinge ausgeben, die mir Spaß machten. Ich strolchte den ganzen Tag in der großen Stadt herum, ging zweimal am Tag ins Kino, kaufte mir gute Zigaretten und ging von einer Konditorei in die andere.

In Bukarest gab es viele schöne Frauen, die wie unantastbare, kostbare Puppen vorbeischwebten, den Kopf zurückgeworfen, mit trippelnden, schnellen Schritten. Ab und zu streifte mich ein Lächeln oder ein heißer Blick.

»Jablonski«, sagte ich zu mir, »die Frauen tun nur so unantastbar, in Wirklichkeit sind die meisten von ihnen zu haben.« Ich wußte, daß ich eine Frau brauchte, nur bot sich mir keine Gelegenheit, an eine heranzukommen.

»Jablonski«, sagte ich zu mir. »Du könntest in ein Bordell gehen, in Bukarest soll es Luxusbordelle geben mit wirklich schönen Frauen.« Aber diesen Gedanken verwarf ich sofort.

Bukarest war einst eine faszinierende Stadt, viele nannten sie Klein Paris. Ich war 1941 in Bukarest gewesen und hatte eher den Eindruck von Klein Schanghai. Ein orientalisches Chaos herrschte in dieser Stadt. Auf der Straße Bettler und Schuhputzer und schöne Frauen, elegante Nachtlokale und schäbige, kleine Imbißstuben, Lastträger mit ihren Schubkarren und elegante Fiaker, Taxis und Autos. An den Straßenecken standen Huren und boten sich an. Man sah orthodoxe Juden mit Schläfenlocken und Kaftan und Pelzmütze neben elegant gekleideten Geschäftsleuten, Marktschreiern und Zeitungsverkäufern. Jetzt wirkte alles ein bißchen müder, schäbiger, nicht so laut. Am Gebäude der großen Zeitung Timpul blieb ich stehen und kaufte mir eine Zeitung.

»6 Millionen tote Juden!« schrien die Schlagzeilen. Es

war November 44 und der Krieg noch längst nicht zu Ende. Also wußte die Welt schon jetzt vom Vernichtungsfeldzug gegen die Juden? Und man kannte schon die Zahlen? 6 Millionen. Daß es so viele waren, hatte ich nicht gewußt. Vor dem Timpulgebäude standen ein paar Kaftanjuden. Ich zeigte ihnen die Zeitung und sagte auf jiddisch: »Habt ihr gewußt, daß es so viele waren?«

»Nein«, sagten die Juden.

Während ich mit der Zeitung durch die Straßen Bukarests schlenderte, dachte ich an die 6 Millionen. Sie haben sich nicht gewehrt und sich wie Schafe zur Schlachtbank führen lassen. Die Deutschen hätten nicht so viele umbringen können, wenn es einen Widerstand gegeben hätte. Ich konnte es nicht verstehen. Und doch. Hatten wir uns etwa gewehrt? Wie viele wurden in der Ukraine erschossen, und wie viele sind verhungert? Haben wir etwa versucht, aus dem Ghetto auszubrechen? Ganz anders wird es sein, wenn wir einen eigenen Staat haben. In Palästina gibt es eine jüdische Untergrundarmee und Juden, die sich nichts mehr gefallen lassen wollen. Bald werde ich in Palästina sein und mich mit eigenen Augen überzeugen. Daran dachte ich, als ich plötzlich wieder Lust verspürte, mit einer Frau zu schlafen. Ich war vor einem Modegeschäft stehengeblieben und betrachtete die nackten Schaufensterpuppen, und ich spürte, wie ich einen Ständer kriegte.

»Verdammt, Jablonski«, sagte ich zu mir. »Wenn du schon beim Anblick einer Schaufensterpuppe einen Ständer kriegst, dann ist es schlimm um dich bestellt. Vielleicht gehst du doch mal ins Bordell. Immerhin eine kleine Abhilfe.«

Ich fragte einen Taxichauffeur, ob er mich in ein Bordell bringen könnte.

»Es muß ein besseres sein«, sagte ich, »keine schmutzige Spelunke. Huren, die sauber sind und wie Damen aussehen.«

»Da kenn ich ein Luxushotel«, sagte der Taxifahrer, »gerade das richtige für Sie.«

Wir fuhren zu einem Patrizierhaus in der Nähe der Calea Victorie. Vor der Eingangspforte stand ein dicker Portier, der mir ernst die Pforte öffnete.

»Ist das ein Bordell?« fragte ich ihn.

Der Portier hüstelte beleidigt. »Das ist das Etablissement der Madame Barbulescu«, sagte er.

»Genau das wollte ich«, sagte ich.

»Eine Treppe höher«, sagte der Portier.

Oben machte mir Madame Barbulescu persönlich die Tür auf, nachdem ich zweimal geläutet hatte. »Kommen Sie rein, junger Mann«, sagte sie.

Sie führte mich in einen Salon, der mit breiten Klubsesseln und schweren Kronleuchtern, kleinen Cocktailtischen und einem schweren Eßzimmertisch ausgestattet war. Im Raum verstreut saßen junge Damen, sehr manierlich und scheu, manche zigarettenrauchend, andere scheinbar plaudernd. Sie schauten mich gleichgültig an. »Suchen Sie sich eine aus«, sagte Madame Barbulescu auffordernd. Ich sah auch einige elegant gekleidete Herren und einige russische Soldaten. Die Soldaten tranken Wodka, verhielten sich aber ruhig. Eins der Mädchen, ein zartes Geschöpf, sehr blaß, mit glattem, nach hinten gekämmtem Haar, gefiel mir besonders. Ich wollte gerade auf sie zugehen, als einer der Russen aufstand, ihr ein Zeichen gab und sie mit aufs Zimmer nahm.

»Pech«, sagte ich zu Madame Barbulescu. »Ich wollte nämlich die kleine Brünette, aber der Russe hat sie mir weggeschnappt.«

»Na, es sind noch viele andere da«, sagte Madame Barbulescu.

»Nein, ich will aber die Brünette«, sagte ich.

»Dann müssen Sie warten, bis sie zurückkommt. Alle sind scharf auf Anisoara«, sagte sie, »weil sie so keusch aussieht, aber glauben Sie mir, wir haben andere und sehr hübsche Mädchen. Sehen Sie sich doch mal um.«

Ich machte aber keine Anstalten, mir eine andere auszuwählen, und wartete.

Nach einer Weile kam der Russe mit Anisoara zurück, aber ehe ich Zeit hatte, sie aufzufordern, mit mir zu gehen, wurde sie schon von einem anderen Russen weggeschnappt.

Madame Barbulescu lachte. »Ja, sehen Sie«, sagte sie, »sie ist ein sehr begehrtes Mädchen.«

Der zweite Russe brauchte anscheinend sehr lange, denn die beiden tauchten nicht wieder auf. Inzwischen klingelte es, und andere Herren traten ein, auch noch zwei Russen. Der eine der Russen packte Madame Barbulescu am Hintern. Sie stieß ihn aber entrüstet weg, auf rumänisch fluchend. Die beiden Russen fingen grölend zu singen an, russische Lieder, die ich kannte. Sie waren leicht besoffen. »Jop wasche matj«, sagte der eine, was soviel hieß wie: Fick deine Mutter. Madame Barbulescu sagte, daß sie die Polizei holen würde. Sie sprach aber rumänisch, was die Russen nicht verstanden.

Schließlich kam Anisoara zurück. Sie sah ein bißchen zerzaust aus. Ich packte sie schnell an der Hand und sagte: »Jetzt bin ich dran.« Wir gingen nach oben. Die einzelnen Zimmer lagen im zweiten Stock, der durch eine Wendeltreppe mit dem Salon verbunden war. Oben stieß Anisoara eine Tür auf, die in ein kleines Zimmer führte. Nur ein breites Bett und ein Stuhl. Sie zog sich gleich aus. Ich sah, daß sie nackt unter dem Kleid war und keine Unterwäsche trug.

»Warum trägst du keine Unterwäsche?« fragte ich.

»Weil ich mich so oft ausziehen muß«, sagte sie. »Es ist einfacher so.«

»Du siehst wie eine Madonna aus. Du gehörst nicht hierher.«

»Mein Mann war beim rumänischen Militär. Er ist vor Odessa gefallen. Ich habe vier kleine Kinder. Was soll ich machen?«

»Ja«, sagte ich. »Ich verstehe.«

Ich wußte, daß Huren nicht küssen. Ich küßte sie trotzdem.

»Du bist schön«, sagte ich.

»Und du bist jung«, sagte sie. »So einen jungen hab ich noch nie gehabt. Wie alt bist du? Siebzehn?«

»Achtzehn«, sagte ich.

Sie lachte.

»Hast du überhaupt schon mal eine Frau gehabt?«

»Ja«, sagte ich. »Aber es waren nicht viele.«

Sie holte ein Präservativ aus ihrer Tasche und wollte es mir anziehen, aber ich wehrte ab.

»Ich möchte deine Haut spüren«, sagte ich. »Machen wir's ohne.«

»Das ist gegen die Hausordnung«, sagte sie. »Das geht nicht.«

»Mach es für mich«, sagte ich. »Ich liebe dich.«

Sie lachte und nickte. »Aber du darfst es niemandem erzählen.«

»Mein Wort«, sagte ich.

Sie umschlang mich wie eine Geliebte und küßte mich. Dann machten wir es. Ich war aber so heiß und aufgeregt, daß ich nach wenigen Sekunden fertig wurde.

Sie lachte noch immer. »Schade, daß es so schnell ging«, sagte sie, »aber bei so jungen Menschen ist das meistens so.«

»Ich war zu erregt«, sagte ich.

»Du hast sicher schon lange keine Frau gehabt?«

»Stimmt«, sagte ich.

Sie erzählte mir hastig ihre Geschichte. Ich erzählte ihr meine, sagte ihr auch, daß ich Jude war.

»Ich fahre nächste Woche nach Palästina«, sagte ich. »Ich könnte dich mitnehmen.«

»Wie?« fragte sie.

»Wir fahren mit falschen Pässen«, sagte ich. »Es sind Familienpässe. Ich könnte dem Leiter der Organisation sagen, daß er noch eine Person auf die Liste setzen soll. Der Leiter ist ein Freund von mir.«

»Ich bin aber keine Jüdin.«

»Das macht nichts«, sagte ich. »Wir werden heiraten und du fährst als meine Frau.«

»Ich habe vier Kinder«, sagte sie. »Wo soll ich die Kinder lassen?«

»Das ist ein Problem«, sagte ich. »Kannst du die Kinder nicht bei Verwandten lassen?«

»Ich habe keine Verwandten«, sagte sie.
Ich zog mich wieder an. »Ich möchte dich noch einmal sehen«, sagte ich. »Wann ist dein freier Tag?«
»Morgen«, sagte sie.
»Dann treffen wir uns morgen abend. Wir könnten zusammen essen.«
»Gut«, sagte sie. »Aber wo?«
»Am besten vor dem großen Zeitungsgebäude, dem Timpul.«
»Also gut, vor dem Timpul.«
»Um sieben Uhr«, sagte ich.
»Also um sieben Uhr.«
Ich bezahlte. Dann gingen wir.

Am nächsten Abend stand ich um Punkt sieben vor dem Timpulgebäude, aber ich sah keine Spur von Anisoara. Ich wartete ungefähr eine Stunde. Dann ging ich in eine Konditorei, um meine Enttäuschung mit Süßigkeiten zu betäuben. Ich aß drei Stück Kuchen und dachte dabei an die Umarmung Anisoaras. Eigentlich hatte ich Lust, nochmals ins Bordell zu gehen, aber ich unterdrückte diesen Wunsch. Sicherlich hielt sie mich für einen dummen, sentimentalen Jungen, und sicherlich hatte sie nie ernstlich daran gedacht, zum Rendezvous zu kommen. Außerdem ist heute ihr freier Tag. Ich würde sie also gar nicht im Bordell antreffen.
Ich ging in ein Kino und sah einen Film mit Ingrid Bergmann. Ich verliebte mich in Ingrid Bergmann und wichste mir einen im Dunkeln ab. Intermezzo hieß der Film. Wie sanft und feinfühlig die Bergmann aussah. Am liebsten hätte ich die Bergmann geheiratet. Ich verglich sie mit

Anisoara, und dieser Vergleich heilte meinen Schmerz und meine Enttäuschung. Anisoara war ja doch nur eine billige Hure. Wie konnte ich nur so naiv sein.

Auf dem Heimweg schlenderte ich durch die schlechtbeleuchteten Straßen Bukarests. Ein paarmal hielten mich Straßenhuren an, aber ich blieb nicht bei ihnen stehen. Eine kleine Zigeunerin lief mir nach und wollte mich in einen Hausflur locken. Ich paßte aber auf, denn ich hatte keine Lust, mein Geld loszuwerden. Sicher arbeitete die Zigeunerin nicht allein, und ihre Kumpane würden mir in den Hausflur folgen. Ich hatte auch keine Lust, einen Schlag auf den Schädel zu bekommen und ausgeraubt zu werden.

Bei einem Zigeunerlokal blieb ich stehen. Diese Musik liebte ich. Sie weckte Kindheitserinnerungen an Sereth. Ich trat ein und bestellte mir einen Cognac an der Bar. Bald war ich von den Bardamen umringt, die mich baten, ihnen einen Drink zu bestellen. Ich sagte ihnen, daß ich knapp bei Kasse sei, und sie zogen wieder ab. Ich ließ mich eine Weile von der Musik berieseln, dann stand ich auf und ging. Im großen Saal des zionistischen Gemeindehauses suchte ich gleich mein Bett auf. Ich war müde.

Beim Frühstück lernte ich ein Mädchen kennen, das mit uns im großen Saal schlief. Sie hieß Iwonna Abramowitsch und kam aus Warschau. Tatsächlich schliefen fünf Frauen im großen Saal, in einer separaten Ecke. Die anderen vier waren aus Rumänien. Iwonna hatte den Warschauer Ghettoaufstand erlebt und war in letzter Minute, als die Deutschen das Ghetto angezündet hatten, durch den Stadtkanal geflüchtet.

Iwonna war nicht hübsch. Sie war zweiundzwanzig, trug einen langen Pferdeschwanz und hatte Narben im Gesicht. Ihr Körper war ausgemergelt vom langen Hunger, und sie hatte sich anscheinend noch nicht erholt. Wir machten nach dem Frühstück einen langen gemeinsamen Spaziergang. Iwonna erzählte mir ihre Geschichte.

Sie hatte mit ihren Eltern und einer kleinen Schwester in der Vorstadt von Warschau gewohnt. Ihr Vater war Bäkker. 1941 mußten sie ihre Wohnung verlassen und ins Ghetto ziehen. Sie hatten kein Geld und hungerten. Der Vater bekam Hungerödeme und starb Anfang 42, die Mutter etwas später an Flecktyphus. Iwonna und die kleine Schwester bettelten auf dem Basar, dann wurde die kleine Schwester krank und starb ganz plötzlich. Als die Razzien anfingen, versteckte sich Iwonna, aber im Winter 42–43 wurde sie geschnappt. Man brachte sie zum Bahnhof, in einen Zug, der zum Vergasen nach Treblinka ging. Iwonna gelang die Flucht aus dem Todeszug. Sie flüchtete in den Wald. Die Nächte waren kalt, und sie hatte Hunger. Deshalb ging sie in ein polnisches Dorf und bat einen Bauern um Hilfe. Der war ein wüster Antisemit und beschimpfte Iwonna und ihre jüdische Sippschaft. Er nahm sie aber vorübergehend in sein Haus auf, gab ihr sogar Suppe und Brot und wollte mit ihr schlafen. Iwonna setzte sich zur Wehr, was aber nicht viel half. Der Bauer hatte eine Frau und drei Söhne, die nicht mit ihr sprachen. Anscheinend kümmerte sich der Bauer nicht um seine Frau und die drei Söhne. Er schleppte Iwonna in die Holzkammer und vergewaltigte sie dort. Sie hatte Angst vor den Deutschen, dem Wald, dem Hunger und der Kälte. Deshalb ertrug sie alles. Der Bauer vergewaltigte sie tagtäglich, und er schlug sie mit der Pferdepeitsche.

Iwonna mußte die Ställe reinigen, die Kühe melken und in der Küche helfen. Die Frau des Bauern sprach nie mit ihr, aber deutete mit Gesten an, was sie zu machen hatte. Jeder im Haus wußte offenbar, daß der Bauer sie in der Holzkammer vergewaltigte. Die Söhne grinsten, wenn sie sie sahen. Der älteste war siebzehn. Einmal deutete der Siebzehnjährige an, daß sie ihm folgen solle. Er zerrte sie in den Pferdestall und riß ihr das Kleid vom Leibe. Dann mußte sie es mit ihm machen. Er rülpste beim Geschlechtsverkehr und lachte schallend, als er sich von ihr erhob. Beim nächsten Mal tauchte die Frau des Bauern plötzlich im Stall auf, sah, wie ihr Sohn vögelte, und lachte boshaft.

Im März 43 rannte Iwonna davon. Sie flüchtete wieder in den Wald, hungerte und fror, bis sie April 43 beschloß, ins Warschauer Ghetto zurückzukehren.

Sie kam gerade an, als der jüdische Aufstand ausgebrochen war. Die jungen Aufständischen zeigten Iwonna, wie man mit einem Gewehr umging, und Iwonna nahm mit Begeisterung an den Kämpfen teil.

»Es war unglaublich«, sagte Iwonna. »Juden hatten zu den Waffen gegriffen und setzten sich zur Wehr. Wir lagen auf den Dächern und beschossen die Deutschen auf der Straße. Wir nahmen den Toten die Waffen ab und verteilten sie an unsere Leute, die keine Feuerwaffen hatten. Viele hatten mit Messern und Molotowcocktails gekämpft.

Einmal setzten wir einen Panzer in Brand. Die herausspringenden Deutschen erschossen wir. Dann reparierten wir den Panzer und besetzten ihn mit eigenen Leuten, wir malten sogar einen Davidstern auf die Panzerwand.

Einmal schleusten mich unsere Leute aus dem Ghetto heraus, um Waffen zu kaufen. Ich ging mit zwei Chawerim durch den Kanal und stieg an einer bestimmten Stelle durch einen Schacht auf die Straße. Wir gingen im Morgengrauen durch Warschau, immer auf der Hut vor einer Streife. Wir hatten Glück und kamen bis zu unserem Treffpunkt. Es war ein altes Mietshaus mit einer wackligen Treppe in einem düsteren Hausflur. Oben erwarteten uns zwei Polen, die uns mit Waffen beliefern sollten. Es klappte auch alles. Wir nahmen die Waffen in Empfang und zahlten bar in Zlotys. Plötzlich wie aus dem Nichts tauchte polnische Miliz auf. Wir waren verraten worden. Wir waren aber schneller. Wir feuerten aus unseren Pistolen. Die Milizleute brachen tot zusammen, und wir rannten weg. Wieder im Ghetto feierten wir unseren Triumph mit Wodka und Brot.

In den nächsten Tagen fanden Kämpfe von Haus zu Haus statt. Die SS hatte frische Truppen geschickt. Deutsche Flugzeuge überflogen das Ghetto und warfen Brandbomben ab. Die SS warf ihrerseits Gasbomben in die Keller, die uns ausräuchern sollten. Nach einigen Tagen mußten wir aufgeben. Das ganze Ghetto brannte. Viele von uns wurden gefangengenommen und gleich abtransportiert oder an Ort und Stelle erschossen. Einigen von uns gelang die Flucht durch die Kanäle.

Ich floh durch den Kanal, aber ich wollte nicht in Warschau bleiben, sondern machte mich auf den Weg zur rumänischen Grenze, wo ich die russische Front vermutete. Im Frühjahr 44 wurde ich von der Front überrollt. Die Russen waren da. Ich war frei. Dann überquerte ich die rumänische Grenze und schaffte es bis Bukarest, wo ich mich mit den Zionisten in Verbindung setzte.«

»Und jetzt bist du hier«, sagte ich. »Stehst du überhaupt auf der Transportliste für Palästina?«

»Ja«, sagte Iwonna. »Ich habe auch schon die Paßfotos gemacht.«

»Ich übrigens auch«, sagte ich. »Hab auch schon die Fotos.«

»Na, dann fahren wir ja zusammen«, sagte Iwonna.

Wir begegneten rumänischem Militär, und ich erschrak, denn sie erinnerten mich an die Faschisten.

»Das ist die neue kommunistische Armee Rumäniens«, sagte Iwonna. »Die rumänische Marionettenregierung hat sich schnell auf die neuen Herren eingestellt.«

»Es gibt Gerüchte«, sagte ich, »es heißt, die Rumänen wollen den Deutschen den Krieg erklären.«

»Das ist möglich«, sagte Iwonna, »schließlich sind sie jetzt die Partner der Russen.«

Wir schlenderten durch die großen Boulevards. Ich ergriff Iwonnas Hand. Sie überließ mir die Hand freiwillig. Ich küßte sie rein freundschaftlich auf die Backe.

»Nicht so stürmisch«, sagte sie lachend.

»Hast du einen Freund in Bukarest?«

»Nein«, sagte sie.

Wieder bei den Zionisten aßen wir gemeinsam zu Mittag. Wie üblich: Eintopf mit Fleisch- und Gemüsestreifen.

»Ich habe noch etwas Geld«, sagte ich. »Es hat keinen Sinn, rumänisches Geld nach Palästina mitzunehmen. Deshalb werde ich alles ausgeben. Hättest du was dagegen, wenn ich dich gelegentlich zum Essen einlade?«

»Nein«, sagte Iwonna.

»In ein echt rumänisches Lokal. Ich denke an Gratar, das ist Fleisch auf Holzkohle gebraten, und einen rumänischen Auberginensalat und eine Tschorba.«

»Was ist Tschorba?« fragte Iwonna.

»Das Wort stammt aus dem Türkischen. Es ist eine Suppe, aber eine besonders gewürzte.«

»Türkisch?« fragte Iwonna.

»Ja, das stammt aus der Türkenzeit.«

Ich lud sie gleich am nächsten Tag zum Essen ein. Das Lokal war nicht weit vom Gemeindehaus. Ich überzeugte mich, daß es echt rumänisch war, und studierte die Speisekarte.

»Sie haben sogar Rahat und Halva«, sagte ich. »Das ist echt türkisch.«

Wir saßen händchenhaltend am Tisch und lachten viel. Die Kellner schwänzelten um uns herum und machten Iwonna Komplimente. Iwonna verstand kein Wort Rumänisch, und so spielte ich den Übersetzer.

»Mein Rumänisch ist auch nicht das beste«, sagte ich, »aber es reicht, um mich gut zu verständigen.«

»Du bist also kein Rumäne?«

»Nein, ich bin aus Deutschland«, sagte ich. »1938 vor Hitler in die Bukowina geflüchtet.«

»Also deshalb sprichst du so gut Deutsch.«

»Ja«, sagte ich. Iwonna und ich hatten von Anfang an Deutsch miteinander gesprochen, sozusagen als Lingua franca. Iwonna konnte sehr gut Deutsch, obwohl sie einen leicht polnischen Akzent hatte.

»Ich komme heute nacht zu dir«, sagte Iwonna.
»Wenn du willst«, sagte ich. Ich war erschrocken und fast gelähmt. Ich sagte: »Wir sind aber nicht allein.«
»Das macht nichts«, sagte Iwonna.

Nachts, als bereits das Licht im großen Saal gelöscht war, kam Iwonna zu mir. Sie kuschelte sich unter meine Decke und schmiegte sich an mich. »Du kannst meinen Körper berühren, aber nicht angucken«, sagte sie.
»Warum?«
»Wegen der vielen Narben, schlimmer als im Gesicht.«
»Von dem polnischen Bauern?«
»Ja, das Schwein«, sagte Iwonna.
»Er hat dich also nicht nur mit der Peitsche geschlagen?«
»Er hat mir brennendes Holz auf die Haut gedrückt. Ich habe fürchterlich geschrien, aber das hat ihn nicht gestört.«
»Wenn wir mal nach Polen fahren«, sagte ich, »dann bring ich ihn um.«
»Das wird die Narben nicht wegwischen«, sagte Iwonna. »Es ist so eine Sache mit der Rache. Die Wunden heilen nicht davon, und was geschehen ist, ist geschehen.«
»Ich denke an die Nazis und daran, daß die Russen geschworen haben, ihnen den Prozeß zu machen.«

»Ja«, sagte Iwonna. »Aber was nützt das? Das macht die Ermordeten auch nicht wieder lebendig.«
»Nein, das nicht«, sagte ich, »es ist vielleicht nur eine Genugtuung für die Überlebenden.«
»Willst du es nicht mit mir machen?« fragte Iwonna.
»Wart ein wenig«, sagte ich.
»Ich bin keine Jungfrau mehr.«
»Das weiß ich«, sagte ich.
»Ich war auch vor dem polnischen Bauern keine Jungfrau.«
»Hast du einen Freund in Warschau gehabt?«
»Ja. Ein Student. Er ist in Treblinka vergast worden.«
»Woher weißt du das, vielleicht hat er Treblinka überlebt.«
»Niemand hat Treblinka überlebt.«
»Einige haben sich gerettet. Vielleicht ist er unter ihnen.«
»Das ist unwahrscheinlich«, sagte Iwonna.

Wir liebten uns, und ich merkte, daß ich sie dabei ununterbrochen streichelte. Ich liebte Iwonna nicht, aber ich empfand eine Art brüderlicher Zärtlichkeit für sie. Vielleicht war es auch Mitleid wegen der Narben und ihrer Häßlichkeit und allem, was sie erlitten hatte.
»Du bist so jung«, sagte Iwonna, »fast wie ein jüngerer Bruder.«
»Und du bist wie eine ältere Schwester.«
»Eigentlich sollten die vier Jahre Altersunterschied keine Rolle spielen. Oder bist du etwa noch keine achtzehn?«
»Doch. Ich bin achtzehn«, sagte ich.

## 15

Anfang Dezember ging die Reise los. Die Zionisten hatten einen ganzen Zug für uns bereitgestellt. Wir waren ungefähr 500 Personen, alle mit Familienpässen ausgerüstet. Ich schickte vorher noch einen Brief an meine Mutter.

Liebe Mama. Du wirst es kaum fassen. Aber wir fahren morgen nach Palästina. Nicht mit dem Schiff, sondern mit der Eisenbahn über Bulgarien, die Türkei, Syrien und den Libanon. Ich hatte eine schöne Zeit in Bukarest. Ich habe Käte und Max besucht. Käte hat mir Geld beschafft. Davon habe ich eine graue Hose und ein Sportjackett gekauft, und den Rest habe ich als Taschengeld ausgegeben. War oft im Kino und habe Intermezzo mit Ingrid Bergmann gesehen. Habe jetzt auch eine Freundin. Sie heißt Iwonna Abramowitsch und hat den Aufstand im Warschauer Ghetto mitgemacht. Ihre Eltern und ihre kleine Schwester sind im Ghetto gestorben. Sie war eine Zeitlang bei einem polnischen Bauern versteckt, der sie geschlagen hat. Stell dir vor: der Bauer hat brennende Holzscheite auf ihrer Haut ausgedrückt. Deshalb hat sie viele Narben. Auch im Gesicht. Sie ist häßlich und doch irgendwie schön. Wie soll ich dir das erklären. Ich glaube, es ist ihre schöne Seele, die das ausstrahlt.

Die Russen hatten Bulgarien besetzt und waren jetzt überall. Sie ließen uns ohne weiteres über die Grenze, in Stara Zagora jedoch, einer mittleren bulgarischen Stadt, stoppten uns die Russen und holten uns aus dem Zug. Wir wurden in einem leeren Schulgebäude interniert, durften in der Stadt herumgehen, aber die Stadt nicht verlassen. Der Leiter unseres Zuges telefonierte mit Bukarest, mit Itziu Herzig, der rasche Hilfe versprach. Wir saßen fest. In den überfüllten Klassenräumen richteten wir unsere Schlafgelegenheiten ein, legten Decken, Mäntel und Kleider unter unsere Körper und schliefen angezogen wegen der Kälte. Die Russen gaben uns auch zu essen. Keiner wußte, was die Russen mit uns vorhatten, ob sie uns nach Rumänien zurückschicken oder weiterfahren lassen würden. Inzwischen stellten wir uns auf die neue Situation ein, veranstalteten Liederabende, spielten Karten und tanzten Hora und andere palästinensische Tänze. Iwonna hatte ihren Koffer neben meinem ausgepackt, ihre Pullover und ihren Mantel neben meinem Lager ausgebreitet. Wir schliefen zusammen, und niemand im Raum kümmerte sich darum.

Einmal, in der Nacht, weinte Iwonna. Als ich sie fragte, was los sei, sagte sie: »Ich denke oft an meine kleine

Schwester. Wie schön wäre es, wenn wir jetzt zusammen wären.«

»Wie hat sie geheißen?«

»Elsbieta.«

»Wie alt war sie, als sie starb?«

»Neun.«

»Denkst du nicht auch an deine Eltern?«

»Doch. Mein Vater war ein gutmütiger Mensch, der gern Späße machte, rauchte und viel aß. Er hat den Hunger im Ghetto nicht ertragen. Die Ödeme hatten seinen ganzen Körper aufgeschwemmt. Er weinte manchmal wie ein kleines Kind. Meine Mutter konnte ihm nicht helfen. Sie hatte Typhus. Und sie war zu geschwächt, um den Typhus zu überstehen. Sie starb wie eine welke Blume, ohne einen Laut. Ich weiß nicht mal, wo sie liegen. Im Warschauer Ghetto kamen die Leichenträger jeden Morgen, um die Leichen, die vor den Häusern lagen, aufzusammeln. Sie brachten sie zu den Massengräbern am Stadtrand.«

»Kennst du das Sterbedatum?«

»Ja.«

»Dann kannst du das Totengebet sprechen, den Kaddisch.«

»Ja, ich habe mir fest vorgenommen, Kaddisch zu sagen.«

»In Palästina«, sagte ich.

»Ja, in Palästina«, sagte Iwonna.

In den nächsten Wochen gingen Briefe zwischen uns und der Organisation in Bukarest hin und her. Endlich, in der fünften Woche, erreichte uns die Nachricht, daß Ben Gurion persönlich nach Sofia gefahren sei, um mit den Russen über unsere Freilassung zu verhandeln. Dann kam die Nachricht, daß wir weiterfahren durften.

Die jüdische Gemeinde in Stara Zagora hatte Kontakt mit uns aufgenommen. Gemeindevertreter kamen oft in die Schule, um mit uns zu reden. Da wir kein Bulgarisch konnten, versuchten einige von uns es mit Französisch. Manche der jüdischen Familien luden einzelne von uns zum Essen ein. Da die Leute sehr arm waren, gab es fast nur Kohl und Kohlsuppe. Einmal wurden auch Iwonna und ich eingeladen. Da wir schlecht französisch sprachen, saßen wir stumm bei Tisch und verständigten uns durch Gesten. Ich machte den Leuten klar, daß ich aus Deutschland komme und Iwonna aus Polen. Ich beschrieb mit Gesten den Warschauer Ghettoaufstand und zeigte auf Iwonna. Ob sie es verstanden, weiß ich nicht.

Ich hatte noch die fünf Dollar von meiner Mutter im Jakkenfutter. Einmal wechselte ich einen Dollar, um mir Zigaretten zu kaufen. Ich stellte fest, daß bulgarische Zigaretten aus edlem Tabak waren und sehr leicht. Wir lachten viel, weil die Bulgaren den Kopf schüttelten, wenn sie Ja meinten, und nickten, wenn sie Nein sagten.
»Genau umgekehrt«, sagte ich zu Iwonna.

# 16

Wir kamen ohne Schwierigkeiten bis Istanbul. Hier sollten wir zwei Tage bleiben, um dann mit der Bagdadbahn bis Palästina zu fahren.

Die jüdische Gemeinde in Istanbul verschaffte uns Unterkünfte. Iwonna und ich übernachteten zwei Tage in einem jüdischen Waisenheim. Tagsüber durchkämmten wir die Stadt und kamen aus dem Staunen nicht heraus. In den Straßen herrschte ein orientalisches Chaos. Abwechselnd begegneten wir Türken in westeuropäischer Bekleidung, aber auch in traditioneller mit Turban und Fez. Wir gingen natürlich zuerst in die Hagia Sophia, die bekannteste Moschee in Istanbul, die mit ihren goldenen Kuppeln wie eine Fata Morgana aus Tausendundeiner Nacht aussah, später zum großen Basar. Der Basar ist überdacht, in seinem Inneren sind Hunderte von Gassen und Gäßchen. Lärmende Menschenmassen schoben sich zwischen den Verkaufsständen und schreienden Händlern hin und her. Wir verloren natürlich die Orientierung, bis uns ein freundlicher Türke zum Ausgang des Basars führte und uns den Weg zeigte. Ich wechselte meine Dollars und kaufte Iwonna einen roten Ledergürtel, der ihr besonders gut gefallen hatte. Wir aßen Schis Kebab und tranken Ayran, ein Joghurtgetränk. Ich kaufte Süßigkeiten, das obligate Halvah und auch Rahat. Halvah wird aus Sesam und Mandeln gemacht. Rahat ist geleeartig und sehr süß. Wir gingen in ein Nachtlokal und sahen uns einen Bauchtanz an, tranken türkischen Kaffee, sehr süß, und rauchten türkische Zigaretten.

Am nächsten Tag besuchten wir einige Moscheen und Kirchen und machten eine Dampferfahrt auf dem Bosporus. Vom Bosporus sah man auf die goldenen Kuppeln der Stadt. In Sariyer legten wir an und aßen in einem der berühmten Fischlokale Spezialitäten des Bosporus. Da meine Dollars nicht reichten, hatte Iwonna am Tag zuvor eine goldene Brosche verkauft. Auf der Rückfahrt kamen wir an Schluchten und Felsklippen und an Palästen am Ufer vorbei.

Iwonna war begeistert. »Schau wie schön!« rief sie fortwährend aus.

Die letzte Nacht vor der Weiterreise schliefen wir engumschlungen. Ich schob noch zwei Nummern mit ihr und schlief dann tief und traumlos bis zum nächsten Morgen.

Wir fuhren in einem kleinen Dampfer über den Bosporus bis zu einer kleinen Bahnstation auf der anderen Seite. Dort stiegen wir in den wartenden Zug, die Bagdadbahn, wie uns gesagt wurde. Die Deutschen hatten sie einst für die Türken gebaut, um politischen Einfluß zu gewinnen. Der letzte Teil, die Strecke durch das Taurusgebirge, war erst im Ersten Weltkrieg fertiggestellt worden.

Der ganze Zug fing zu singen an, als die Fahrt losging. Wir waren auf dem Wege nach Palästina.

»Bald kommen wir nach Ostanatolien«, sagte ich, »das war mal armenisches Gebiet. Es hieß sogar Armenien, aber der Name Armenien ist gelöscht worden. Er steht auf keiner Landkarte.«

»Warum wurde der Name Armenien gelöscht?«

»Weil es in diesem Gebiet keine Armenier mehr gibt«, sagte ich.

»Wo sind die Armenier?«

»Die Türken haben sie alle umgebracht.«

»Das ist doch nicht möglich.«

»Doch«, sagte ich, »während des Ersten Weltkrieges.«

Ich sagte: »Die Armenier hatten mal einen eigenen Staat in Ostanatolien. Ihr Staat ist im Laufe der Geschichte immer wieder zerschlagen worden, von den Arabern, den Seldschuken und vielen anderen. Die Armenier haben ihren Staat immer wieder aufgebaut, bis schließlich die Türken kamen. Die Türken haben sie gänzlich unterworfen.«

»Und warum wurden sie umgebracht?«

»Man weiß es nicht genau«, sagte ich. »Die Armenier waren ein Fremdkörper im Osmanischen Reich, und die Osmanen, die späteren Türken, fürchteten, daß die Armenier ihren Staat wieder aufrichten würden. Ein armenischer Staat aber im Herzen der Türkei wurde nicht geduldet. Deshalb mußten die Armenier verschwinden. Natürlich war das nicht der einzige Grund. Die Armenier waren keine Moslems, sie waren Christen, eigentlich waren es die Urchristen, denn der armenische Staat war der erste der Welt, der noch vor den Römern das Christentum annahm. Sie waren also eine fremde Religion. Außerdem waren sie erfolgreiche Kaufleute und wurden als Händler und Kapitalisten gehaßt. Eigentlich waren sie die Juden der Türkei. Es ging ihnen auch besser als den Türken, ihre Dörfer waren sauberer, die Häuser gepflegt, die Frauen besser angezogen. Kurz, sie wurden gehaßt. Es hat im 19. Jahrhundert viele Armeniermassaker gegeben unter dem Sultan Abdul Hamid. Er hatte Kurdenregimenter, sogenannte Hamidjeregimenter, 150 000 Mann, die speziell abgerichtet waren und gegen die Armenier eingesetzt wurden. Sie brannten ihre Dörfer nieder, vergewaltigten die Frauen und schnitten den Männern die Kehle durch. Das war aber noch gar nichts im Vergleich zu dem, was da kommen sollte.«

Ich zeigte auf die öde Steppenlandschaft, die ab und zu von Kalk- und Steinfelsen unterbrochen wurde, ärmlichen Türkendörfern, Schafherden und Wasserbüffeln.

»Kurz vor dem Ersten Weltkrieg wurde Sultan Abdul Hamid gestürzt. Eine junge Offiziersclique war an die Macht gekommen, Enver Pascha, Taalath und Djemal Pascha. Sie nannten sich Jungtürken und wollten die Türkei erneuern. Das sah vielversprechend aus. Die Clique entpuppte sich aber als eine rein faschistische Gruppe. Sie wollten vor allem die Türkei von Fremdkörpern säubern, außerdem alle Turkstämme im Kaukasus unter türkischer Flagge vereinigen. Als der Erste Weltkrieg ausbrach und Rußland gegen die Türkei in den Krieg zog, nutzte Enver die Gelegenheit, um den Kaukasus zu erobern. Envers

Armee wurde aber von den Russen geschlagen. Die Vereinigung aller Turkstämme fiel ins Wasser. Man beschuldigte die Armenier in der Osttürkei des Verrats. Armenier wurden aus der türkischen Armee ausgestoßen und als Zwangsarbeiter hinter der Front eingesetzt. Dann wurden sie erschossen. Man fing an, die Intellektuellen aus Konstantinopel zu deportieren, dann die armenische Bevölkerung aus der Provinz. Die Armenier wehrten sich. Als die Russen in der Osttürkei einmarschierten, erhoben sich die Armenier in der Stadt Van und machten einen Aufstand. Die Stadt wurde schließlich von den Russen eingenommen. Der Aufstand von Van aber galt den Türken als Vorwand, die gesamte armenische Bevölkerung des Hochverrats anzuklagen. Die armenische Bevölkerung wurde systematisch deportiert, die Männer erschlagen oder erschossen, Frauen und Kinder in die mesopotamische Wüste gejagt, wo sie verhungerten und verdursteten. Man kennt die Zahlen der Ermordeten nicht genau, aber es ist anzunehmen, daß die Türken einundeinhalb bis zwei Millionen Armenier umgebracht haben.«

»So wie die Nazis die Juden«, sagte Iwonna.

»So ähnlich«, sagte ich. »Es war der erste staatlich organisierte Völkermord des 20. Jahrhunderts in Europa und Kleinasien.«

»Und keiner weiß das«, sagte Iwonna.

»Das Verbrechen wurde totgeschwiegen«, sagte ich. »Sogar Hitler wußte das, und er soll einmal gesagt haben: Wer spricht heute noch von den Armeniern. Hitler glaubte, es würde mit den Juden nicht anders sein.«

»Woher weißt du das alles«, sagte Iwonna.

»Weil der Völkermord an den Armeniern an die Juden

erinnerte, habe ich mich eine Zeitlang mit armenischer Geschichte befaßt. Ich war noch keine fünfzehn, als ich das alles gelesen hab.«

Ich nahm Iwonnas Hand und zog sie hinaus auf den Gang.

»Komm, wir vertreten uns ein bißchen die Füße.«

Iwonna nickte, und so spazierten wir im Zug auf und ab. Die Strecke war alt und holprig. Wir wurden hin- und hergeschüttelt. Viele der Juden standen draußen auf dem Gang und blickten auf die vorbeisausende Landschaft. Es war bitter kalt. Der Zugwind fegte durch die Gänge.

»Mir ist kalt«, sagte Iwonna.

»Bald wird es warm werden, wenn wir erst mal in Palästina sind. Dort ist ewiger Frühling.«

»Ist es auch im Winter warm?«

»Nicht sehr warm«, sagte ich, »aber so wie im Frühling.«

»Ich freue mich auf Palästina«, sagte Iwonna. »Es soll dort herrliche Orangen geben.«

»Ja«, sagte ich. »Überall in Palästina sind Orangenhaine, angeblich sind Orangen sehr billig.«

»Ich habe nur einmal als Kind eine Orange gegessen.«

»Dann wirst du das nachholen. Wir werden kübelweise Orangen kaufen und ein Festessen machen.«

»Ja«, sagte Iwonna. »Wir werden sie auspressen und Orangensaft trinken. Mir läuft schon das Wasser im Mund zusammen, wenn ich nur daran denke.«

»In Palästina gibt es auch Grapefruits und Datteln und Feigen und Bananen.«

»Es ist ein jüdisches Land«, sagte Iwonna, »aber noch kein jüdischer Staat.«

»Das kommt auch noch«, sagte ich. »Zuerst müssen wir die Engländer vertreiben.«

»Das wird nicht so leicht sein«, sagte Iwonna.

Ich sagte: »Es soll eine Art Bürgerkrieg geben, Juden gegen Engländer. Mal sehen, was uns dort erwartet.«

»Was willst du in Palästina machen?«

»Das weiß ich noch nicht«, sagte ich. »Ich nehme an, daß uns die Organisation zuerst mal in einem Kibbuz unterbringen wird, so wie alle Neuankömmlinge. Im Kibbuz gibt's immer Arbeit und auch zu essen.«

»Und wo werden wir schlafen?«

»Es gibt auch Schlafgelegenheiten im Kibbuz.«

In unserem Abteil waren zwei ungarische Juden. Der eine war Kettenraucher und hatte das ganze Abteil verqualmt.

»Wollen Sie eine bulgarische?« fragte er mich.

»Ja«, sagte ich.

»Die Bulgaren machen gute Zigaretten, angeblich echt türkischer Tabak.«

»Ja, ich weiß. Ich habe mir in Bulgarien auch Zigaretten gekauft. Als ich den Zigarettenverkäufer fragte, ob er Zigaretten hätte, schüttelte er den Kopf, ziemlich verwirrend, da diese Geste Ja bedeutete.«

»Das hat mich auch verwirrt«, sagte der Ungar. »Sie schütteln den Kopf, wenn sie Ja sagen, und sie nicken, wenn sie Nein meinen.«

»Ein komisches Volk«, sagte der andere Ungar.

»Dabei ein anständiges Volk«, sagte der erste Ungar. »Sie haben die Juden während des ganzen Krieges geschützt.«

»Die Nazis wollten, daß die Bulgaren ihre Juden den

Deutschen ausliefern«, sagte der Kettenraucher, »aber die bulgarischen Faschisten haben die Juden nicht ausgeliefert. Bulgarien war der einzige faschistische Staat, der seine Juden gerettet hat.«

»Wir waren in Stara Zagora bei Juden zum Essen eingeladen«, sagte Iwonna, »und wir haben uns gewundert, daß die ganze Familie noch da war. Sogar die Großeltern.«

»Sie waren Sephardim«, sagte ich, »ursprünglich aus Spanien, und sie sprachen einen altspanischen Dialekt.«

»Ladino«, sagte der Kettenraucher.

»Ja, ladino«, sagte ich.

»Woher seid ihr eigentlich?« fragte Iwonna.

»Aus Budapest«, sagte der Kettenraucher. »Ich habe in Budapest studiert, bis die Faschisten ans Ruder kamen, und bin dann ganz einfach dageblieben. Das war mein Glück, denn nur in Budapest konnten Juden überleben.«

»Wieso nur in Budapest?« fragte Iwonna.

»Weil in der Provinz alle Juden von den Deutschen abgeholt wurden. Meine Eltern wohnten in einem kleinen Dorf, auch meine Brüder und Schwestern. Die Deutschen haben sie alle deportiert.«

»Wißt ihr wohin?«

»Ich nehme an, nach Auschwitz.«

»Meine Familie auch«, sagte der andere Ungar. »Ich habe nie wieder etwas von ihnen gehört.«

»Und wie seid ihr nach Rumänien gekommen?« fragte Iwonna. »Ich glaube, in Ungarn ist noch Krieg.«

»Wir wußten, daß Rumänien kapituliert hatte«, sagte der Kettenraucher, »und da haben wir versucht, über die Grenze zu flüchten.« Er zeigte auf seinen Kollegen. »Wir sind zusammen geflüchtet«, sagte er. »Als wir die russische Front erreichten, haben wir gebetet, obwohl wir Freidenker sind. Die Russen standen im August vor der ungarischen Grenze, aber anscheinend hatten sie noch keinen Befehl, Ungarn anzugreifen. Wir sind dann nach Bukarest gefahren und haben uns dort mit der jüdischen Gemeinde in Verbindung gesetzt, und die verwies uns an die Zionisten.«

»Habt ihr auch im Gemeindehaus geschlafen?«

»Ja. Im großen Saal.«

»Wir auch«, sagte Iwonna.

»Der Leiter Itziu Herzig hat uns dann gleich für den Transport nach Palästina vorgemerkt. Und nun, jetzt sind wir hier.« Er holte eine Flasche rumänischen Zuika aus dem Koffer und sagte: »Trinken wir auf Palästina!«

Ich kostete von dem Zuika und sagte: »Le Chaim.«

»Le Chaim«, sagte Iwonna und nippte an der Flasche.

»Le Chaim«, sagten die beiden ungarischen Juden.

Wir fuhren den ganzen Tag und die ganze Nacht durch Anatolien. Nachts fuhren wir auch durch Syrien und den Libanon. Schön war der beleuchtete Bahnhof von Damaskus.

»Damaskus hätte ich mir gern angeschaut«, sagte ich. »Ich habe gehört, daß es eine faszinierende Stadt ist.«

»Es gibt auch ein Judenviertel in Damaskus«, sagte Iwonna. »Ich habe mal eine Beschreibung von einem syrischen Juden gelesen.«

Am Bahnhof von Damaskus kamen arabische Händler zu unserem Zug, aber wir hatten kein Geld, um einzukaufen.

## 17

Als wir über die palästinensische Grenze fuhren, ging ein Jubelschrei durch die Menge. Die Leute drängten zum Fenster, um das Gelobte Land zu sehen, aber in der Morgendämmerung sah man nicht viel. Erst als es etwas heller wurde, erkannten wir eine kleine Oase in der Wüste. Dort lag ein jüdischer Kibbuz. Die ersten Frühaufsteher sahen uns und winkten. Wir erkannten Männer und Frauen in Khakiuniformen und kleinen runden Khakihüten. Die Leute schrien und gestikulierten. Der Zug fuhr aber weiter, in der Wüste blieb er dann plötzlich stehen. Araber mit kleinen Eseln tauchten auf. Sie hatten Körbe mit Orangen und kamen bis an unseren Zug. Jeder suchte nach Geld, um die ersten Orangen zu kaufen. Manche kratzten noch etwas zusammen, Dollars und russische Rubel und rumänische Lei. Wer kein Geld hatte, bezahlte mit einem Taschenmesser oder einer alten Armbanduhr. Ich gab mein kleines Taschenmesser her. Iwonna jauchzte, als ich die Orangen vor ihr ausbreitete. Wir fingen gleich zu essen an. Iwonna drückte einige Orangen mit der bloßen Hand in ein Wasserglas aus. »So«, sagte sie. »Jetzt haben wir auch Orangensaft. Weißt du, davon hab ich jahrelang geträumt.«

»Im Ghetto gab es keine Orangen«, sagte ich, »was mich betrifft, nicht mal in meinen Träumen. Wer wagte schon, von Orangen zu träumen.«

Wir beobachteten die aufsteigende Sonne am Horizont.

»Irgendwo in der Nähe ist das Meer«, sagte Iwonna, »ich glaube, wir sind nicht weit von Haifa, das liegt doch an der libanesischen Grenze.«

»Nicht ganz«, sagte ich. »Ich glaube, wir sind in der Nähe von Nahariya.«

»Was ist das?«

»Ein Kurort am Meer, eine deutschjüdische Siedlung.«

»Woher weißt du das?«

»Weil ich mich vor unserer Reise informiert habe. Außerdem war ich Zionistenführer in Sereth. Ich war damals gerade fünfzehn.«

»Hast du zionistische Geschichte studiert?«

»Das auch, aber vor allem die Landkarte.«

Der Zug fuhr nach Atlit, einem englischen Kontrollpunkt. In Atlit mußten wir aussteigen und wurden in einigen großen Hallen untergebracht.

»Das ist ein vorübergehendes Internierungslager«, sagte unser Transportleiter. »Eure Papiere werden hier kontrolliert, ihr kriegt zu essen und einen Schlafplatz zugeteilt, und morgen seid ihr frei.«

»Frei«, sagte Iwonna.
»Frei«, sagte ich.

Die Engländer hatten nichts Verdächtiges an unseren falschen Pässen bemerkt. Unsere Pässe wurden mit einem Stempel versehen, und jeder von uns kriegte eine palästinensische Identitätskarte, mit dem Hinweis, daß wir legal eingewandert waren. Die Identitätskarte hatte zwei Jahre Gültigkeit. Nach zwei Jahren, so sagte man uns, würden wir eingebürgert, kriegten neue Identitätskarten und sogar einen englischen Reisepaß, falls wir das wünschten. Der Paß wäre allerdings nur ein Mandatspaß, denn Palästina sei englisches Mandat, das dreißig Jahre lang, von 1918 bis 1948, von den Engländern verwaltet würde. Die zionistische Organisation schrieb unsere Namen auf und teilte uns unter den verschiedenen Kibbuzim im Lande auf. Iwonna und ich wurden nach Quar Rupin geschickt, einem deutschjüdischen Kibbuz im Galil. Wir wurden in Autobussen nach Haifa gebracht, von dort vom Kibbuz abgeholt. Ein Kibbuznik kam mit seinem Auto.

Wir waren wie berauscht, als wir durch Haifa fuhren, die erste jüdische Stadt, die ich jemals gesehen hatte, obwohl Haifa auch einen arabischen Stadtteil hatte. Aber wir fuhren durch das jüdische Haifa. Juden, nichts als Juden, die Passanten, die Taxifahrer, die Gäste in den Kaffeehäusern, die Spaziergänger auf der Straße, die Arbeiter, die Geschäftsleute. Ich suchte nach bekannten Gesichtern auf der Straße, aber die Autofahrt war zu schnell, und schließlich, ich kannte ja nicht alle Juden auf der Welt, deren Vertreter hier versammelt schienen. Aber im Vorbeifahren erkannte ich plötzlich einen Freund aus Sereth, Kurt

Enzer, Kurt auf einem Fahrrad. Ich rief laut, und er drehte sich um und erkannte mich.

»Ruben Jablonski?« Kurt winkte, und ich winkte zurück.

Er schrie mir zu: »Meine Adresse steht im Telefonbuch.«

Dann war Kurt im Verkehr verschwunden.

Quar Rupin war eine jüdische Siedlung im Herzen des Galil. Galil war die nördlichste Provinz Palästinas, dicht an der syrischen und libanesischen Grenze. Die Kibbuzniks waren meistens deutsche Juden, aber auch Neueinwanderer aus Frankreich waren unter ihnen. Im Speisesaal herrschte ein Sprachengewirr aus Deutsch, Französisch und Hebräisch. Wir wurden niemandem vorgestellt, sondern bekamen nur unsere Zimmer zugewiesen, und später, als wir in den Speisesaal gingen, unsere Tischplätze. Im Speisesaal herrschte reges Leben. Die Leute schienen sich alle zu kennen und schnatterten wild durcheinander. Serviererinnen brachten die dampfenden Schüsseln herein und stellten sie auf die Tische. Jeder mußte sich selbst bedienen. Große Töpfe mit Suppe, Fleisch, Kartoffeln und Gemüse. Iwonna und ich aßen mit Appetit. Nach dem Essen machten wir einen Spaziergang durch den Kibbuz, besichtigten die Ställe, bestaunten die Kühe und Pferde, Hühner und Gänse und sahen uns dann die Felder an, die sich weit hinter dem Kibbuz ausdehnten, so weit das Auge reichte. Ein inoffizieller Vertreter des Kibbuz sagte uns, daß man uns morgen zur Feldarbeit heranziehen würde. Er stellte keine Fragen, ob wir das schon gemacht hätten oder so was.

Er sagte nur: »Man wird euch alles zeigen. Keine Sorge.«

Die Feldarbeit fiel mir leicht. Es war gerade die Zeit der Kartoffelernte. Ich half auch Sand abladen für eine Baustelle und schleppte Ziegel und Zement. Ich war jung, und es machte Spaß, meine Muskeln zu gebrauchen. Die gebückte Arbeit fiel Iwonna schwerer, aber sie murrte nicht. Wir duschten am Abend in den großen Duschräumen, legten uns noch eine Weile hin und gingen dann in den Speisesaal.

Iwonna verliebte sich gleich am zweiten Abend in einen Franzosen. Er saß am selben Tisch wie wir und hatte ein schönes, von dunklen Locken umrahmtes Gesicht. Er war Medizinstudent, stammte aber aus Algerien, also ein »pied noir«. Er hieß François.

Nach dem Essen ging Iwonna mit François spazieren. Um ganz ehrlich zu sein: ich ahnte nichts Gutes. Und ich hatte recht. Als die beiden zurückkamen, sagte Iwonna: »Ich schlafe heute nacht bei François.«

»Das ging aber schnell«, sagte ich.

»Ja«, sagte Iwonna. »Bist du böse?«

»Nein«, sagte ich.

»Er ist dreiundzwanzig, und er paßt im Alter besser zu mir als du.«

»Ich verstehe«, sagte ich.

»Wir bleiben Freunde«, sagte Iwonna.

»Klar«, sagte ich.

Ich war wirklich nicht böse, nicht mal ernsthaft verletzt. Irgendwie hatte ich immer geahnt, daß es mal so kommen würde. Ich hatte auch in der letzten Zeit keine Lust mehr gehabt, mir ihr zu schlafen. Iwonna war wie eine Schwester, und irgendwie empfand ich jedesmal Schuldgefühle, wenn ich mit ihr schlief.

Ich fand keine Freunde in Quar Rupin. Das lag an der Sprache. Die älteren Kibbuzniks stammten zwar aus Deutschland, aber sprachen unter sich nur hebräisch, außerdem waren sie alle verheiratet. Die Franzosen sprachen nur französisch und kannten keine andere Sprache, außer François, der fließend deutsch sprach. Da war noch eine Gruppe von Jugendlichen unter siebzehn, aber für sie war ich bereits zu alt. Ich saß meistens allein am Tisch und machte einsame Spaziergänge. Die Arbeit war eintönig, so daß ich nach einiger Zeit beschloß wegzugehen. Ich schrieb einen Brief an die Zentrale der Neueinwandererorganisation, machte mich ein Jahr jünger und bat um eine Versetzung. Bald darauf kam ein Brief von Hans Beil, dem Leiter der Jugendorganisation, mit dem Bescheid, daß ich auf Grund meines Alters eigentlich in eine Jugendgruppe gehöre, und daß sie mich auf Grund meiner rumänischen Herkunft nach Tel Yitzhak schicken würden, einem rumänisch-polnischen Kibbuz in der Nähe von Nethania. Ich solle dort hingehen und mich melden. Man wüßte dort Bescheid. Ich packte also meine Sachen, bekam ein Taschengeld von der Kibbuzleitung, gerade genug, um ein Busticket zu kaufen, und fuhr nach Tel Yitzhak.

Inzwischen waren auch François und Iwonna fortgefahren, nach Tel Aviv, wo François einen reichen Schwager hatte, für den er arbeiten konnte. Iwonna beabsichtigte, einen Job in Tel Aviv zu suchen.

## 18

Tel Yitzhak lag in einem Wüstenstreifen in der Nähe des Kurorts Nethania, auf der Strecke Haifa–Tel Aviv. Moische, der Leiter der Jugendgruppe, hatte mich bereits erwartet. Er sagte: »Hans Beil hat uns geschrieben. Du bist erst siebzehn und gehörst noch zur Jugendgruppe. Das bedeutet, daß du nur einen halben Tag auf den Feldern arbeiten mußt, den Rest des Tages in die Schule gehst...«

»Was für eine Schule?« fragte ich.

»Eine Schule für Neueinwanderer«, sagte Moische, »es wird vor allem Hebräisch unterrichtet, aber auch zionistische Geschichte, Landeskunde, Mathematik und anderes.« Er bedauerte nur, daß er im Augenblick kein freies Zimmer für mich hätte. »Aber wir werden bei den Rumänen noch ein Bett hinstellen, falls dir das nichts ausmacht, mit vier Leuten in einem Zimmer zu schlafen.«

»Das macht mir gar nichts aus«, sagte ich.

Die meisten in Tel Yitzhak waren Polen und sprachen nur polnisch unter sich, natürlich auch hebräisch. Von beiden Sprachen verstand ich kein Wort. Die rumänischen Neueinwanderer waren keine Bukowiner, sondern aus Altrumänien und sprachen kein Deutsch. Da ich schlecht rumänisch sprach, hatte ich auch mit ihnen Verständigungsschwierigkeiten. Bald war ich auch hier isoliert und fand keine wirklichen Freunde.

Die Arbeit auf den Feldern machte mir Spaß. Ich bekam einen Arbeitsanzug vom Kibbuz, das war eine Khakihose, ein Khakihemd, derbe Schuhe und Strümpfe und den unvermeidlichen runden Khakihut, um vor der Sonne geschützt zu sein.

Mittags läutete ein Gongschlag die Mittagspause ein. Es war schön, über die Felder zurück zum Kibbuz zu gehen. Ich bekam auch freie Zigaretten, die billigste Marke Mathusian, und die Kameraden zeigten mir, wie man auf den Feldern die Zigarette anzündet, ohne daß der ständige Wind das Streichholz wieder ausbläst. Nach dem Essen ging ich zur Schule, das war ein Zimmer im Lesesaal, wo die Gruppe Jugendlicher aus Rumänien versammelt war. Die Lehrerin, eine hübsche Polin, unterrichtete vor allem Hebräisch. Ich lernte schnell und konnte mich nach wenigen Wochen in der Landessprache verständigen. Bald sprachen wir unter uns nur noch hebräisch. Die Jugendlichen waren meistens unter sechzehn, also zu jung für mich, obwohl ich mit einer Fünfzehnjährigen einen kleinen Flirt anfing. Es kam aber wenig dabei heraus. Ich erwischte sie einmal bei einem Spaziergang auf den Feldern und legte mich mit ihr ins Gras, aber sie weigerte sich, die Beine breitzumachen. Sie weinte ein bißchen, als ich bei ihr rumfummelte, bis ich es aufgab.

Am Abend, im Lesesaal, schrieb ich ein paar kleine Novellen, die nicht besonders gut waren. Irgendwann würde ich mit meinem Ghettoroman anfangen. Ich wußte, daß Max Brod nach Palästina ausgewandert war, und erkundigte mich nach seiner Adresse. Brod wohnte in Jerusalem. Ich schrieb ihm einen langen Brief. Ich schrieb ihm, daß ich die Absicht hätte, Schriftsteller zu werden, aber nur Deutsch könne, eine Sprache, die ich kaum gelernt hätte, obwohl sie meine Muttersprache war. Ich schrieb ausführlich über meine Ängste und meine Schwierigkeiten beim Schreiben und offenbarte ihm, daß das Schreiben der Inhalt und das Ziel meines Lebens sei.

Max Brod antwortete in einem langen Brief. Er schrieb, daß ich noch sehr jung sei und auf keinen Fall aufgeben dürfe, allerdings habe er einen Horror vor Menschen, die nichts als Literatur wollen. Anscheinend hatte er bei diesem Satz an Kafka gedacht. Er empfahl mir, den Grünen Heinrich von Gottfried Keller zu lesen und Niels Lyhne von Jens Peter Jacobsen und mich an Hand solcher Lektüre weiterzubilden.

Die Sache mit dem Brief von Max Brod hatte sich im Kibbuz herumgesprochen. Anscheinend war der Absender aufgefallen. Meine Lehrerin stellte mich zur Rede.

»Du hast einen Brief von Max Brod bekommen?«
»Ja.«
»Kennst du ihn?«
»Nein. Ich habe ihm nur geschrieben.«
»Über dein Leben im Kibbuz?«

»Über meine Probleme als junger Schriftsteller.«
»So. Ich wußte nicht, daß du Schriftsteller bist.«
»Ich bin es noch nicht. Aber ich möchte einer werden.«
»Worüber willst du schreiben?«
»Über das Ghetto.«
»Warst du im Ghetto?«
»Ja. In Moghilev-Podolsk, dem großen Ghetto der rumänischen Juden.«
»Meine Leute waren im Warschauer Ghetto«, sagte sie. »Sie sind alle umgekommen.«
»Das tut mir leid.«
»Tausende werden ihre Geschichte schreiben«, sagte meine Lehrerin, »und es wird nur wenig Wertvolles darunter geben.«
»Ich will keinen Augenzeugenbericht schreiben«, sagte ich, »sondern einen Roman.«
»Über das Ghetto kann man keinen Roman schreiben«, sagte sie.
»Doch, das kann man«, sagte ich.

Ich hielt mich besonders gern in den Ställen auf und zog den Geruch der Kühe und Pferde tief in meine Lungen. Das erinnerte mich an Sereth. Ich verspürte auch plötzlich Heimweh. Meine Mutter und mein Bruder waren noch dort. Eigentlich war es höchste Zeit, ihnen zu schreiben. Ich schrieb meiner Mutter einen langen Brief und bat auch das Rote Kreuz, meinen Vater ausfindig zu machen, falls er den Krieg überlebt hatte.

Das Rote Kreuz hatte meinen Vater gefunden und mir seine Adresse mitgeteilt.

Ich schrieb den ersten Brief an meinen Vater.
Lieber Papa. Wir haben überlebt, Mama und Manfred sind vom Ghetto nach Sereth zurückgekehrt, wo es ihnen anscheinend gutgeht. Ich hatte eine Möglichkeit, nach Palästina zu fahren, und, wie du siehst, bin ich jetzt hier im Kibbuz. Es geht mir gut, auch gesundheitlich. Ich habe keine eigentlichen Freunde hier gefunden und werde wahrscheinlich nach Haifa oder Tel Aviv ziehen und mir dort eine Arbeit suchen. Das Leben im Kibbuz ist eintönig, und ich hätte es sowieso nicht lange ausgehalten.

Anfang Mai kam die Antwort meines Vaters. Er schrieb, er sei glücklich, daß wir den Krieg überlebt hätten. Er beschrieb einen Traum, den er gehabt hatte. Er hatte seine Frau und Kinder auf einem Berggipfel gesehen. Alle drei hätten gewinkt, und dann wären sie im Nebel verschwunden. Mein Vater schrieb, daß er in Frankreich untergetaucht war, unter falschem Namen gelebt hatte, und zwar in Villeneuve, einer südfranzösischen Kleinstadt, daß er aber dann, als ihm der Boden unter den Füßen in der kleinen Stadt zu heiß wurde, nach Lyon gezogen sei, wo er auch die Befreiung erlebt hätte.

## 19

Im Mai 45 ging der Krieg zu Ende. Deutschland hatte kapituliert. Im Kibbuz herrschte kein Jubel. Die Leute trauerten um ihre Verwandten, die von den Nazis ermordet worden waren. Besonders die Polen hatten viele Angehörige verloren. Ihre Eltern und Geschwister waren erschlagen, erschossen und vergast worden. Die Zeitungen brachten erst jetzt die Greuelnachrichten aus den KZs. Die Schlagzeilen überstürzten sich. Die Haßtiraden von Ilja Ehrenburg gegen die Deutschen wurden im Wortlaut veröffentlicht. Dazwischen brachten die Zeitungen Berichte über die illegale Einwanderung der europäischen Juden und daß die Engländer die Schiffe abfingen und sämtliche Insassen in Zypern internierten. Man verfluchte die Engländer, die es anscheinend mit den Arabern hielten und das arabische Palästina vor einer Flut jüdischer Einwanderer schützen wollten. Die ersten Zwischenfälle zwischen Juden und Arabern fanden statt. Die Araber hatten Angst vor den Juden und wollten mit allen Mitteln verhindern, daß die Juden die Majorität im Lande erhielten. In Palästina lebten 550000 Juden und 1,2 Millionen Araber. Sie waren noch immer doppelt so viel wie wir, aber das konnte schnell anders werden.

Im Mai beschloß ich nach Haifa zu ziehen. Ich packte meinen kleinen Reisekoffer, legte die neue Bukarester Hose und das Sportjackett sorgfältig zusammen, zog die Khakikleider, die mir der Kibbuz gegeben hatte, an, setzte auch den runden Khakihut auf, verabschiedete mich von Moische und anderen Bekannten und ging. Die Leitung des Kibbuz hatte mir, ebenso wie in Quar Rupin, ein kleines Taschengeld gegeben, gerade genug für die Reise.

Ich ging zu Fuß durch den Wüstenstreifen. Tiefer Sand, dazwischen ab und zu eine Orangenplantage. In der Ferne erkannte ich die Landstraße Haifa–Tel Aviv.

Ich hielt einen Bus an, stieg ein, bezahlte und setzte mich neben zwei Engländer. Der eine Engländer war offenbar ein deutscher Jude in englischer Uniform, denn wir kamen bald ins Gespräch, zuerst englisch, dann, als er mir sagte, daß er aus Deutschland komme, sprachen wir deutsch. Ich erzählte ihm, daß ich ursprünglich aus Deutschland kam, aber in der Bukowina gewohnt hätte, zusammen mit den Bukowinern deportiert worden wäre, in einem Ghetto interniert und von den Russen befreit worden sei. Ich sagte, ich käme gerade aus dem Kibbuz und wollte nach Haifa.

»Haben Sie Geld?« fragte er.

»Nein.«

»Und was wollen Sie in einer großen Stadt ohne Geld machen?«

»Das weiß ich noch nicht«, sagte ich.

Er lachte amüsiert über meine Naivität.

»Ich werde mir eine Arbeit suchen«, sagte ich.

»Und bis Sie Arbeit gefunden haben, brauchen Sie doch Geld, um diese Zeit zu überbrücken?«

»Ja«, sagte ich. »Daran habe ich, offen gesprochen, noch gar nicht gedacht.«

Als wir an der Busstation in Haifa ankamen, öffnete der Fremde plötzlich seine Brieftasche, nahm eine englische Ein-Pfundnote heraus und steckte sie in meine Hemdtasche. Ich wollte abwehren, aber er war schon mit dem anderen Engländer in der Menschenmasse verschwunden.

Die Banknote des Fremden war ein Lebensretter, denn ich wäre sonst ohne einen Pfennig auf der Straße gestanden. Ich wollte mir zuerst ein Hotel suchen, beschloß aber dann, das Geld eher für Lebensmittel auszugeben. Ich kaufte mir also Wurst und Käse und Brot, setzte mich auf eine Bank im nahegelegenen Stadtpark und verzehrte mein Mittagessen. Ich war guter Laune, denn das Abenteuer reizte mich. Ich war jung und lebenshungrig und wollte auf keinen Fall aufgeben. Am Nachmittag ging ich auf der Herzlstraße spazieren. Die Herzlstraße war die Hauptstraße im jüdischen Stadtteil. Dort stellte ich mich vor ein Schaufenster und beobachtete den Strom der Passanten. Plötzlich wurde ich von einem älteren Herrn angesprochen. Er war offenbar schwul.

»Na, warum so traurig, junger Mann«, sagte er. Er sprach deutsch.

»Ich bin nicht traurig«, sagte ich.
»Ich wette, daß Sie keine Wohnung haben.«
»Stimmt«, sagte ich. »Ich bin soeben in Haifa angekommen.«
»Und keine Arbeit?«
»Auch keine Arbeit«, sagte ich.
»Ich gebe Ihnen die Adresse eines Freundes. Er wird Ihnen weiterhelfen.« Er kritzelte etwas auf ein Stück Papier, schob es in meine Tasche und ging.

Ich war erstaunt, denn er wollte nichts von mir. Auf dem Zettel stand eine Telefonnummer. Ich rief gleich an. Ein Arzt meldete sich. Doktor Ben Jakov. Ich erzählte ihm die Sache mit dem älteren Herrn. Wir verabredeten uns in seiner Praxis.

»Der ältere Herr, der mich auf der Straße angesprochen hat, war offenbar schwul«, sagte ich zu Dr. Ben Jakov.

»Sie haben es richtig erraten«, sagte Ben Jakov, »aber der ältere Herr hat Sie richtig eingeschätzt und festgestellt, daß Sie kein Fall für ihn waren.«

»Und warum hat er mir Ihre Adresse gegeben?«

»Weil er Ihnen helfen wollte«, sagte Ben Jakov.

Ben Jakov war ein ausgesprochen schöner Mann, vielleicht Ende Dreißig. Er hatte dunkles, glattes Haar und ernste, sehr große dunkle Augen. Er sprach fließend deutsch mit leicht ungarischem Akzent.

»Ich bin aus Budapest«, sagte Ben Jakov, »mit Mühe und Not den Nazis entwischt und dann gleich nach Palästina gefahren.«

»Da haben Sie Glück gehabt«, sagte ich.

Ben Jakov bot mir eine englische Zigarette an.

»Players Navy Cut«, sagte er.

Ich nahm sie dankend.

»Nach meinem Gespräch mit meinem Kollegen hielt ich sie für höchstens sechzehn. Er mag nur ganz junge. Übrigens: wie alt sind Sie?«

»Neunzehn«, sagte ich. »Am 2. April war mein Geburtstag.«

»Da haben Sie den ersten April nur ganz knapp verpaßt.«

»Sonst wäre ich ein Aprilscherz«, sagte ich.

Wir lachten beide.

Ben Jakov sagte: »Sie brauchen also eine Arbeit?«

»Richtig«, sagte ich.

»Ich kenne den Besitzer vom Café Hirsch auf dem Carmelberg. Soll ich mal anfragen, ob er jemanden braucht?«

»Danke«, sagte ich.

»Also ja oder nein?«

»Ja«, sagte ich.

Ben Jakov sprach kurz mit dem Besitzer vom Café Hirsch. Dann sagte er: »Der alte Hirsch ist ein Geizkragen, der fast nur billige arabische Arbeitskräfte verwendet. Aber die laufen meistens weg. Er sagte mir, daß er dringend einen Tellerwäscher brauche.«

»Tellerwaschen ist meine Spezialität«, sagte ich.

»Dann ist die Sache ja in Ordnung.«

Er rief nochmals bei Hirsch an. »Wollen Sie mit dem jungen Mann sprechen? Er kommt aus Deutschland.«

Er gab mir den Hörer. »Hallo«, sagte ich. »Sie brauchen einen Tellerwäscher?«

»Ja«, kam die Antwort vom anderen Ende der Leitung. »Haben Sie schon mal Teller gewaschen?«

»Selbstverständlich«, sagte ich.
»Wann können Sie anfangen?«
»Jederzeit«, sagte ich.
»Sie können übermorgen anfangen.«
»Gut. Übermorgen.«
»Sie müssen die Nachtschicht machen. Von zwölf Uhr mittags bis zehn. Sie kriegen Kost und Quartier und zehn Pfund monatlich.«
»Also gut«, sagte ich. »Ich werde kurz vor zwölf bei Ihnen sein.«
»Das Café Hirsch ist ein berühmtes Lokal«, sagte Ben Jakov. »Es ist eigentlich ein Tanzlokal. Dort oben spielen die besten Kapellen von Haifa. Es hat auch eine Bergterrasse, von der man auf den Hafen blicken kann. Besonders am Abend ist es schön, wenn unten die Lichter der Stadt und des Hafens zu sehen sind. Auf der Terrasse wird auch getanzt.«
»Klingt ja sehr romantisch«, sagte ich, »aber beim Tellerwaschen werde ich wenig davon zu sehen bekommen.«
»Das stimmt«, sagte Ben Jakov. »Ihr Reich wird die Küche sein.«
»Herr Hirsch sagte, daß er mir Kost und Quartier bietet und zehn Pfund monatlich zahlt.«
»Das ist herzlich wenig«, sagte Ben Jakov. »Aber für den Anfang ist es gut. Sie haben Kost und Quartier und keine Sorgen. Und von den zehn Pfund können Sie noch etwas sparen. Da Sie nachts arbeiten, werden Sie kaum Gelegenheit haben, Geld auszugeben.«
»Die Arbeitszeit ist von zwölf Uhr mittags bis zehn Uhr abends.«
»Wie ich Hirsch kenne, wird er Sie bis zur Sperrstunde

dabehalten, um die Stühle auf die Tische zu stellen und den Boden aufzuwischen, und die Sperrstunde ist nach Mitternacht.«

»Das wären zwölf Stunden«, sagte ich.

»Hirsch ist ein Ausbeuter«, sagte Ben Jakov, »und er zahlt keine Überstunden. Das kann er mit den Arabern machen, aber Juden lassen sich das nicht gefallen.«

»Ich werde eben mehr verlangen«, sagte ich.

»Das wird Ihnen nichts nützen«, sagte Ben Jakov. »Wenn Sie mehr verlangen, wird er Sie entlassen und wieder einen Araber einstellen. Es ist das Beste, Sie halten erst mal den Mund und warten ab, bis sich was Besseres anbietet.«

Ben Jakov erzählte von seiner Jugend in Budapest. Ich erzählte von Deutschland und meiner Wahlheimat, der Bukowina. Dann kamen wieder Patienten, und Ben Jakov sagte, er müsse jetzt arbeiten.

Ich bedankte mich, verabschiedete mich und ging.

Ich trank einen Kaffee in einer billigen Falaffelstube, streunte mit meinem Köfferchen durch die Straßen, guckte Schaufenster an und dachte an den Job als Tellerwäscher. Am Abend kaufte ich noch etwas Käse und Brot, ging in den Stadtpark, suchte mir die beste Bank aus, aß, rauchte noch eine von den Kibbuzzigaretten, zog mir die gute graue Hose an und das Sportjackett und wartete auf die Dunkelheit.

Jablonski, sagte ich zu mir, warum willst du eigentlich in deinen guten Kleidern schlafen?

Weil ich Angst habe, jemand könnte den kleinen Koffer klauen, deshalb habe ich die graue Hose angezogen und auch das Jackett.

Du bist aber in Palästina, Jablonski, und um diese Jahreszeit ist es verdammt heiß. Du wirst in deinem Sportjakkett schwitzen.

Ich werde mir das Sportjackett später unter den Kopf legen. Niemand wird die Jacke klauen, die ich unter dem Kopf habe.

Das ist logisch, Jablonski.

Hierzulande wird es schnell dunkel. Es gibt eigentlich fast keine Dämmerung. Ich machte mir's im Dunkeln auf der Bank bequem, und kurz darauf schlief ich ein.

Gegen elf Uhr erwachte ich, weil ich spürte, daß mich jemand beobachtete. Ich hob den Kopf und bemerkte, daß eine junge Frau auf meiner Bank saß. Sie lachte, als ich den Kopf hob. »Ich wollte Sie nicht aufwecken«, sagte sie, »aber Sie waren so ein ungewöhnlicher Anblick, daß ich nicht umhin konnte, Sie zu beobachten.«

»Was war so ungewöhnlich?« fragte ich.

»Ich habe noch nie einen so gut angezogenen Mann auf einer Parkbank schlafen sehen«, sagte sie. »Und Ihr Gesicht ist so jung und unschuldig.« Sie lachte noch immer.

»Ich heiße Mariora«, sagte sie, »und komme aus Rumänien.«

»Sie sprechen deutsch?«

»Ja. Ich komme aus Siebenbürgen. Und Sie?«

»Aus der Bukowina«, sagte ich.

»Also deutsches Sprachgebiet. Ich habe also richtig geraten.«

»Ich komme aus Sereth«, sagte ich, »das ist vierzig Kilometer von Czernowitz entfernt.«

»Czernowitz«, sagte sie. »Das ist ein Begriff.«

»Ich habe kein Geld«, sagte ich, »das heißt, nicht genug,

um mir ein Hotelzimmer zu leisten. Ich bin erst heute morgen in Haifa angekommen.«
»Sicher aus dem Kibbuz?«
»Ja«, sagte ich.
»Ich habe ein Gästezimmer, wenn Sie wollen, können Sie bei mir schlafen.«
»Dieses Angebot werde ich nicht ablehnen«, sagte ich.
Sie erzählte mir, daß sie verheiratet sei, aber eine unglückliche Ehe hätte. Ihr Mann sei allerdings verreist und wahrscheinlich heute nacht gar nicht da, es sei denn, er käme unerwartet und vorzeitig mit dem letzten Bus aus Tel Aviv zurück.
Ich schlug vor, ein Stückchen spazieren zu gehen. Sie war einverstanden.
Und so schlenderten wir Arm in Arm durch den Park und dann die Herzlstraße entlang. Nach einer Weile sagte sie: »Gehen wir zu mir nach Hause.«
»Gut«, sagte ich.
»Wie heißen Sie eigentlich?«
»Ruben Jablonski«, sagte ich.
»Es ist schön, daß ich dich kennengelernt habe, Ruben«, sagte sie.
»Und ich freue mich, daß ich so einer tollen Frau wie dir begegnet bin«, sagte ich.
Sie drückte meine Hand, und ich führte die Hand in meine Hosentasche. Da ich einen mächtigen Ständer hatte und sie das steife Glied durch die Hosentasche spürte, sagte ich nur: »Du – ich bin ganz scharf auf dich.«
»Ich auch«, sagte sie.
Sie mochte Anfang Dreißig sein, offenbar sexuell unbefriedigt und scharf auf einen tollen Fick. Wir gingen zu

ihrer Wohnung. Es war nicht weit. Vor ihrem Haus blieb sie plötzlich wie angewurzelt stehen.
»Es brennt Licht in der Küche«, sagte sie.
»Na und?« sagte ich.
»Das bedeutet, daß mein Mann zurück ist.«
»Scheiße«, sagte ich.
»Ja, Scheiße«, sagte sie. »Ich kann Sie jetzt nicht mehr mitnehmen. Es tut mir leid.«
»Das ist verdammtes Pech«, sagte ich.
Sie gab mir die Hand. »Es ist Bestimmung. Es hat eben nicht sein sollen. Adieu.«
»Schalom«, sagte ich. »Adieu.«

Ich schlief den Rest der Nacht auf meiner Bank. Am nächsten Morgen zählte ich mein Geld, ging in ein Café, frühstückte, las eine der Zeitungen aus dem Zeitungsständer und machte ein paar Notizen, um meinen Ghettoroman zu entwerfen.

Am Nachmittag ging ich ins Schwimmbad Batjam. Ich mogelte mich hinein, ohne Eintritt zu bezahlen, hielt Ausschau nach schönen Mädchen, verliebte mich in eine kleine Jemenitin und sprang neben ihr ins Wasser. Ich sprach sie gleich im Wasser an, auf hebräisch natürlich. Sie hieß Laila, hatte riesige schwarze Augen, ein schmales Gesicht, war ungefähr achtzehn. Wir legten uns zusammen in den Sand und scherzten miteinander. Ich sagte ihr, daß ich aus Rumänien komme, daß ich fast drei Jahre in einem ukrainischen Ghetto war, daß mich die Russen befreit hätten, erzählte, wie ich Sereth wiedergefunden hatte, erzählte vom Haus meines Großvaters, von der kleinen Micki, die

die Russen vergewaltigt hatten, erzählte von unserem Fluß und dem Pony, das ich als Junge geritten hatte, von Delphiners Eiscremeladen und wie ich mit dem Pony hineingeritten war und wie man es rückwärts wieder hinauszerren mußte, weil der Laden zu schmal war, um das Pony umzudrehen. Wir lachten viel, und während wir lachten, küßte ich sie. Ich fragte sie, ob ich sie noch heute abend treffen könne, aber sie sagte, heute ginge es nicht, vielleicht morgen.

»Morgen bin ich auf dem Carmelberg«, sagte ich. »Ich habe einen neuen Job und muß bis Mitternacht arbeiten.« Sie gab mir ihre Telefonnummer und sagte, ich solle doch mal anrufen.

Der kleine Flirt mit der Jemenitin hatte mich ganz scharf gemacht, und ich dachte daran, wie ich es anstellen müßte, um noch für heute nacht eine Frau zu bekommen, aber mir fiel keine Lösung ein. Ich aß wieder Käsebrot zu Abend und ging nach Einbruch der Dunkelheit in den Park. Diesmal setzten sich keine schönen Frauen auf meine Bank. Ich träumte nur von ihnen und schlief dann ein.

Am frühen Morgen weckten mich die Vögel. Ich stand auf und ging in das nächstbeste Hotel, um mich auf der Toilette zu rasieren und zu waschen.

## 20

Ich kaufte mir ein Busticket zum Carmelberg. Die Fahrt war eindrucksvoll. Der Bus fuhr einen Serpentinenweg hinauf. Von oben, aus scheinbar schwindelerregender Höhe, konnte man hinunter auf die Hafenstadt blicken. Das Café Hirsch lag an der Endstation. Eigentlich hieß es Hotel Hirsch, denn das Café gehörte zum Hotel. Durch einen Hintereingang gelangte man direkt in die Küche. Ich ging also in die Küche und verlangte Herrn Hirsch zu sprechen. Ich sagte zum Koch: »Ich bin der neue Tellerwäscher.«

Der Koch telefonierte, und kurz darauf erschien Herr Hirsch persönlich.

»Also Sie sind der Neue?«

»Ja«, sagte ich.

»Unser Araber in der Waschküche wird Ihnen zeigen, was Sie zu machen haben. Er heißt Ali, spricht allerdings weder deutsch noch hebräisch.«

»Wie verständigen Sie sich mit ihm?«
»Auf arabisch.«
»Ich kann aber kein Arabisch.«
»Er kann ein paar Worte Englisch«, sagte Hirsch. »Sie müssen sich irgendwie mit ihm verständigen.«

Hirsch rief den Araber in die Küche und stellte mich vor. »Das ist Ali«, sagte er. »Und das ist Ruben.«

Der Araber grinste und schüttelte mir die Hand. »Come on«, sagte er. »I show you work.«

»O. k.«, sagte ich.

Auch Frau Hirsch kam in die Küche, um mich zu sehen, und außerdem eine ungefähr dreiundzwanzigjährige Tochter. Die Tochter benahm sich ziemlich arrogant und musterte mich abschätzend. Die Frau machte ein paar bissige Bemerkungen.

Sie gaben mir eine lange Schürze. Der Araber zeigte mir, was ich zu machen hatte. Ein Bottich mit Seifenwasser, ein Bottich klares Wasser zum Spülen. Sie hatten keine Maschinen, alles mußte mit der Hand gewaschen werden. Ali zeigte mir auch, wie man schnell und ohne Zeit zu verlieren Geschirr abtrocknet und zurück ins Regal stellt. Die Sauarbeit war die Reinigung der Kochtöpfe, aber das wurde am Abend gemacht, damit hatte Ali nichts zu tun. Früher hatte er Nachtschicht gemacht und die Töpfe gereinigt. Er zeigte auf mich und sagte: »You clean pots.«

»Yes«, sagte ich. »I do the pots.«

Ali war ungefähr so alt wie ich, hatte ein verschlagenes Gesicht, lebhafte schwarze Augen. Er war sehr flink. Das Essen sei gut, erklärte Ali mir. Der Koch, ein deutscher Jude, hieß Hans.

»Hans o. k.«, sagte Ali. »He give much food.«

»That's good to know«, sagte ich und dachte mir: Mit dem Koch mußt du auf gutem Fuß stehen.

Als Hans in die Waschküche kam und mich sah, kam er gleich auf mich zu. Wir sprachen deutsch.

»Die Arbeit ist schwer«, sagte er, »aber Sie werden sich dran gewöhnen.«

»Ja«, sagte ich.

»Wissen Sie, daß Sie am Abend die Töpfe reinigen müssen?«

»Ja, Ali hat es mir gesagt.«

»Das ist eine Sauarbeit«, sagte Hans, »aber wenn es Ihnen gelingt, sie sauber zu waschen, dann kriegen Sie von mir eine extra Portion Essen.« Er lachte. Das sollte ein Scherz sein.

»Wann schließt das Lokal?« fragte ich.

»So gegen zehn«, sagte Hans, »aber Sie müssen dableiben, um die Töpfe zu waschen, die Stühle auf die Tische zu stellen und den Fußboden zu waschen.«

»Wird der Fußboden nachts gewaschen?«

»Immer nachts«, sagte Hans.

»Ich soll aber um zehn Uhr Schluß machen«, sagte ich.

»Das sagt Herr Hirsch jedem Tellerwäscher. Von zwölf bis zehn. Aber Sie können froh sein, wenn Sie um ein Uhr früh von hier herauskommen.« Hans lachte und klopfte mir auf die Schulter.

»Tja, mein Lieber. Das hier ist kein Honigschlecken. Die meisten Tellerwäscher laufen wieder weg. Aber ich hoffe, Sie bleiben eine Zeitlang hier.«

»Ja«, sagte ich.

Mittags war Hochbetrieb im Café Hirsch. Ali und ich wuschen in aller Eile die Berge von Schmutzgeschirr, die von den Kellnern durch die Wandluke in die Waschküche geschoben wurden. Ali beschäftigte sich mehr mit dem eigentlichen Abwasch, während ich das Abtrocknen besorgte. Um halb drei war alles vorbei, und Hans gab uns unser Mittagessen: Suppe, Rinderrostbraten, Kartoffeln, Gemüse und Kaffee und Kuchen als Nachspeise. Ich war zufrieden. Um drei ging Ali nach Hause, und ich blieb allein in der Waschküche. Nachmittags war nicht viel zu tun, meistens Kaffeetassen und Kuchenteller, das ging schnell. Schlimm wurde es erst, als die Dinnerzeit kam. Ich fürchtete, daß ich die Berge von Schmutzgeschirr nicht allein bewältigen würde, aber ich schaffte es. Die Hitze in der Waschküche war drückend, und mir rann der Schweiß von der Stirn, mein Hemd war von Schweiß durchnäßt, sogar meine Hose klebte wie ein nasser Sack am Körper. Das ging so bis zehn Uhr abends. Um zehn gab Hans mir mein Abendbrot, allerdings ein warmes Gericht, das wieder aus Suppe bestand, den Rest des Rinderrostbratens mit Gemüse und Kartoffeln, als Nachspeise gab's Schokoladenpudding und Kaffee. Nach dem Essen schob Hans alle schmutzigen Töpfe in die Waschküche. Das war eine Heidenarbeit. Ich bürstete, kratzte und schrubbte wie besessen, aber die dicken, verbrannten Speisereste und Krusten klebten hartnäckig an den Rändern der Töpfe und Bratpfannen. Ich versuchte es mit Schwamm und Seife, mit demselben negativen Resultat. Endlich kam Hans in die Waschküche und zeigte mir, wie ich es machen mußte. Er gab mir ein Lösemittel für die Krusten und sagte, ich brauche bloß mit dem Lösemittel drüber zu streichen und dann

Schwamm und Seife benützen. Es nützte. Allerdings dauerte es bis halb zwölf, bis ich mit den Töpfen und Pfannen fertig war. Frau Hirsch guckte schon nervös in die Waschküche. Als ich fertig war, rief sie mich in den großen Speisesaal mit der Terrasse.

»Sie müssen jetzt alle Stühle auf die Tische stellen«, sagte sie. Sie gab mir einen Besen, Kehrrichtschaufel, einen Scheuerlappen und einen Schrubber. »Wenn Sie mit den Stühlen fertig sind«, sagte sie, »dann müssen Sie auskehren und den Fußboden waschen. Passen Sie auf, daß Sie beim Kehren keinen Schmutz übersehen und liegenlassen.«

»Ja«, sagte ich.

Ich machte mich an die Arbeit. Die Frau beobachtete mich argwöhnisch. Die Stühle waren schwer und schienen Zentner zu wiegen. Meine Muskeln schmerzten, aber ich sagte nichts. Dann kehrte ich aus, paßte auf, daß ich keine Schmutzhäuflein übrigließ, vor allem keine Zigarettenstummel und Papierfetzen. Die Frau war die ganze Zeit hinter mir her.

»Da liegt noch ein Zigarettenstummel«, sagte sie, »und dort haben Sie eine Serviette auf dem Boden vergessen.«

»Ich mache das schon«, sagte ich ärgerlich.

Dann holte ich einen Wasserkübel aus der Küche und wusch den Tanzboden. Ich paßte scharf auf, daß ich kein Fleckchen vergaß.

Gegen halb eins war ich fertig. Ich war pitschnaß. Alle meine Kleider klebten und hingen wie Mehlsäcke an meinem Körper. Die Tochter des alten Hirsch brachte mich zu meiner Unterkunft. Sie war zu arrogant, um auch nur ein einziges Wort an mich zu verschwenden. Wir gingen stumm durch die Nacht. Sie sagte nur einmal schnüffelnd: »Sie riechen schlecht.«

»Ich bin ganz verschwitzt«, sagte ich. »Ich werde zu Hause duschen.«

Sie lachte spöttisch.

»Sie haben keine Dusche in Ihrem Zimmer, aber im Hof ist eine Wasserleitung.«

Ich wohnte im Wohnhaus. Sie hatten mir eine Art Abstellkammer zugewiesen im Hinterhaus, parterre. Da der Raum kein elektrisches Licht hatte, knipste die Tochter eine Taschenlampe an. Ich sah eine finstere kleine Kammer mit niedrigem Fenster. In der Kammer stand ein Bett mit einer Strohmatratze, ein kleines Tischchen und ein Schemel. Sie zeigte auf das Bett. »Hier schlafen Sie«, sagte sie.

»Haben Sie kein Bettzeug für mich?«

»Nein«, sagte sie. »Das müssen Sie selber kaufen.«

»Ist schon gut«, sagte ich.

Sie wollte gehen, aber ich sagte noch schnell: »Es ist fast eins. Ihr Herr Vater sagte, daß ich nur bis zehn zu arbeiten hätte.«

»Das tut mir leid«, sagte sie. »Manchmal gehen die Gäste schon früher weg, dann können Sie etwas früher mit den Töpfen und Bratpfannen anfangen und auch früher mit dem Fußbodenwaschen fertig sein.«

»Ja«, sagte ich. »Ich meine nur: Wie ist es mit den Überstunden?«

»Die gibt's bei uns nicht«, sagte sie. »Fangen Sie gar nicht damit an, wenn Sie Ärger mit meinem Vater vermeiden wollen.«

»Ja«, sagte ich. Sie ging.

Ich wusch mich im Dunkeln an der Wasserleitung, mit kaltem Wasser natürlich, nahm ein Stück Seife aus dem Koffer, stand nackt im Hof, der stockfinster war, ließ mich vom Wind trocknen, denn ich besaß kein Handtuch, und legte mich dann gleich aufs Bett. Das Bett war klein und wacklig. Eine Decke war auch nicht da. Aber die könnte man kaufen. Ich schlief nackt und deckte mich mit einem sauberen Hemd aus meinem Koffer zu.

Als ich erwachte, war es schon elf. »Jablonski«, sagte ich zu mir. »Höchste Zeit zu frühstücken und wieder an die Arbeit zu gehen.«

Ich wusch mich an der Wasserleitung, zog mir ein frisches Hemd an, die Khakihose aus dem Kibbuz und ging zurück ins Café Hirsch. Hans war schon in der Küche, und auch Ali war da. Hans gab mir frische Brötchen, Butter, Marmelade und Kaffee. Ich frühstückte, rauchte eine Mattusianzigarette und machte noch einen kleinen Spaziergang, da es noch nicht zwölf war.

Die Landschaft hier oben auf der Höhe des Carmelberges war romantisch und sehr grün. Ich spazierte an den Felsklippen entlang und starrte sehnsüchtig auf den Hafen. Im Hafen lagen englische Kriegsschiffe, aber auch Handelsschiffe ausländischer Reedereien. Von hier oben sahen die Schiffe wie Spielzeuge aus, unwirklich und fern. Ich erkannte die griechische Flagge auf einem Frachtschiff. Jablonski, dachte ich. Es wäre schön, wenn du einen Reisepaß hättest und mit diesem griechischen Frachtschiff billig über das Mittelmeer könntest. Ich hatte plötzlich Sehnsucht nach meinem Vater, den ich fast zehn Jahre nicht gesehen hatte. Damals warst du noch ein kleiner Junge, als du ihn zum letzten Mal sahst. Er wird dich kaum erkennen.

Ich rechnete mir aus, daß es zwei Jahre dauern würde, bis ich meinen Mandatspaß bekommen könnte. Nein, ohne Paß war an eine Auslandsreise nicht zu denken. Morgen früh würde ich an meine Mutter schreiben und ihr mitteilen, daß ich Vater gefunden hatte.

Die Arbeit verlief eintönig. Nachts kam ich durchnäßt in meiner Schlafkammer an. Das Problem war, daß ich nicht genügend frische Sachen zum Wechseln hatte und kein Geld, um in eine Wäscherei zu gehen. Ich wusch meine Sachen mit Seife und kaltem Wasser an der Wasserleitung und hängte sie an einem Baumzweig zum Trocknen auf.

Nachts dachte ich oft an die kleine Jemenitin, die mir ihre Telefonnummer gegeben hatte, aber ich rief sie nicht an, da ich kein Geld hatte, um sie auszuführen. Ich wollte von dem alten Geizkragen keinen Vorschuß verlangen, und mir blieb nichts andres übrig, als auf den Zahltag zu warten. Ich träumte oft von der kleinen Jemenitin und stellte mir vor, wie es wäre, wenn sie mich hier in meiner Kammer besuchen würde... Ich stellte mir vor, wie ich ihre nackten Brüste betasten würde und wie ich ihr vorsichtig unter den Rock griff. Sie würde weinen, wenn ich es mit ihr machte. Vielleicht war sie noch Jungfrau. Du mußt sehr vorsichtig mit ihr sein, Jablonski. Du mußt ihr gut zureden und ihr versichern, daß du sie liebst.

Nachts hatte ich einen feuchten Traum und spritzte kostbaren Samen auf die Strohmatratze. Im Traum zerriß ich die kleine Jemenitin und setzte ihre Körperteile wieder zusammen. Im Traum machte ich es mindestens ein dutzendmal mit ihr, und ihre Schreie erregten mich um so mehr. »Ruben«, hörte ich sie flüstern, »du bist wunderbar. Ich wußte nicht, daß einer aus Rumänien so ein guter Liebhaber ist.«

»Was hat das mit Rumänien zu tun?«

»Die Rumänen haben einen schlechten Ruf in Palästina«, sagte sie. »Sie sind Betrüger und Diebe.«

»So, das wußte ich nicht.«

»Es ist aber so«, sagte sie.

»Sind die Jemeniten bessere Liebhaber?« fragte ich.

»Die Jemeniten sind gar keine Liebhaber«, sagte sie. »Die Jemeniten sind meistens sehr fromm und gottesfürchtig und haben eine strenge Moral. Besonders mein Vater«, sagte sie, »wenn der wüßte, daß ich mit dir schlafe, brächte er uns beide um.«

»Das wäre aber schade um uns«, sagte ich. »Komm, Liebchen, laß uns schnell noch eine Nummer schieben, ehe dein Vater was erfährt.«

Da die Arbeit erst um zwölf Uhr anfing, ich aber gegen elf Uhr zum Frühstück kam, blieb mir fast eine Stunde Zeit, um an meinem Roman zu arbeiten. Ich setzte mich auf die Terrasse, Blick auf den Hafen und das Meer, und arbeitete fieberhaft an meinem ersten Kapitel. Es kam aber nichts dabei heraus außer ein paar unbeholfenen Sätzen, die ich vorläufig stehenließ, um sie am nächsten Tag wieder durchzustreichen. Wenn du so weitermachst, Jablonski, dann wird nie etwas aus deinem Roman. Ich dachte den ganzen Tag beim Tellerwaschen, wie ich es machen sollte, um mehr als ein paar mühselige Sätze aufs Papier zu bringen, mir fiel aber nichts ein. Nach zwei Wochen intensiver Arbeit gab ich es auf. »Aus dir wird nie ein Schriftsteller«, sagte ich zu mir. »Vielleicht müßtest du abwarten, bis die Sache reif ist.« Ich dachte dabei an Max Brod und die versprochene Schreibprobe, und ich schämte mich, weil die Schreibprobe, der Beweis meiner Kunst, nicht gelingen wollte. Sollte ich Max Brod schreiben und ihm gestehen, daß mir nichts einfiel? Nein, sagte ich mir. Du wirst ihm nicht schreiben, sondern abwarten.

## 21

Kurz vor dem Zahltag wurde ich krank. Meine Stirn war glühend heiß, dabei hatte ich kalte Füße.

»Du hast Fieber, Jablonski«, sagte ich zu mir, »aber kein gewöhnliches, das spürst du, es ist eine ernsthafte Krankheit, und du müßtest einen Arzt aufsuchen.« Aber ich kannte keinen Arzt, vor allem keinen, der mich kostenlos behandeln würde.

»Am besten, du gehst zur Gewerkschaftskrankenkasse«, sagte ich zu mir, »die Kupat Cholim, die haben Ärzte und Krankenschwestern, und das kostet nichts.«

Ich hatte noch ein paar Piaster in der Tasche, um einen Bus zu nehmen.

Ich wußte, daß die Gewerkschaftskrankenkasse in der Herzlstraße war; deshalb stieg ich in der Herzlstraße aus und fragte einen Passanten, ob er mir zeigen könne, wo die Krankenkasse sei. Ich taumelte und mußte mich festhalten.

»Ist Ihnen nicht gut, junger Mann?« fragte der Passant, den ich angesprochen hatte.

»Ich glaube, ich habe hohes Fieber«, sagte ich.

Er blickte mir mitleidig nach, während ich mir meinen Weg durch das Menschengewühl bahnte. In der Krankenkasse ging ich zur Station Erste Hilfe und verlangte einen Arzt zu sprechen. Eine Ärztin tauchte auf, der ich schnell und stotternd erzählte, daß ich hohes Fieber hätte und mich sterbenskrank fühle. Sie maß meine Temperatur und sagte: »Einundvierzig.«

»Das ist keine gewöhnliche Erkältung«, sagte ich. »Es kam ganz plötzlich.«

»Sie müssen in ein Krankenhaus«, sagte sie. »Sind Sie Mitglied der Kupat Cholim?«

»Nein«, sagte ich. »Ich bin nirgendwo Mitglied.«

»Dann können wir Sie nicht im Jüdischen Krankenhaus aufnehmen, es sei denn als Privatpatient, aber das kostet viel Geld.«

»Ich habe gar kein Geld«, sagte ich.

»Dann müssen Sie ins Regierungskrankenhaus«, sagte sie. »Dort sind aber nur Araber.«

»Das ist mir egal«, sagte ich.

Sie schrieb mir die Adresse des Regierungskrankenhauses auf einen Zettel. »Ich werde mit dem Chefarzt des Krankenhauses telefonieren«, sagte sie, »und ihm sagen, daß Sie kommen.«

»Wie heißen Sie?« fragte sie.

Ich nannte meinen Namen.

»Das Essen ist schlecht im Regierungskrankenhaus«, sagte sie, »aber ich werde dafür sorgen, daß Sie als Jude besser versorgt werden als die Araber.« Sie fügte hinzu:

»Die jüdische Gewerkschaft wird sich um Sie kümmern.«
Ich dankte ihr und taumelte hinaus. Draußen wurde mir
schwindelig, und ich wäre fast gefallen. Mit Mühe und
Not erwischte ich einen Bus, der zum Regierungsspital
fuhr.

Ich hatte dem Fahrer gesagt, er solle mich am Spital aus
dem Bus lassen. Ich sagte ihm, ich hätte hohes Fieber und
bat ihn, so freundlich zu sein und mich bis zur Eingangspforte zu fahren. Das geschah auch. An der Eingangspforte blieb der Bus stehen. Ich stieg aus und schaffte es
noch bis zum Eingang. Dort brach ich zusammen. Zwei
Träger legten mich auf eine Bahre und brachten mich in
einen überfüllten Krankensaal. Eine Schwester legte mich
in ein freistehendes Bett. Ich blickte mich um und sah
nichts als Araber. Na, das kann ja schön werden, dachte
ich. Wenn die merken, daß du Jude bist, bringen sie dich
nachts um.

Am späten Nachmittag kam ein Arzt an mein Bett. »Typhusverdacht«, sagte er, »oder Malaria. In diesem Stadium
sind die Symptome gleich... In ein paar Tagen wissen wir
mehr.« Er maß nochmals Fieber und sagte: »Fast zweiundvierzig.«

Ich schwebte ein paar Tage zwischen Leben und Tod. Die
Ärzte stellten fest: Tropische Malaria. Ich wußte, daß die
subtropische Malaria relativ harmlos ist, allerdings hat
man sie ein Leben lang, mit sporadischen Fieberanfällen.
Die tropische war gefährlich. Wenn man sie übersteht,
dann ist man immun gegen die Krankheit, und die Fie-

beranfälle kehren nie mehr zurück. Wenn man sie nicht übersteht, dann tritt der Tod schon in wenigen Tagen ein. Alles würde von meinem Lebenswillen und meiner Widerstandskraft abhängen.

Ich hatte starken Schüttelfrost und klapperte trotz der Hitze mit allen Zähnen. Die Schwester gab mir mehrere Decken, was aber nichts nützte. Mein Körper kämpfte um sein Leben.
 Es dauerte einige Tage, bis ich eines Morgens erfrischt erwachte. Die Schwester sagte, ich hätte die Krise überstanden und würde leben. Die Ärzte kamen lächelnd an mein Bett, und einer streichelte meinen Kopf, als ob ein Wunder geschehen wäre. Die Schwester brachte mir das Essen, das die jüdische Gewerkschaft geschickt hatte. Ich hatte die Schwester gebeten, einen Cousin meines Vaters zu benachrichtigen, der in Haifa wohnte. Er kam mit seiner Frau und brachte mir frisches Obst und Schokolade und Zigaretten.

Ich wurde nach drei Wochen aus dem Krankenhaus entlassen, war noch sehr schwach und hatte eine gelbe Gesichtsfarbe. Der Cousin meines Vaters nahm mich in sein Haus auf. Ich hatte gutes Essen und Pflege und war dankbar. Es gab noch andere Verwandte in Palästina, eine Cousine meiner Mutter und noch einen Cousin meines Vaters. Beide waren bei der englischen Armee. Der Cousin in Haifa schrieb ihnen, schilderte meine Lage und bat um Unterstützung. Sie schickten mir auch prompt Geld, jeder von ihnen fünf englische Pfund. Davon und von dem Geld, das der alte Hirsch mir geben würde, konnte ich eine

Zeitlang leben. Ich hatte ja außerdem Kost und Quartier bei dem einen Cousin. Ich erholte mich zusehends, ging zuweilen ins Kino und strolchte in Haifa herum, ging oft zum Hafen und beobachtete die Schiffe und verfolgte sehnsüchtig ihre Fahrt ins weite Meer. Ich hatte meiner Mutter die Adresse des Cousins gegeben, und es kam auch tatsächlich ein Brief von ihr. Sie schrieb, daß sie glücklich sei, seitdem sie erfahren hatte, daß Vater lebte. Sie habe auch einen Brief vom Vater bekommen mit der Bitte, unbedingt zu versuchen, illegal nach Frankreich zu kommen. Sie und mein Bruder hatten schon Pläne und wüßten, wie man schwarz über die ungarische und österreichische Grenze käme, dann über Deutschland nach Frankreich. Ich solle mir Papiere verschaffen und nachkommen, damit die ganze Familie wieder vereint sei.

Ich schrieb ihr, daß ich 1947 meinen britischen Mandatspaß bekäme und dann sofort nach Frankreich reisen würde. Vorher ginge es nicht, da mich kein Schiff ohne gültigen Paß mitnehmen und auch kein Land hereinlassen würde. Mit dem Schiff ist das was ganz anderes als auf dem Landwege. Da gibt es keine grünen Grenzen, und in den Häfen wird scharf kontrolliert.

## 22

Ich ging ins Café Hirsch, um mein Geld abzuholen, außerdem den kleinen Reisekoffer, den ich in meiner Schlafkammer zurückgelassen hatte.

Der alte Hirsch war ziemlich böse, als ich auftauchte.

»Wo haben Sie gesteckt, Ruben?«

»Ich war im Krankenhaus.«

»Einfach zu verschwinden, ohne ein Wort zu sagen.«

»Die Krankheit kam ganz plötzlich. Ich ging ins Krankenhaus, und die haben mich gleich dabehalten. Ich hatte eine schwere Malaria.«

»Und Sie wollen jetzt Ihr Geld?«

»Ja.«

»Ich kann Ihnen aber keine zehn Pfund geben, weil Sie ja noch Lehrling sind.«

»Was heißt Lehrling? Ich habe verdammt schwer für Sie gearbeitet.«

Die Frau mischte sich jetzt ein, und zu meinem Erstaunen ergriff sie meine Partei.

»Mach keine Geschichten«, zischte sie ihrem Mann zu. »Und gib ihm das Geld.«

Der alte Hirsch öffnete widerwillig seine Brieftasche und gab mir die zehn Pfund.

»Sie haben noch Ihre Sachen in Ihrem Zimmer«, sagte die Frau.

»Ja. Die werde ich gleich holen.«

»Auch den Koffer?«

»Auch den Koffer.«

Ich war froh, daß ich aus dieser Tretmühle raus war, bestieg den Bus und fuhr guter Laune in die Stadt zurück. Ich erzählte dem Cousin meines Vaters von den zehn Pfund Monatslohn und den vielen unbezahlten Überstunden. Der Cousin fluchte, denn er war ein hohes Tier in der jüdischen Gewerkschaft.

»Wir werden dem Besitzer des Café Hirsch auf die Pelle rücken«, sagte er, »ich werde die Sache mit dir bei der Gewerkschaft erzählen.«

»Der Betrieb gehört aber keiner Gewerkschaft an«, sagte ich. »Der einzige jüdische Angestellte ist der Koch, offenbar ein Freund des Hauses.«

»Er beschäftigt also nur Araber?«

»Ich war eine Ausnahme«, sagte ich. »Der alte Hirsch hielt mich für einen unerfahrenen Neueinwanderer, der weder die Preise noch die Arbeitsbedingungen kennt. Sonst, wie gesagt, arbeiten nur Araber bei ihm.«

»Denen kann er schlechte Löhne zahlen, weil sie keiner Gewerkschaft angehören.«

»Warum sind Araber nicht in der Gewerkschaft?«
»Die Gewerkschaft ist eine rein jüdische Angelegenheit«, sagte der Cousin meines Vaters.
»Araber haben also keine Rechte?«
»Das würde ich nicht sagen. Vor dem Staat haben sie dieselben Rechte, sie sind nur nicht gewerkschaftlich organisiert.«

Die Sache mit den Arabern ging mir nicht mehr aus dem Kopf. Die meisten von ihnen wußten nicht einmal, daß es eine Gewerkschaft gab. Die Juden waren straff organisiert. Irgendwie klappte alles bei ihnen, sie bauten Häuser und Straßen und bewässerten ihre Felder, sie pflanzten Bäume in der Wüste und wußten, wie man das spärliche Regenwasser in die Baumpflanzungen leitete. Die Juden eröffneten immer wieder neue Geschäfte und bauten Fabriken. Es gab mehr jüdische Ärzte, als man brauchte. Überall waren Krankenhäuser und Spitäler, und es gab sogar einen jüdischen Not- und Unfalldienst, einen kleinen Bus, der an Stelle des Roten Kreuzes einen roten Davidstern hatte.

Bei den Arabern lief nichts. Sie lebten wie im tiefsten Mittelalter in ihren Dörfern und Städten, sie wußten nicht, wie man mitten in der Wüste Felder anlegt, wie man trotz Trockenheit Gemüse und Weizen und Kartoffeln erntet, wie man Bäume pflanzt und nach Wasser bohrt. Sie haßten die Juden wegen ihrer Tüchtigkeit und weil sie von den Juden verdrängt worden waren, vor allem von den neuen Kibbuzim, die den Fellachen das Land wegnahmen. Der Boden war zwar von den Juden rechtmäßig gekauft worden, und zwar von den arabischen Großgrundbesitzern, die sowieso mit der Wüste nichts anzufangen wußten, aber das wollten die Fellachen nicht wissen. Sie hatten in der Wüste gewohnt, und daß Teile dieser Wüste verkauft worden waren und sie jetzt fort mußten, um Platz für die Juden zu machen, verbitterte sie. Beduinen zündeten nachts die jüdischen Felder an, drangen johlend und schreiend in die Kibbuzim ein, schossen wild umher, töteten ein paar Kibbuzniks und verschwanden dann wieder. Kein Wunder, daß die Juden den Arabern nicht trauten und sie fürchteten.

Ich wollte dem Cousin meines Vaters nicht länger auf der Tasche liegen und suchte mir einen neuen Job. Ich fand einen in einer Schnellgaststätte an der oberen Herzlstraße. Ich fand auch eine Bettstelle in einem privaten Hotel. Der Vermieter der Bettstelle war ein Ausbeuter wie der alte Hirsch. Er hatte seine Privatwohnung in ein Hotel umgewandelt, sechs Betten in jedes Zimmer gestellt, die er einzeln vermietete. Der Preis von fünf Pfund monatlich war übertrieben hoch, es gab aber in dem überfüllten Haifa nichts Besseres, wenigstens im Augenblick, und so mietete ich die Bettstelle kurzerhand. In meinem Zimmer standen vier Betten an den vier Wänden, die übrigen zwei wurden tagsüber zusammengestapelt und dann nachts wieder aufgestellt, ganz einfach in der Mitte des Zimmers. Die Wohnung hatte eine gemeinsame Dusche, und das war eine Bequemlichkeit, die ich vorher nicht hatte. Da ich früher aufstand als die meisten, brauchte ich vor dem Bad und der Toilette nicht Schlange zu stehen, konnte mich sogar in Ruhe rasieren und auf der Toilette hocken, ohne mich zu beeilen. Der Job fing schon um sechs Uhr früh an. Ich arbeitete bis zwei und war dann frei. Das war immerhin besser als die Sache bei Hirsch. Meine Arbeit war die eines Tellerwäschers und auch nicht schwerer als die bei Hirsch. Nur war es mit dem Fußbodenwaschen hier umgekehrt. Nicht nachts, sondern um sechs Uhr früh mußten die Stühle auf die Tische gestellt und der Fußboden geschrubbt werden. Ich machte das früh mit leerem Magen, dann bekam ich ein Frühstück und mußte in die Küche zum Kartoffelschälen. Um sieben war ich damit fertig und mußte hinter das Waschbecken, um das erste Geschirr der frühen Gäste zu spülen. Das ging so bis Mittag. Ab und zu mußte ich meine Arbeit unterbrechen, um dem Koch zu helfen, manchmal schnell einen Kochtopf auswaschen oder die große Kaffeemaschine in der Küche mit kochendem Wasser auffüllen. Der Koch behandelte mich gut, scherzte mit mir und gab mir mittags ein Riesenessen, das genug war, um mich für den Tag zu sättigen. Ich hatte auf diesem Job volle Verköstigung und konnte auch in meiner Freizeit herkommen, um meine Mahlzeit einzunehmen. Das Gehalt war zwölf Pfund monatlich, also auch kein Vermögen, aber da ich keine Überstunden zu machen brauchte, war ich damit zufrieden. Um zwei Uhr war ich fertig und hatte noch den ganzen Tag zu meiner Verfügung. Ich ging aber erst mal nach Hause, um meinen Schlaf nachzuholen, war allein in der Wohnung, da alle anderen bei der Arbeit waren, ging in der Wohnung herum, freute mich, daß mich niemand störte, stellte mein Bett wieder auf und legte mich schlafen. Ich schlief ungefähr zwei Stunden, stand kurz nach vier auf, nahm noch eine Dusche – das Badezimmer war leer – und ging mit meinem Schreibblock und Bleistift ins Café.

Ich suchte mir das eleganteste Café auf der Herzlstraße aus, bestellte Kaffee und Kuchen und fing zu schreiben an. Das Café hatte zwei Kellnerinnen. Die eine war besonders hübsch. Als sie an meinem Tisch vorüberging und mich neugierig anguckte, sprach ich sie an.

»Ich bin Schriftsteller«, sagte ich, »und schreibe einen Roman.«

»So«, sagte sie. »Eigentlich habe ich mir schon gedacht, daß Sie Schriftsteller sind. Wissen Sie, die berühmtesten Schriftsteller schrieben im Café.«

»Ja«, sagte ich. »Das wußte ich.«

»Vielleicht werden Sie auch noch berühmt«, scherzte sie.

Sie ging geziert weg. Ich rekelte mich auf meinem Stuhl. Ich fühlte mich wirklich wie ein berühmter Schriftsteller.

Das Café müßte man sich merken, dachte ich. Hier, werden die Kritiker sagen, hat er seinen berühmten Ghettoroman geschrieben. – Ich beobachtete die junge Kellnerin, guckte auf ihren Hintern und dachte mir, ob ich es wagen könnte, sie zu einem Rendezvous einzuladen. Auf jeden Fall ist sie ein toller Fick. Ich stellte mir vor, wie ich sie im Bett hätte und ihre Möse bearbeiten würde. Sie blickte oft zu mir herüber, und ich fragte mich, ob sie etwas von meinen Gedanken ahnte.

Dann fing ich wieder mit dem Schreiben an. Als es sieben wurde, klappte ich meinen Schreibblock zu, öffnete ihn wieder und schaute mir das Geschriebene an. Ich stellte fest, daß ich wieder nichts Brauchbares geschrieben hatte, einige unbeholfene Sätze, die ich morgen wieder durchstreichen würde.

Kurz nach sieben ging ich in die Schnellgaststätte, wo ich Teller gewaschen hatte, setzte mich an die Theke und bekam mein Nachtmahl gratis. Der Boß fragte sogar, ob ich ein Stück Kuchen wolle, was ich bejahte.

Später streifte ich durch Haifa, guckte den Mädchen hinterher, träumte von ihren Hintern, dachte daran, ob ich die kleine Jemenitin mal anrufen sollte, beschloß aber zu warten, bis ich eine Wohnung hatte. Wohin sollte ich sie einladen? Bei sechs Leuten in meinem Zimmer war wohl kaum an ein ungestörtes Zusammensein zu denken.

Um acht Uhr abends ging ich ins Kino. Ein Film mit Esther Williams. Ich beobachtete fasziniert ihre langen Beine, wichste mir einen ab und zuckte zusammen, als ich merkte, daß ich einem vor mir sitzenden Mann an den Hinterkopf gespritzt hatte. Der drehte sich wütend um, wußte aber nicht, wer es gewesen war.

Ich ging nach Mitternacht ins Bett, ich mußte schon kurz nach fünf aus den Federn.

Da ich spät schlafen ging, verlor ich sehr viel Schlaf, deshalb schlief ich nach wie vor regelmäßig nachmittags zwei Stunden. Ich schrieb jeden Tag im Kaffeehaus, wußte aber, daß es wertlos war, und strich am nächsten Tag wie gewöhnlich alles Geschriebene wieder durch. Ich kam nicht vorwärts, und das deprimierte mich. Ich wurde traurig und versank in negativen Gedanken. Mein Zustand wurde so schlimm, daß ich einen Arzt aufsuchte. Er beruhigte mich und gab mir Vitaminspritzen. Einmal ging ich zu einer Hafenprostituierten, bekam aber keinen Ständer und glaubte, ich sei impotent. Ich ging wieder zum Arzt, der aber sagte, daß ein gelegentlicher Versager ganz normal sei. Ich solle mich wieder positiven Gedanken zuwenden.

Das Jahr 45 ging zu Ende. Anfang 46 wurden die Schlagzeilen der Presse immer beunruhigender. Im Lande schien ein regelrechter Aufstand zu herrschen. Jüdische Terroristen griffen englische Kasernen an, erschossen Engländer auf offener Straße, sprengten Eisenbahnen und Brücken und legten Bomben.

Auch die Araber hielten nicht still, überfielen ihrerseits jüdische Kibbuzim, zündeten ihnen die Felder an, überfielen jüdische Autobusse auf der Landstraße und ermordeten Juden in den Vorstädten.

Die Juden rächten sich nicht an den Arabern, weil es ihnen um die Engländer ging. Hunderttausende von Juden waren aus Europa unterwegs und versuchten verzweifelt, Palästina zu erreichen. Es waren die Überlebenden der deutschen KZs. Die Engländer aber fingen die Schiffe ab und brachten die Insassen nach Zypern in Internierungslager. Um Palästina war eine totale Blockade gelegt worden. Manchmal gelang es einem Schiff, die Blockade zu durchbrechen und im heiligen Land zu landen. Leute von der Haganah, der jüdischen Untergrundarmee, erwarteten sie am Strand und brachten sie eiligst in den nahegelegenen Kibbuzim unter. Es war klar, daß die Engländer auf die arabische Karte gesetzt hatten und die Araber nicht verärgern wollten, indem sie unzählige neue jüdische Einwanderer ins Land ließen. Die Weltpresse brachte seitenlange Berichte über die unglücklichen jüdischen Flüchtlinge, denen die Landung im Land ihrer Sehnsucht verweigert wurde, und die Kämpfe in Palästina, aber das änderte nichts an der unbarmherzigen englischen Blockadepolitik.

In Haifa merkte man wenig von den Unruhen, obwohl jüdische Terroristen ein englisches Schiff versenkt hatten und der Hafen ein paar Tage lang lichterloh brannte.

Der Cousin meines Vaters erzählte mir, daß ein entfernter Verwandter einen Bauernhof in Pardess Channah hatte und einen Gehilfen suchte. Er schlug mir vor, aufs Land zu fahren und bei dem Verwandten zu arbeiten. Er sagte: »Die Landluft wird dir guttun.«

Ich setzte mich mit meinem Verwandten in Verbindung und erhielt tatsächlich die Einladung, doch für ein paar Tage zu ihm zu kommen. Wenn ich arbeiten wollte, dann könnte ich bleiben. Ich überlegte nicht lange und fuhr nach Pardess Channah.

Das Dorf Pardess Channah lag in einer Oase von Orangen- und Grapefruitbäumen. Über der ganzen Landschaft lag der Duft der Blüten. Es war atemberaubend. Ich traf die Verwandten zu Hause. Er hieß Michel und die Frau Hanna. Michel erzählte mir, daß er bei der Hochzeit meiner Mutter in Leipzig dabeigewesen war.

»Damals gab's dich noch nicht«, sagte er. Beide waren sehr herzlich und freuten sich offenbar über mein Kommen.

»Ich brauche einen Gehilfen«, sagte Michel, »aber du sollst dich nicht verpflichtet fühlen. Bleib erst mal ein paar Tage und ruh dich aus.«

»Ich habe gehört, daß du sehr krank warst«, sagte seine Frau.

»Ja, ich hatte Malaria, die tropische.«

»Die ist meistens tödlich«, sagte Michel. »Da hast du Schwein gehabt.«

Er schenkte mir einen Schnaps ein. »Trinken wir auf deine Genesung!« Wir stießen an und lachten.

Michel erzählte mir, daß er nur ein Pferd hätte, genug, um den kleinen Acker zu pflügen, der ihm gehörte. »Du siehst«, sagte er, »wir haben kein richtiges Haus und wohnen in der ehemaligen Garage.«

»Ja«, sagte ich. »Es ist aber ganz gemütlich bei euch.«

Ich ruhte mich ein paar Tage aus, und dann bot ich Michel an, für ihn zu arbeiten.

»Ich will kein Gehalt«, sagte ich. »Nur Kost und Quartier, vielleicht Zigaretten und ein kleines Taschengeld.«

Wir standen um fünf Uhr früh auf, fütterten die Hühner, versorgten das Pferd und gingen dann mit dem Pferd auf die Felder. Michel zeigte mir, wie man pflügte, und bald konnte ich es wie er. Die Luft war durchtränkt vom Duft der benachbarten Orangenhaine, und sie roch auch nach dem frischgepflügten Acker und den Wiesen mit dem gemähten Gras. Ich sog meine Lungen voll und spürte, wie meine alten Kräfte wieder zurückkehrten. Mit Michel verstand ich mich gut, auch mit Hanna, seiner Frau. Die Frau gab mir das beste Essen, und sie brachte mir regelmäßig Zigaretten. Ich fühlte mich wohl und dachte gar nicht daran wegzugehen. Dann aber besuchte uns eines Tages der Sohn des Nachbarn.

Der Sohn des Nachbarn war ein echter Sabra. Sabra ist eine reife Kaktusfrucht, außen stachelig und innen süß. Deshalb die Bezeichnung Sabra für die in Palästina geborenen Juden, es sollte scherzhaft klingen, aber die Sabras waren stolz auf diese Bezeichnung. Der Sohn des Nachbarn war ein großer, blonder Junge in meinem Alter. Er hieß Schmuel. Schmuel kam also zu uns und erzählte uns von Beth Eschel, einem neuen Kibbuz in der Negevwüste.

»Ich habe Freunde in Beth Eschel«, sagte er zu Michel, »und ich habe beschlossen, mich den Siedlern anzuschließen.«

»Du willst also im Kibbuz leben?« fragte Michel.

»Ja«, sagte Schmuel. »Wie wär's, wenn Ruben mitkäme?«

»Ruben?« fragte Michel.

»Ja«, sagte Schmuel. »Ruben kennt Palästina noch nicht, die Negevwüste wäre eine neue Erfahrung für ihn.«

»Das leuchtet mir ein«, sagte ich. »Und werden deine Freunde nichts dagegen haben, wenn du jemanden mitbringst?«

»Es ist ein neuer Kibbuz«, sagte Schmuel. »Und die brauchen Leute.«

»Was für ein neuer Kibbuz ist das?« fragte ich.

»Eine Versuchsstation«, sagte Schmuel. »Sie versuchen, Bäume in der Wüste zu pflanzen. Eschelbäume, weil die besonders für das Wüstenklima geeignet sind.«

»Heißt der Kibbuz deshalb Beth Eschel?«

»Ja«, sagte Schmuel. Er fügte hinzu: »Der Kibbuz wird mit öffentlichen Geldern unterstützt. Ganz Palästina ist an dem Experiment interessiert.«

Ich faßte einen schnellen Entschluß. Ich würde Schmuel begleiten. Was hatte ich zu verlieren? Schmuel hatte recht. Eine neue Erfahrung für mich.

Zwei Tage später brachen wir auf. Ich hatte meinen kleinen Reisekoffer bei mir, Schmuel einen Seesack. Wir fuhren zuerst mit dem Bus nach Gaza. Von dort, erklärte mir Schmuel, ginge ein Bus nach Beer Schewa.

»Beer Schewa«, sagte ich, »die Stadt der Sieben Brunnen.«

»Ja«, sagte Schmuel. »Von Beer Schewa sind es zehn Minuten nach Beth Eschel, der Kibbuz ist ganz in der Nähe.«

Als wir in Gaza ankamen, war es schon gegen Abend. An der Bushaltestelle sagte man uns, daß heute kein Bus mehr nach Beer Schewa fahren würde. »Morgen, um sechs Uhr früh, geht der nächste Bus.«

Aber Schmuel hatte keine Lust, bis morgen früh zu warten. Außerdem gab es keine anständigen Hotels in Gaza, wo wir übernachten könnten, und auch ich hatte keine Lust, in einer schmutzigen arabischen Herberge zu schlafen. Gaza war eine rein arabische Stadt. Als wir die Hauptstraße entlanggingen, rannten uns kleine Araberjungen hinterher und bettelten um Zigaretten. Wir verteilten, was wir hatten, aber wir wurden die kleinen Jungen nicht los. Manche der Jungen zupften mich am Ärmel. Ich stieß einen der Jungen weg, aber Schmuel sagte mir, ich solle das nicht noch mal versuchen, da es Ärger geben könnte.

»Die Väter und Brüder dieser Jungen beobachten uns«, sagte Schmuel, »wenn du einen von den Jungen schlägst, könntest du mit einem Messer im Rücken im Straßengraben landen.«

Ich versuchte also, die Jungen sanft abzuschütteln und tat ihnen nichts.

Am Stadtausgang sagte Schmuel: »Wir werden zu Fuß nach Beer Schewa gehen, in vier bis fünf Stunden schaffen wir es, wenn wir die Abkürzung durch die Wüste nehmen.«

»Du willst durch die Wüste gehen?«
»Ja. Der Sand ist nicht tief.«
Wir marschierten also quer durch die Wüste. Die Nacht war sternenklar. Kleine Tiere huschten an uns vorbei. In der Ferne heulten Schakale. Wir wußten nicht, daß Militär in der Nähe war. Die Engländer hatten arabische Truppen nach Palästina gebracht, um die Juden in Schach zu halten. Besonders gefährlich und gut bewaffnet waren die Truppen aus Jordanien, die sich Arabische Liga nannten.

Nachdem wir ungefähr zwei Stunden durch den flachen Sand gestapft waren, hörten wir plötzlich Kommandorufe. Die finstere Nacht wurde hell vom Licht der Scheinwerfer. Wir sahen uns umringt von arabischen Soldaten, die ihre Gewehre angelegt und auf uns gerichtet hatten.

Sie riefen uns auf arabisch zu »Hände hoch!«

Da ich kein Arabisch verstand, fragte ich Schmuel, was sie wollten.

»Heb die Hände hoch«, sagte Schmuel.

Er hatte seine schon hochgehoben, und ich machte es schnell nach. Soldaten durchsuchten uns nach Waffen, auch unser Gepäck. Als sie überzeugt waren, daß sie es nicht mit jüdischen Terroristen zu tun hatten, wurden sie freundlicher und brachten uns zur Kommandostelle, einem riesigen geheizten Zelt. Drinnen empfing uns ein arabischer Offizier, der uns auf arabisch begrüßte und uns »Frieden« wünschte. Er entschuldigte sich für die Durchsuchung und machte uns klar, daß sie im Krieg mit den Terroristen seien. Er sagte, er hätte nichts gegen Juden und lud uns ein, seine Gäste zu sein. Schmuel, der gut arabisch sprach, übersetzte für mich. Wir nahmen auf dem Boden auf dicken, gestickten Teppichen Platz. Der Offizier klatschte in die Hände, worauf ein Diener erschien, dem er Anweisungen gab. Bald wurde ein niedriger Tisch für uns gedeckt mit Getränken und allerlei Köstlichkeiten, gebratenem Huhn, Lammfleisch und Täubchen, Gemüse und großen, bunten Salatschüsseln. Zum Nachtisch wurden Süßigkeiten serviert, unter anderem Halva, Rahat, Baklawa und türkischer Kaffee, auch Obst, Feigen und Datteln. Wir aßen langsam und fast die ganze Nacht. Als es draußen dämmerte, rief der Offizier eine Ehrenwache, die uns sicher aus dem Camp herausbringen sollte. Wir bedankten uns überschwenglich und versicherten, daß wir allen Juden erzählen würden, wie gastfreundlich uns die Arabische Liga aufgenommen hatte.

Wir erreichten Beer Schewa, die Stadt der Sieben Brunnen, hielten uns aber nicht lange auf, weil es ebenso wie Gaza eine rein arabische Stadt war und wir nicht auffallen wollten. In Beth Eschel empfingen uns die Freunde von Schmuel mit lautem »Schalom«. Schmuel stellte mich der Kibbuzleitung vor und sagte, ich sei ein Neueinwanderer, der viel von Beth Eschel gehört hatte und gerne mit den Kibbuzniks arbeiten würde. Die Leiter des Kibbuz schüttelten mir die Hände und sagten, sie bräuchten neue Hilfskräfte und hießen mich willkommen.

Im Speisesaal wurde uns ein Riesenessen serviert, ich lernte einige Frauen und Männer kennen, die mich fragten, woher ich käme. Die meisten von ihnen stammten aus Österreich und sprachen fließend deutsch.

Rings um die Häuser waren Gemüsebeete gepflanzt worden. Für den Eigengebrauch, sagte man mir. Der Kibbuz konnte es sich nicht leisten, für alle Mitglieder Häuser zu bauen, deshalb waren auch Wohnzelte aufgestellt. In einem dieser Zelte wurde mir ein Schlafplatz zugewiesen. In den großen Zelten standen ungefähr zehn Betten, ein Tisch, ein paar Stühle und eine Petroleumlampe. Ich fand das Wohnzelt ganz gemütlich. In dieser Wüstengegend wurde es nachts empfindlich kühl, und so lagen auf jedem Bett mehrere Wolldecken. Ich schlief gut in dieser Nacht. Der Wind fächelte um das Zelt, und draußen heulten die Schakale.

Die Kibbuzleitung hatte mir stolz die jungen Anpflanzungen gezeigt, es waren einige tausend Bäume. Um jeden Baum war ein kleiner Wall gebaut, um das Regenwasser zu sammeln. Der Leiter erklärte mir, wie das war mit dem Regenwasser. In der Regenzeit kämen ganze Sturzbäche vom Himmel, die durften nicht abfließen und sich über das flache Land verteilen, sondern das Wasser sollte von den Schutzwällen festgehalten und zu den Baumwurzeln geleitet werden. Meine Aufgabe wäre, mit den anderen Kameraden neue Schutzwälle zu graben, sagte der Leiter.

Ich wurde einer Arbeitsgruppe zugeteilt, und wir fuhren mit einem Jeep durch die Wüste. Die Baumpflanzungen zogen sich kilometerweit dahin. Dort, wo noch keine Schutzwälle waren, hielten wir an und begannen zu graben. Moische, der Vorarbeiter, sagte zu mir: »Du mußt aufpassen. Wenn du Araber siehst, mußt du sie verjagen.«

»Warum?« fragte ich.

»Weil sie mit ihren Tieren in unsere Pflanzungen kommen und uns die jungen Pflanzen wegfressen.«

»Die Tiere?«

»Natürlich die Tiere.«

Moische sagte: »Die Araber verstehen nicht, was wir hier machen, warum wir mitten in der Wüste Bäume pflanzen. Sie halten uns für verrückt. Es gab schon öfter Ärger mit ihnen, wenn wir ihre Tiere von den Pflanzungen wegjagten. Sie behaupten nämlich, es sei ihr Land.«

»Ist es ihr Land?«

»Natürlich nicht«, sagte Moische. »Aber sie haben früher, als die Wüste noch dem arabischen Großgrundbesitzer gehörte, hier gewohnt, und ihre Tiere durften damals das spärliche Wüstengras fressen. Es ärgert sie, daß sie das jetzt nicht mehr dürfen.«

»Ihre Tiere zerstören die jungen Baumpflanzungen?«

»So ist es.«

Trotz des Januarwetters wurde es sehr heiß um die Mittagszeit. Wir arbeiteten ohne Hemd, nur den Hut behielten wir als Sonnenschutz auf dem Kopf. Einige junge arabische Mädchen kamen an unsere Schutzwälle und bettelten um Nahrungsmittel. Ich wollte eine anfassen, aber Moische flüsterte mir zu: »Um Gottes willen. Wenn du eine von ihnen berührst, bist du ein toter Mann.« Er zeigte auf die kleinen Sandhügel in der Nähe. »Guck mal richtig hin. Dort, hinter den Sandhügeln, hocken ihre Väter und Brüder und beobachten die Szene hier scharf.«

Wir gaben den Mädchen etwas flaches Brot, Käse und Oliven, und sie zogen wieder ab.

Am späten Nachmittag kamen Beduinen mit Kamelen und kleinen schwarzen Schafen. Sie trieben die Tiere direkt in unsere Baumpflanzungen. Einige der Kibbuzniks sprangen auf und rannten zu den Beduinen hin und begannen die Tiere zu vertreiben. Die Beduinen griffen die Männer mit ihren Wehrstöcken an, die sie wild durch die Luft sausen ließen. Ich hatte schon viel von diesen Stöcken gehört, aber nie gesehen, wie sie gehandhabt wurden. Die Beduinen ließen die Stöcke geschickt im Kreise sausen. Es war klar, wer in die Stockschwingungen hineinrannte, riskierte einen gespaltenen Schädel. Die Kibbuzniks warfen mit Steinen nach ihnen, hielten aber vorsichtig Abstand. Nach einiger Zeit zogen die Beduinen wieder ab.

»Wenn wir nicht aufpassen, fressen die uns alles weg«, sagte Moische. »Nachts streifen bewaffnete Patrouillen durch die Pflanzungen. Da trauen sie sich nicht rein.«

Junge unverheiratete Frauen waren in Beth Eschel kaum anzutreffen. Die meisten waren junge Pärchen. Von den drei Unverheirateten war eine so häßlich, daß es mir nicht mal im Traum eingefallen wäre, mit ihr zu schlafen. Die anderen beiden hatten feste Freunde. Die Leute waren alle nett zu mir, aber ich langweilte mich. Die Arbeit war eintönig, und am Abend wurde Karten gespielt oder Radio gehört. Das Spannende bei den Radiomeldungen waren die fast täglichen Zwischenfälle zwischen Juden und Engländern. Manchmal meldete das Radio auch arabische Überfälle auf jüdische Siedlungen. Das erregte die Leute sehr, und manche meinten, daß jüdische Terroristen auch mit den Arabern abrechnen müßten.

Moische sagte: »Man sollte alle Araber vertreiben.«

»Es ist aber auch ihr Land«, sagte ich.

Der Kibbuz Beth Eschel war arm und verlieh deshalb Leute an andere Kibbuzim, die dann als Tagelöhner entlohnt wurden. Eines Tages schickten sie mich und vier andere Jungens zur Orangenernte nach Quar Daniel, einem Kibbuz in der Nähe von Haifa.

Wir fuhren also im Jeep nach Quar Daniel. Die Fahrt ging um vier Uhr früh los. Als wir gegen halb acht dort ankamen, bekamen wir gleich ein großes Frühstück im Speisesaal und wurden dann auf die Plantagen geschickt. Der Duft der reifen Orangen war betäubend. Wir pflückten den ganzen Tag und füllten einen Korb nach dem anderen. Ich lernte eine junge Pflückerin kennen, die die ganze Zeit versucht hatte, mit mir zu flirten. Sie erzählte mir, daß sie verheiratet sei, aber ihren Mann schon zwei Jahre nicht gesehen hatte, weil er beim englischen Militär sei. »Er schreibt mir manchmal aus Italien«, sagte sie. Ich sah gleich, daß sie ausgehungert war und noch heute nacht einen Mann brauchte. »Jablonski«, sagte ich zu mir. »Die ist ganz wild und scharf auf einen Schwanz. Versuch's doch mal mit ihr.«

Beim Abendbrot saßen wir zusammen im großen Speisesaal. Ich fragte sie, ob ich in ihrem Zimmer Radio hören könnte, worauf sie begeistert Ja sagte. Nach dem Essen gingen wir auf ihr Zimmer. Sie kam gar nicht dazu, das Radio anzudrehen, denn ich legte sie gleich aufs Kreuz. Es ging alles sehr schnell. Sie schlang leidenschaftlich die Arme um meinen Kopf und küßte mich unaufhörlich. Wir schoben drei Nummern zusammen, und dann ging ich erschöpft zu meiner Bettstelle.

In Beth Eschel glich ein Tag dem anderen. Einmal borgte ich das Reitpferd vom Nachtwächter und ritt nach Beer Schewa, aber kaum hatte ich den Stadtrand erreicht, tauchte eine Bande johlender Araberjungen auf und bewarf mich mit Steinen. Wahrscheinlich war der Anblick eines berittenen Juden ungewöhnlich. Die Steine schwirrten um meinen Kopf. Ich hatte Angst, ernstlich verletzt zu werden, riß mein Pferd herum und galoppierte schleunigst aus der Stadt heraus. Ich erzählte dem Nachtwächter, was mir passiert war. Er sagte nur: »Sie hätten dich umbringen können. So mancher Jude wurde schon gesteinigt.«

Als ich das erste Mal in Haifa gewesen war, hatte ich einen alten Freund aus Sereth in der Menschenmenge entdeckt: Kurt Enzer auf einem Fahrrad. Er hatte mir noch zugerufen, ich solle im Telefonbuch nach seiner Adresse suchen. Das hatte ich auch gemacht. Ich hatte Kurt Enzer geschrieben und ihm mitgeteilt, daß ich in Beth Eschel war. Gestern war dann ein Brief von Kurt gekommen. Er schrieb, daß er bei seiner Mutter gewohnt hätte, aber ausziehen wollte. Er würde nächste Woche in den Kurort Nethania ziehen, wo ein Serether Freund, Sigi Ellner, Direktor einer Diamantenfabrik sei und ihm einen Job versprochen hätte. Kurt schrieb, ich solle doch nachkommen. Gewiß wäre auch für mich ein anständiger Job frei.

Ich feierte noch meinen zwanzigsten Geburtstag in Beth Eschel. Es war der 2. April. Sehnsüchtig dachte ich an meine Kindergeburtstage, besonders den zwölften. Meine Eltern hatten eine Menge Kinder eingeladen. Wir spielten Verstecken im Dunkeln. Ich erinnere mich an die kleine Marion. Im Dunkeln hatte ich sie bei den Titten gepackt und mich gewundert, daß sie noch keine hatte. Ich erzählte niemandem in Beth Eschel, daß ich Geburtstag hatte, sondern träumte während der Arbeit still vor mich hin. Am Abend machte ich einen langen Spaziergang durch die dämmrigen Baumpflanzungen, setzte mich aufs Feld und erwartete den Einbruch der Nacht. Mir wurde bewußt, daß ich verdammt einsam war und daß ich etwas tun müßte, um diesen Zustand zu ändern. Ich beschloß, Ende des Monats nach Nethania zu reisen. Vielleicht würde sich dort etwas ändern.

# 23

Ende April reiste ich ab, nahm den Bus der Linie Egged nach Tel Aviv, stieg in dem geräumigen Busbahnhof in einen Regionalbus um, der mich direkt nach Nethania brachte. Ich wußte, daß Nethania das größte Diamantenzentrum in Palästina war und dachte, daß es vielleicht nicht so ausgeschlossen war, hier einen guten Job zu finden.

Ich ging gleich in die Diamantenschleiferei und erkundigte mich nach Kurt. Man rief ihn hinaus, und er kam in seinem Arbeitskittel und schüttelte mir die Hand.

»Gerade angekommen«, sagte er.

»Ja.«

»Ich mache um sechs Uhr Schluß«, sagte Kurt. »Warte auf mich am Eingangstor.«

»Gut«, sagte ich.

Kurt kam pünktlich um sechs. Wir schlenderten zusammen durch die schönen sauberen Straßen des Kurorts. Kurt erzählte mir, daß es keine Wohnungen gebe und daß er Glück hätte, ein Zimmer mit jemandem teilen zu können.

»Der Kerl ist allerdings schwul«, sagte Kurt, »aber ich halte ihn mir vom Leibe.« Kurt schlug vor, vorläufig bei ihm zu schlafen. »Ich leg dir ein paar Decken auf den Fußboden hin. Es wird schon gehen.«

Kurt wohnte in einem Neubau, das Zimmer war klein, aber sauber. Als ich mich am Abend auf den Fußboden legte, dicht neben Kurts Bett, starrte der Schwule böse und eifersüchtig zu mir hinüber. Er war offenbar verliebt in Kurt. Das ging drei Tage lang gut. Nach drei Tagen sagte Kurt, daß ich wieder ausziehen müsse, weil ihm der Schwule mit Kündigung gedroht habe, wenn ich bliebe. Eigentlich hatte ich das geahnt.

Kurt holte eine alte Matratze aus dem Keller und sagte: »Ich bringe dich jetzt in ein Haus, wo du umsonst wohnen kannst.«

»Umsonst wohnen gibt es nicht.«

»Doch«, sagte Kurt. »Es handelt sich um ein Haus, das nicht fertig gebaut wurde, ich nehme an, weil die Baufirma pleite ist.«

»Und das ist wirklich ein Haus?«

»Ja«, sagte Kurt. »Es hat nur keine Fenster und auch kein Dach und keine Türen. Nicht mal einen Fußboden.«

»Wieso keinen Fußboden?«

»Es ist ein Flachbau und hat nur ein Erdgeschoß. Der Fußboden ist gewöhnlicher Wüstensand.«

»Und wer wohnt in diesem Haus?«
»Neueinwanderer«, sagte Kurt. »Sie bringen sich ihre Betten selber mit und stellen sie in den leeren Räumen auf.«
»Und sie schlafen dort?«
»Natürlich.«
Kurt brachte mich zu diesem Haus. Es lag etwas außerhalb der Stadt in einem Orangenhain. Draußen war ein Hof mit einer Wasserpumpe.
»Hier kann man sich sogar waschen«, sagte ich.
»Ja, das kannst du«, sagte Kurt.

Da das Haus keine Türen hatte, traten wir ohne weiteres ein. Ich sah einen großen Schlafsaal, in dem ungefähr dreißig Betten standen. Die Neueinwanderer saßen oder standen um die Betten herum, manche rauchten, andere unterhielten sich. Es war ziemlich viel Lärm im Raum. Kurt deutete auf eine leere Stelle am Ende des großen Raumes.
»Da, leg deine Matratze hin«, sagte er. Ich ließ mich nicht zweimal bitten, breitete die Matratze auf dem Fußboden aus. Der Boden war wirklich Wüstensand.
»Auf dem Sandfußboden liegst du weich«, sagte Kurt.

Die Leute kümmerten sich nicht um mich. Sie waren es offenbar gewohnt, daß die Neuen sich einfach ihr Bettzeug mitbrachten und sich in dem großen Raum irgendwo, wo Platz war, hinlegten. Ich hatte kein Kopfkissen und legte meine graue Hose unter den Kopf. Eine Decke brauchte ich nicht, denn es war sommerlich warm. Früh morgens weckten mich Araber auf, die mit ihren kleinen Eseln ins Zimmer hineinritten, mit großen Körben voller Orangen, die sie uns verkaufen wollten. Sie ritten von Bett zu Bett. Einer kam auch zu meinem Bett und sagte: »Tapussim«. Ich gab ihm ein paar Piaster und erhielt dafür einen Haufen Orangen, der für mehrere Tage reichte. Ich aß die Orangen mit Genuß und ging dann zur Wasserpumpe in den Hof. Ich wusch mich nackt, und da ich kein Handtuch hatte, trocknete ich mich mit einem alten, schmutzigen Hemd ab. Erfrischt ging ich auf die Straße, um zu frühstücken.

Gegenüber von unserem Haus war ein kleines Restaurant. Ich bestellte mir ein reichliches Frühstück, flirtete ein bißchen mit der Kellnerin, nahm meinen Schreibblock und fing zu schreiben an.

Als die Kellnerin an meinen Tisch kam, um abzuräumen, sagte ich zu ihr: »Ich schreibe einen Roman.«

»Oh, Sie sind Schriftsteller«, sagte sie.

»Ja«, sagte ich stolz.

»Darf man erfahren, was das für ein Roman ist?«

»Ich schreibe über das Ghetto.«

»Waren Sie im Ghetto?«

»Ja«, sagte ich. »In der Ukraine.«

»Sie Ärmster«, sagte sie mitleidig. »Sie haben sicher viel mitgemacht.«

»Ja, allerhand«, sagte ich. »Ich könnte stundenlang erzählen.«

»Die meisten wollen nicht mehr darüber sprechen«, sagte sie. »Auch nicht die, die im KZ waren. Sie verdrängen das Furchtbare.«

»Ich weiß«, sagte ich. »Verdrängen ist aber ungesund. Diese Leute werden alle krank. Ich glaube, wenn man darüber redet oder schreibt, dann hilft das dem Gesundungsprozeß. Man muß alles herauslassen.«

»Wie Dampf«, sagte die Kellnerin.

»Ja«, sagte ich.

Ich bestellte noch einen Kaffee, zündete mir eine Zigarette an und beugte mich über meinen Schreibblock. Aber trotz Zigarette und Kaffee fiel mir nichts ein, so sehr ich mich auch bemühte. Ich wußte, daß ich die geschriebenen Sätze morgen nochmal durchlesen und alles wieder streichen würde. Es war zum Verzweifeln. Wie soll aus dir ein Schriftsteller werden, dachte ich. Und was sollte ich Max Brod schreiben?

Ich besuchte Kurt und fragte ihn, ob er nicht irgendwo ein Kopfkissen und eine Decke auftreiben könnte. Kurt ging nochmal in den Keller und kam mit einer Decke und einem Kopfkissen zurück.

»Das Kissen hat keinen Bezug, aber es geht wahrscheinlich auch ohne.«

»Ist schon gut«, sagte ich. »Hast du dich mit dem Schwulen versöhnt?«

»Ja«, sagte Kurt. »Aber der Kerl wird immer aufdringlicher. Gestern kroch er einfach zu mir ins Bett und wurde zärtlich.«

»Hast du ihn rausgeschmissen?«

»Nein. Dann wäre er wieder böse geworden. Ich habe ihm sanft zugeredet, und er ist von selber wieder gegangen.«

Kurt war ein sehr gutaussehender Junge. Ich hatte Angst, daß der Schwule ihn doch noch rumkriegen könnte.

»Kannst du nicht ausziehen und dir ein anderes Zimmer suchen?«

»Ich habe schon dran gedacht«, sagte Kurt.

Nethania hatte einen gepflegten Badestrand. Ich ging tagsüber baden, saß in dem einzigen Kaffeehaus am großen Platz herum oder ging spazieren. Es gab schöne Mädchen in Nethania, aber sie schwebten unnahbar an mir vorbei. Vielleicht versuchst du es mal mit der Kellnerin aus dem Frühstückslokal, dachte ich. Ich überlegte mir, wie ich sie in ein Gespräch verwickeln würde und dabei ganz harmlos fragen könnte, ob sie mich nicht mal privat treffen wolle. Am nächsten Morgen frühstückte ich wieder in dem kleinen Lokal gegenüber meinem Haus, aber die Kellnerin hatte keine Zeit für mich. Sie flitzte zwischen den Gästen hin und her und nickte mir schnell zu, als sie mich sah. Ich hätte sie gern gefragt, ob sie Lust hätte, mit mir ins Kino zu gehen, aber dazu kam es gar nicht.

Da meine Matratze in der Zimmerecke lag, fiel es mir nicht schwer, einen schützenden Vorhang anzubringen, der mich ein bißchen vor den anderen abschirmte. Ich hämmerte mit Hilfe eines Steins zwei Nägel in die Wand und spannte einen Bindfaden auf, an dem ich Kurts Decke befestigte. Dadurch hatte ich eine Art Privatgemach und war nicht ununterbrochen den neugierigen Blicken meiner Nachbarn ausgesetzt. Es gab kein elektrisches Licht, und wer nach Einbruch der Dunkelheit nach Hause kam, mußte sich im Finsteren zu seinem Schlafplatz tasten. Manche Leute schliefen unruhig und schrien im Schlaf oder schlugen wild um sich. Kein Wunder, sagte ich mir, alle sind ehemalige Insassen deutscher Konzentrationslager, manche von ihnen die einzigen Überlebenden ihrer Familien. Sie haben Alpträume. Ein Schlafwandler kam einmal nachts an mein Bett, schob den Vorhang beiseite und zog mich an den Haaren. Ich stieß ihn weg, und er taumelte davon. Unter den Leuten war auch ein junges Ehepaar. Beide waren etwas verrückt und redeten wirres Zeug. Ich erfuhr, daß beide aus Ungarn stammten und 1944 nach Auschwitz deportiert worden waren. Beide hatten einen Knacks wegbekommen. Man erzählte sich, daß sie sich in Auschwitz kennengelernt hatten. Die Frau, eine langbeinige, dürre Gestalt mit wirrem Haar und einem blöden Blick, fickte mit allen Männern im Raum, sie ging einfach von Bett zu Bett, legte sich mal zu einem, mal zum anderen und stieß kichernde Laute aus.

Die Männer sagten mir: »Die fickt ganz toll, obwohl sie verrückt ist.«

Den Mann schien das nicht zu stören. Er arbeitete tagsüber in einer Fabrik und war meistens nicht dabei, wenn die Frau die Männer besuchte, aber er wußte natürlich davon.

Eines Morgens kam die verrückte Ungarin zu mir. Sie zog den Vorhang beiseite und legte sich einfach in mein Bett.

»Du stinkst wie eine Ziege«, sagte ich zu ihr.

Da sie offenbar nur Ungarisch verstand, versuchte ich es mit Hebräisch, aber es stellte sich heraus, daß sie kein Hebräisch verstand. Ich schnüffelte mit der Nase und zeigte auf ihr Geschlechtsteil.

»Du stinkst«, sagte ich nochmal.

Jetzt schien sie zu verstehen.

Ich gab ihr ein Stück Seife und zeigte zum Ausgang. »Pumpe«, sagte ich. »Wasser.«

Sie schien zu kapieren, was ich meinte, nahm die Seife und verschwand. Nach ein paar Minuten kam sie frischgewaschen wieder zurück.

»So«, sagte ich. »Jetzt riechst du gut.«

Sie hatte einen schönen Körper, obwohl etwas ausgemergelt. Ich strich ihr das wirre Haar aus der Stirn und küßte sie und war ganz erstaunt, wie leidenschaftlich sie war. Sie kicherte dumm, schlang aber die Arme um mich und öffnete die Beine. Ich hatte eine volle Erektion und stieß mein Glied weit in sie hinein. Sie biß mich und jauchzte. Ich schob zwei Nummern mit ihr und jagte sie dann aus meinem Bett.

## 24

Eines Morgens erwachte ich, zählte mein Geld und stellte fest, daß mein ganzes Vermögen aus einem halben Piaster bestand. Das bedeutete, daß ich kein Essen einkaufen und mir nicht einmal das gewohnte Frühstück in dem kleinen Lokal gegenüber leisten konnte. Ich rechnete mir aus, was ich mit einem halben Piaster kaufen konnte.

»Jablonski«, sagte ich zu mir, »mit einem halben Piaster kannst du eine Zeitung kaufen oder eine Limonade.« Ich war durstig und beschloß, mir die Limonade zu kaufen. Ich wusch mich an der Wasserpumpe, zog meine zerknitterte Khakihose an und ein zerknittertes Hemd und ging auf die Straße. An der Ecke war ein Limonadenstand.

Ich sagte zum Verkäufer: »Geben Sie mir für einen halben Piaster eine Himbeerlimonade.«

»Eine Himbeerlimonade kostet einen Piaster«, sagte der Verkäufer.

»Wie ist es mit einer Erdbeerlimonade?«
»Die kostet dasselbe.«
»Und eine Zitronenlimonade?«
»Kostet auch einen Piaster.«
»Was kriege ich für'n halben Piaster?«
»Eine Limonade ohne Sirup.«
»Was soll das heißen?«
»Ein gewöhnliches Selterwasser.«
»Ist das alles?«
»Das ist alles, was Sie für einen halben Piaster kriegen können.«
»Dann geben Sie mir ein Selterwasser«, sagte ich.

Ich zahlte, trank halb verdurstet und ging zurück ins Haus. »Jablonski«, sagte ich zu mir. »Du hast zwar kein Geld mehr, aber du wirst trotzdem ein gutes Frühstück essen. Mit leerem Magen ist mit dir nicht viel anzufangen.«

Ich ging also in mein Stammlokal, bestellte ein Riesenfrühstück, das aus zwei Spiegeleiern bestand, Schafskäse, Butter, Marmelade, frischen Brötchen, einem doppelten starken Kaffee und Sahne.

Ich las die Zeitung aus dem Zeitungsstand, ein kostenloses Vergnügen, und rief dann die Kellnerin.

»Ich kann heute leider nicht zahlen«, sagte ich zu ihr, »aber Sie kennen mich ja, ich bin der Schriftsteller von nebenan, bitte, schreiben Sie's auf. Ich habe eine neue Arbeit und zahle Ende der Woche.«

Die Kellnerin kannte mich zwar, schien aber nicht gerade begeistert. Sie blickte mich prüfend an und sagte dann: »Na gut. Ich trau Ihnen. Also Sie zahlen Ende der Woche?«

»Ja, Ehrenwort«, sagte ich.

Ich ging gleich zum Arbeitsamt, Ecke Jabotinskistraße. Das war von der jüdischen Gewerkschaft Histadrut, die auch Leuten, die keine Gewerkschaftsmitglieder waren, Jobs vermittelte, weil es in Nethania zwar viele Jobs, aber wenig Arbeiter gab. Ich stellte mich in die Männerschlange, die vor einem kleinen Fenster stand. Hinter dem Fenster saß ein Mann, der die Jobs verteilte. Als ich an der Reihe war, sagte ich: »Ich brauch 'ne Arbeit, egal welche.«
»Wollen Sie Kisten in einer Konservenfabrik tragen?« fragte der Mann.
»Gut«, sagte ich.
»Ist 'n Job für eine Woche. Aber die Arbeit ist schwer, damit Sie Bescheid wissen.«
»Kisten schleppen ist meine Spezialität«, sagte ich, »machen Sie sich keine Sorgen. Ich bin kräftig und kerngesund.«
Er gab mir einen Zettel mit der Adresse.

Der Job in der Konservenfabrik bestand tatsächlich im Verladen von schweren Kisten. Die Fabrik hatte Hunderte davon aufgestapelt, und wir mußten sie zu den wartenden Lastautos bringen. Die Arbeiter waren alle Neueinwanderer. Sie fluchten, und einer von ihnen sagte: Nicht mal im KZ habe ich so schwere Kisten geschleppt.«
»Im KZ hast du auch nichts bezahlt bekommen«, sagte ich, »außerdem gab's dort gewiß keine Marmeladenkisten zum Verladen.«
Mir war die Arbeit nicht zu schwer. Vor allem war das Gehalt gut, denn wir kriegten ein palästinensisches Pfund pro Tag. Ich ging weiter täglich in mein Stammlokal, bestellte reichlich Essen und ließ es aufschreiben. Am Ende

der Woche kriegte ich mein Gehalt, ging sofort ins Restaurant und beglich die Rechnung. Die Kellnerin war hocherfreut, als ich zahlte.

»Ich wußte, daß ich Ihnen trauen kann«, sagte sie.
»Wie wär's, wenn wir uns mal privat treffen«, sagte ich. »Wir könnten zusammen ins Kino gehen.«
»Ich bin verlobt«, sagte sie. »Was würde mein Verlobter dazu sagen.«
»Sie müssen's ihm ja nicht erzählen«, sagte ich.
»Lassen Sie mir Zeit zum Überlegen«, sagte sie.
»Also gut«, sagte ich. »Ich komme ja morgen wieder.«

Als ich nach Nethania kam, hatte ich noch daran gedacht, in der Diamantenschleiferei zu arbeiten. Es war eine saubere und angesehene Arbeit, aber dann ließ ich diesen Gedanken fallen, weil ich gehört hatte, daß das Diamantenschleifen meiner Gesundheit schaden könnte. Alle Diamantenschleifer verdarben sich die Augen. Deshalb versuchte ich gar nicht, mit Sigi Ellner zu sprechen, der ja ein Serether war und der Direktor. Ich hatte auch keine Lust, eine feste Stellung zu bekommen, sondern arbeitete lieber zeitweise als Tagelöhner, blieb ungebunden und, wie ich glaubte, frei. Ich brauchte viel freie Zeit, um an meinem Roman zu arbeiten.

In Nethania wurden reihenweise neue Häuser gebaut. Arbeit beim Bau gab's immer. Da ich sowieso nicht mehr als zwei Tage in der Woche arbeiten wollte, ging ich zweimal wöchentlich zum Arbeitsamt und verdingte mich als Tagelöhner. Ich stand eine Weile in der Männerschlange, trat ans Fenster, wo der Typ saß, der die Jobs vergab, kriegte meinen Arbeitszettel mit dem dazugehörigen

Stempel und ging. Die Jobs waren immer nur für den betreffenden Tag.

Ich ging also zu der Baustelle und trat die Arbeit gleich an. Man gab mir gewöhnlich eine Schaufel und einen Schubkarren, manchmal mußte ich auch Ziegel schleppen oder Zement mischen. Es war glühend heiß, um die fünfzig Grad Celsius, und ich schwitzte sehr und verlor viel Wasser. Deshalb mußte ich viel trinken. Ich trank kübelweise Leitungswasser und Limonaden. Am Abend kam ich ganz verschwitzt nach Hause, machte mir aber nichts draus, denn ich sagte mir: es ist ja nur für zwei Tage, das kannst du aushalten, wusch meine Hose, Hemd und Strümpfe an der Wasserpumpe und hängte alles zum Trocknen auf einen Orangenbaum. Ich hatte keine Möglichkeit, die Sachen zu bügeln, und sie waren immer zerknittert, wenn ich sie wieder anzog.

Das Schlimmste war der Zement. Wir hatten keine Maschinen, nicht mal Kräne, um die schweren Eimer aufs Dach zu hieven, sondern mußten sie mit bloßen Händen aufs Dach bringen. Gewöhnlich standen wir auf dem Gerüst und reichten die Eimer von Hand zu Hand. Meine Muskeln schmerzten so sehr, daß ich Angst hatte, sie könnten reißen.

Es gelang mir tatsächlich, die Kellnerin dazu zu bewegen, mit mir ins Kino zu gehen. Als ich ihr im Dunkeln unter den Rock griff, schlug sie mich auf die Hand, so daß ich sie wieder wegziehen mußte. Ich versuchte es mehrmals, immer mit demselben negativen Ergebnis. Schließlich packte ich sie bei den Brüsten, aber sie schob meine Hand hartnäckig weg. Ich gab es auf und beschloß, sie nie wieder ins Kino oder sonstwohin einzuladen.

In der Schlange auf dem Arbeitsamt traf ich einen jungen angehenden Schriftsteller aus Wien. Er hieß Joseph Lindberg. Er erzählte mir gleich, er sei eigentlich Schriftsteller und fände es unter seiner Würde, beim Bau zu arbeiten, andererseits hätte er keine Lust, mit knurrendem Magen herumzulaufen.

Ich sagte ihm: »Es geht mir genauso. Ich bin Schriftsteller und müßte eigentlich vom Schreiben leben, aber ich habe noch nie etwas verkauft. Übrigens arbeite ich gerade an einem großen Roman über das Ghetto.«

Lindberg fragte mich, ob wir uns nicht heute abend in dem Café am großen Platz treffen könnten. Ich willigte hocherfreut ein, froh, jemanden gefunden zu haben, der auch schrieb und mit dem ich über Literatur sprechen konnte.

Wir trafen uns am Abend im Café. Ich erzählte Joseph Lindberg, daß ich Stefan Zweig für den besten Schriftsteller der Weltliteratur hielte, auch Rainer Maria Rilkes Briefe an einen jungen Dichter hätten mich begeistert.

Lindberg wehrte ab. »Das sind nostalgische Schwärmer«, sagte er. »Heute mußt du realistisch schreiben, wenn du ernst genommen werden willst.« Er sprach von Erich Maria Remarques Im Westen nichts Neues und seinem Arc de Triomphe. »Ich meinerseits«, sagte er, »schreibe humoristisch mit einem Zug ins Groteske, aber nie sentimental wie Zweig. Ich plane übrigens einen Bericht über den jüdischen Aufstand in Palästina, auch die jüdisch-arabische Auseinandersetzung. Das sind Dinge, mit denen die Leute was anfangen können.«

»Was hältst du von Kaffeehausliteratur?« fragte ich.

»Gar nichts«, sagte Lindberg. »Die Stadt der Kaffeehausliteraten war Wien. Dort saßen die Literaten den ganzen Tag im Kaffeehaus und schwatzten. Kein Mensch nimmt sie heute noch ernst. Besonders in Palästina zählen nur harte Tatsachen. Du mußt beweisen, daß du Schriftsteller bist. Hier zählt nur der Erfolg. Irgendwie ist Palästina ein kleines Amerika. Und es nützt auch nichts, wenn du mal irgendwas veröffentlichst. Dein Buch muß sich erst mal durchsetzen und öffentlich anerkannt werden.«

»Du bist ein harter Realist«, sagte ich.

»Ich versuche, klar zu sehen«, sagte Lindberg.

Ich erzählte ihm von Max Brod und meinem Briefwechsel mit ihm.

»Den Brief mußt du aufheben«, sagte Lindberg, »ein wertvolles Dokument. Willst du ihm was schicken?«

»Natürlich«, sagte ich. »Aber ich habe noch nichts Vorzeigbares.«

»Wie lange schreibst du schon an deinem Roman?«

»Seit mehr als einem Jahr.«

»Und es existiert nichts, das du Brod zeigen könntest?«

»Nichts«, sagte ich. »Ich schreibe mal ein paar Sätze und streiche sie am nächsten Tag wieder durch. Ich komme überhaupt nicht vorwärts mit meinem Roman.«

»Vielleicht solltest du abwarten«, sagte Lindberg.

»Worauf soll ich warten?«

»Bis du das Zeug in dir hast.«

»Wie lange?«

»Das ist egal«, sagte Lindberg. »Irgendwann wirst du es in dir spüren, daß die Zeit reif ist. Und dann setzt du dich auf deinen Arsch und legst los. Alles muß fließen. Es muß aus dir herausfließen wie aus einer Quelle.«

»Ich werde mir das zu Herzen nehmen«, sagte ich.

Lindberg hatte den Krieg in Holland überlebt. Er lebte dort als Holländer mit holländischem Namen.

»Kein Mensch wußte, daß ich Jude bin«, sagte er. »Ich fuhr mit einem Frachtdampfer zwischen Holland und Deutschland hin und her. Immer hatte ich Angst, erwischt zu werden. Ich erzählte den Leuten, daß ich eine österreichische Mutter gehabt hätte und deshalb mit österreichischem Akzent sprach. Irgendwie kriegte ich das hin. Das Problem war nur beim Ficken. Ich hatte deutsche Freundinnen, und die durften natürlich nicht merken, daß ich beschnitten war. Einmal sagte mir ein Mädchen: Ich möchte mal deinen Schwanz sehen. Du hast ihn gespürt, sagte ich, das genügt.«

»So kann man leicht erwischt werden«, sagte ich.

»Ja, ein Schwanz ist eine heikle Sache«, sagte Lindberg.

Er erzählte mir von seiner jüdischen Freundin Ruth, die demnächst nach Palästina kommen wollte. Lindberg sagte: »Ich erwarte sie jeden Tag. Allerdings wird das Leben dann härter, denn da muß ich mir eine feste Arbeit suchen.«

»Feste Jobs sind nichts für Schriftsteller«, sagte ich.

»Da hast du recht«, sagte Lindberg. »Ich arbeite auch nur ab und zu.«

»Was für eine Frau ist Ruth?« fragte ich.

»Sie ist ein toller Fick«, sagte Lindberg, »und wahnsinnig scharf auf mich.«
»Hat sie Eltern?«
»Ja, einen Vater, und der ist sehr religiös.«
»Da mußt du aufpassen«, sagte ich.
»Ja«, sagte Lindberg. »Aber der Alte ist ein Rückhalt für mich. Du verstehst, in finanzieller Hinsicht. Er hat auch Geld, nur weiß ich noch nicht, wie ich ihm ein paar Kröten aus der Tasche locke.«
»Dir wird schon was einfallen«, sagte ich.

Lindberg und ich wurden Freunde. Trotzdem sagte ich zu mir: »Du mußt auf der Hut sein. Lindberg ist zwar ein interessanter Kerl, aber trauen kannst du ihm nicht.« Ich wußte, daß Lindberg alle Bekannten anpumpte, das Geld aber nie zurückgab. Er war immer in Geldnot, und es war schwer, ihm nichts zu geben. Einmal sagte er zu mir: »Kannst du mir nicht was pumpen?«
»Ich bin selber pleite«, sagte ich.
»Auch nicht 'n halbes Pfund?«
»Auch kein halbes Pfund«, sagte ich.
»Vielleicht dreißig Piaster. Ich habe heute noch nichts gegessen.«
Ich gab ihm zwanzig Piaster. Soviel konnte ich entbehren. Eines Tages erzählte mir Lindberg, daß seine Freundin Ruth in Palästina angelangt sei und daß man sie in einem Kibbuz untergebracht hätte.
»Ich werde Ruth morgen besuchen«, sagte Lindberg.
»Wirst du nach Nethania zurückkommen?«
»Nein«, sagte Lindberg. »Ich werde mir in Tel Aviv eine Arbeit und eine Wohnung für uns beide suchen.«

Lindberg gab mir die Adresse seines Vaters, der ein kleines Zimmer in Tel Aviv hatte.

»Ich werde auch nach Tel Aviv ziehen«, sagte ich.

»Wann?« fragte Lindberg.

»Dieser Tage«, sagte ich. »Ich habe Nethania satt.«

»Laß mich wissen, wo du bist«, sagte Lindberg, und wir verabschiedeten uns.

Am Wochenende packte ich meinen kleinen Reisekoffer und verließ die Stadt. Ich ging zu Fuß, um mir das Fahrgeld zu sparen. Unterwegs hielt ich ein Privatauto an und ließ mich mitnehmen. Das Auto fuhr nach Ramat Gan, einem Vorort von Tel Aviv. Von dort ging ich wieder zu Fuß.

## 25

Tel Aviv berauschte mich. Endlich mal wieder eine richtige Großstadt. Tel Aviv war rein jüdisch, die arabische Bevölkerung lebte in der Nachbarstadt Jaffa. Ich ging schnuppernd durch die Straßen, guckte mir die Geschäfte an, die vielen Kaffeehäuser, die Frauen. Als ich müde war, ging ich zum Badestrand, legte mich dort hin, dachte nach, sprang sogar einmal ins Wasser, in Unterhosen, da ich keine Badehose hatte, sprach ein paar Frauen an und nahm ein Sonnenbad. Am Abend ging ich nach Jaffa, strolchte dort durch die Straßen und kehrte schließlich in ein Restaurant ein. Ich bestellte ein arabisches Essen, zahlte mit meinem letzten Geld und ging wieder nach Tel Aviv zurück.

Da ich mir kein Hotel leisten konnte, beschloß ich, am Strand zu schlafen. Es war ein langer Sandstrand, und es war nicht schwer, die richtige Stelle zu finden, wo ich ungestört liegen konnte. Die Nacht war warm und sternenklar. Ich starrte den Himmel an, schmiedete Pläne und schlief dann friedlich ein.

In der Nacht spürte ich, wie jemand meine Taschen durchsuchte. Ich sprang auf und sah einen grinsenden Araber. Ich schlug ihm ins Gesicht. Er rannte weg.

In Tel Aviv gab es private Arbeitsvermittlungsbüros. Sie residierten in Privatwohnungen, und die Vermittlerinnen waren meistens unternehmungslustige Frauen. Eine deutsche Jüdin empfing mich. Sie saß hinter einem Schreibtisch und hatte Berge von Notizen und Zeitungsausschnitten vor sich. Sie bot mir Platz an.

»Sie wollen einen Job?« fragte sie.

»Ja«, sagte ich.

»Was für Qualifikationen haben Sie?«

»Gar keine«, sagte ich. »Ich habe beim Bau gearbeitet und gelegentlich Teller gewaschen.«

»Ich habe einen guten Job als Tellerwäscher«, sagte sie. »Allerdings müssen Sie sich besser anziehen, wenigstens wenn Sie sich vorstellen. Sie sehen nicht sehr gepflegt aus.«

»Ich habe keine Wohnung«, sagte ich, »und ich hatte noch keine Gelegenheit, mich zu rasieren.«

»Sie können sich auf meiner Toilette rasieren«, sagte sie.

»Das ist aber sehr freundlich von Ihnen«, sagte ich.

»Man ist ja kein Unmensch«, sagte sie.

Ich rasierte mich auf der Toilette. Als ich zurückkam, sagte sie: »Der Job kostet zwei Pfund.«

»Ich habe gar kein Geld«, sagte ich, »aber wenn ich arbeite, verdiene ich ja und bezahle nächste Woche.«

Das schien sie gewohnt zu sein.

»Wieviel werde ich verdienen?« fragte ich.

»Achtzig Piaster pro Tag«, sagte sie, »plus vollständige Verpflegung.«

»Wie ist das Essen dort?«

»Sehr gut«, sagte sie. »Es ist ein vegetarisches Restaurant.«

»Ich bin aber kein Vegetarier«, sagte ich.

»Ach, Sie werden sich an die vegetarische Küche gewöhnen.«

»Ich bin ein hoffnungsloser Fleischfresser«, sagte ich. »Am liebsten habe ich Wiener Schmorbraten.«

»Es wird schon gehen«, sagte sie. »Sie werden sehen, die vegetarische Küche kann sehr abwechslungsreich sein.«

Der Job war gar nicht schlecht. Ich mußte ganze Berge Schmutzgeschirr waschen und auch selber abtrocknen, da ich der einzige Tellerwäscher war. Die Wirtin beobachtete mich kritisch. Einmal sagte sie: »Ihr Hemd ist vollkommen zerknittert, auch die Hose.«

»Ich habe zu Hause kein Bügeleisen«, sagte ich.

»Warum lassen Sie die Sachen nicht in einer Wäscherei bügeln?«

»Weil ich kein Geld habe«, sagte ich.

Nein. Der Job war nicht schlecht. Ich durfte nach Belieben Kaffee trinken und auch Kuchen essen. Ich arbeitete von elf Uhr vormittags bis acht Uhr abends. Sie gaben mir ein Mittagessen und spät am Abend nochmals eine warme Mahlzeit. Das vegetarische Restaurant führte auch Fische, und diese ersetzten das Fleisch. Ich bekam riesige Platten mit frischem Gemüse und aß dazu Forellen oder Karpfen,

Rotbarsch und Schellfisch. Um acht Uhr abends war ich fertig. Ich schlenderte dann durch die großen Boulevards, ging manchmal in ein Tanzlokal oder ins Kino. Ich schlief nach wie vor am Strand, fand aber dann doch ein möbliertes Zimmer in der Vorstadt. Die Vorstadt hieß Schrunat Montefiore und lag neben einer englischen Kaserne. Riesige Scheinwerfer auf dem Dach der Kaserne leuchteten die Gegend ab. Es war riskant, am Abend an der Kaserne vorbeizugehen, weil die Engländer aus Angst vor den Terroristen jeden Spaziergänger mit dem Scheinwerfer abtasteten.

Einmal kam ich spät nachts nach Hause. Plötzlich stand ich im Scheinwerferlicht. Ein englischer Soldat rief mir zu: »Hands up!« Ich hob erschreckt die Hände. Der Soldat untersuchte mich nach Waffen und nahm mich dann zu einem Lastauto mit. Dort saßen bereits ein paar Juden, die, wie ich, verhaftet worden waren. Nach einer Zeitlang fuhr das Lastauto los. Wir kamen ins Gefängnis von Jaffa. Dort sperrte man uns in eine Zelle.

Ich fragte einen der Gefangenen, ob er wüßte, was das zu bedeuten hätte. Er sagte: »Ja. Die Terroristen haben heute nacht die Kaserne angegriffen. Deshalb nehmen die Engländer alle Juden fest, die in der Nähe der Kaserne auf der Straße erwischt wurden.«

»Ich habe aber nichts gemacht«, sagte ich. »Ich war im Kino und bin nach Hause gegangen. Ich wohne in der Nähe der Kaserne.«

»Das können Sie dem Richter erzählen«, sagte der Mann.

Drei Tage lang schmachteten wir in der engen Zelle. Wir lagen auf Stroh mit einer dünnen Decke und ohne Kopfkissen. Die Kost bestand aus arabischem Pitahbrot, einer dünnen Suppe und Tee. Im Gefängnis waren meistens Araber. Während des Rundgangs im Gefängnishof sah ich sie. Es waren wüste Gestalten, die uns Juden argwöhnisch beobachteten. Am dritten Tag wurde mein Name aufgerufen. Ich kam vor ein Militärgericht. Mehrere englische Offiziere saßen an einem langen Tisch und starrten mich an. »Wir waren bei Ihnen zu Hause«, sagte der Sprecher der Gruppe, »und haben herausgefunden, daß Sie tatsächlich in der Nähe der Kaserne wohnen.«

Ich sprach stotternd und schnell. »Ja«, sagte ich. »Ich wohne direkt neben der Kaserne und war nur auf dem Heimweg, als ich verhaftet wurde. Ich war im Kino in Tel Aviv. Habe einen Film mit Clark Gable gesehen.«

»Sie waren nur im Kino?«

»Ja.«

»Haben Sie mal was vom Irgun Zwai Leumi gehört?«

»Ja«, sagte ich. »Das sind jüdische Terroristen.«

»Woher wissen Sie das?«

»Das weiß jeder, der Zeitung liest.«

»Also aus der Zeitung?«

»Ja.«

»Und Sie hatten Kontakte mit diesen Leuten?«

»Nein«, sagte ich. »Ich bin erst kurze Zeit in Tel Aviv. Komme aus Nethania. Ich habe dort beim Bau gearbeitet und in einer Konservenfabrik, und jetzt bin ich Tellerwäscher.«

Die Herren starrten mich an. Sie hielten mich wohl für etwas beschränkt.

»Ich bin kein Zionist«, sagte ich. »Mein Traum ist es, nach Frankreich zu meinem Vater zu fahren.«

»Sie haben einen Vater in Frankreich?«

»Ja. Er hatte sich dort vor den Nazis versteckt, lebte unter falschem Namen und ist nach der Befreiung wieder aufgetaucht. Ich habe ihn mit Hilfe des Roten Kreuzes wiedergefunden.«

Ich hatte richtig getippt. Die Terroristen waren stolz und Idealisten. Kein Terrorist würde einem Engländer sagen, er sei kein Zionist und wolle nach Frankreich fahren. Die Herren blickten sich an und nickten.

»Sie können nach Hause gehen«, sagte der Sprecher der Gruppe. »Ich glaube, das genügt.«

Ich war entlassen. Ein Wärter winkte mich hinaus. Er führte mich wieder zu meiner Zelle.

»Warten Sie hier, bis ich Ihren Entlassungsschein bringe«, sagte er. Ich wartete. Dann kam der Wärter wieder und brachte mich ins Büro. Dort kriegte ich noch ein paar Stempel auf meinen Entlassungsschein gedrückt und konnte gehen.

Als ich am nächsten Tag zur Arbeit ging, fragte mich die Wirtin wütend: »Wo haben Sie die drei Tage lang gesteckt? Man bleibt doch nicht einfach weg, ohne etwas zu sagen. Wir ersticken hier in Bergen mit Schmutzgeschirr. Und so schnell konnten wir keinen Ersatzmann finden.«

»Ich war im Gefängnis«, sagte ich und zeigte ihr meinen Entlassungsschein.

»Im Gefängnis!« rief sie erstaunt aus.

»Ich habe nichts verbrochen«, sagte ich. »Die Engländer haben mich während einer Straßenrazzia verhaftet. Ein

Irrtum. Sie ließen mich gleich nach dem Verhör wieder laufen.«

Also das war in Ordnung. Allerdings wurde ich Ende der nächsten Woche fristlos entlassen. Der Kündigungsgrund: die Wirtin wollte keinen Landstreicher in der Küche. Ich war meistens unrasiert, und meine zerknitterte und schmutzige Kleidung würde die Gäste irritieren, da ich ja manchmal auch in den Speisesaal kam, um die Teller in die Regale zu stellen oder das gewaschene Besteck in die Schubladen zu legen.

»Sie müßten sich mal richtig waschen«, sagte die Wirtin.

Ich stand also wieder auf der Straße. Durch Zufall traf ich einen Freund aus Sereth im Kaffeehaus. Er hieß Horrowitz. Ich erzählte ihm von meinem Mißgeschick.

»Ich kann dich im Hadassa-Krankenhaus unterbringen«, sagte Horrowitz, »als Krankenpfleger.«

»Davon versteh ich nichts«, sagte ich.

»Brauchst du auch nicht«, sagte Horrowitz. »Das Krankenhaus hat nämlich keine Fahrstühle. Die brauchen im Grunde Lastenträger, die die Tragbahren mit den Kranken in die oberen Stockwerke bringen. Du mußt auch Wäsche und Verbandzeug schleppen.«

»Eine Lastenträgerarbeit also?«

»Ja«, sagte Horrowitz. »Du kriegst allerdings einen weißen Kittel, und sie nennen dich Krankenpfleger.«

»Gut«, sagte ich. »Und wie willst du mich da reinbringen?«

»Ich arbeite auch im Hadassa-Krankenhaus. Und ich kenne die Oberschwester. Sie heißt Wolkenstein. Ich werde mit ihr reden.«

Horrowitz hielt sein Wort. Er sprach mit Schwester Wolkenstein, erzählte ihr, daß er einen kräftigen Burschen kenne, der Richtige, um die Kranken von früh bis abends auf und ab zu tragen, ohne mit der Wimper zu zucken. Ich erhielt den Job.

# 26

Die Bezahlung war gut. Ein Pfund pro Tag. Außerdem gab es eine Kantine, in der man billig essen konnte. Ich konnte auf diese Weise die Hälfte sparen. Natürlich mußte ich drei Pfund Miete abziehen und Zigaretten, gelegentliche Naschereien oder eine Kinokarte. Etwas konnte ich jedoch auf die hohe Kante legen, denn ich dachte ernstlich daran, zu meinem Vater nach Frankreich zu fahren. Mein Vater schickte mir zweimal Geld, insgesamt dreißig Pfund, das ich ebenfalls sorgfältig aufbewahrte. Im Sommer 47 würde ich meinen Reisepaß kriegen, und dann könnte es losgehen. Inzwischen waren meine Mutter und mein Bruder schwarz über die rumänische und ungarische Grenze gegangen und über Österreich und Deutschland nach Frankreich gekommen. Ich erhielt glückliche Briefe von ihnen. Sie hatten meinen Vater wiedergefunden und warteten jetzt nur noch auf mich, damit die ganze Familie wieder vereint wäre. Mein Vater, schrieben sie, hätte eine kleine Wohnung in Lyon und verdiene seinen Lebensunterhalt als Vertreter einer Pelzfirma. Er verstand was von Pelzen, da er vor dem Möbelgeschäft in Halle in der Pelzbranche war. Ich schrieb ihnen, daß ich 1947 meinen Reisepaß bekäme und gleich ein französisches Besuchsvisum beantragen würde. Das koste allerdings Bestechungsgelder, weil die Franzosen die Einreise aus Palästina gesperrt hätten, ich nähme an, wegen der politischen Unruhen in diesem Land. Man hätte mir aber im Reisebüro gesagt, daß es bestechliche Konsulatsbeamte gäbe, die für eine geringfügige Summe ein Visum ausstellen würden. Papa hatte mir dreißig Pfund geschickt, den Rest würde ich mir zusammensparen.

Ich hatte Joseph Lindberg benachrichtigt und ihm meine Adresse gegeben. Kurz darauf tauchte er auf. Ruth, seine Freundin, sei noch im Kibbuz. Er suche inzwischen einen Job und eine Wohnung, leider vergebens. Ich sagte meine Hilfe zu und nahm ihn am nächsten Tag mit ins Hospital. Dort stellte ich ihn Schwester Wolkenstein vor, sagte: »Der ist riesenstark und kann ohne weiteres mit den Tragbahren die Treppen steigen, er kann auch Wäsche und Verbandzeug transportieren. Am besten, wir würden zusammen arbeiten, ich könnte ihm alles zeigen.«

Schwester Wolkenstein war einverstanden und engagierte Joseph Lindberg.

Wir arbeiteten zusammen, schleppten die Kranken treppauf und treppab, brachten Wäsche und Verbandzeug in die Zimmer, rauchten während der Arbeit, witzelten und waren guter Dinge. Die Arbeit war schwer, denn es war nicht leicht, die Tragbahren mit den Patienten die Treppen hinaufzutragen, aber wir waren jung und schafften es.

»Da könnte ein älterer Mann ohne weiteres einen Herzschlag kriegen«, sagte Joseph Lindberg. »Was machen wir, wenn einer von uns tot umfällt?«

»Das wäre schlecht für den anderen«, sagte ich. »Wie soll ich zum Beispiel die Bahre alleine tragen?«

»Dann mußt du aufpassen, daß mir nichts passiert«, sagte Lindberg.

Wir blieben deshalb an jedem Treppenabsatz stehen, holten tief Luft und gingen dann langsam weiter. Uns machte auch die Hitze zu schaffen. Wir waren jedesmal pitschnaß, wenn wir oben ankamen. Wir scherzten mit den hübschen Krankenschwestern, konnten aber keine von ihnen anrühren. Mittags und abends aßen wir in der Kantine. Es war wirklich billig und kostete nur wenige Piaster.

Als es Herbst und dann Winter wurde, fiel uns die Arbeit leichter, weil wir nicht mehr so schwitzten. Anfang 47 ging der jüdische Aufstand erst richtig los. Tagtäglich flogen englische Munitionslager und Kasernen in die Luft. Engländer wurden mitten auf der Straße erschossen. Im Lande war die Hölle los. Bei uns im Krankenhaus wurden oft verwundete und tote Engländer eingeliefert. Es war unser Job, sie sofort in den Operationssaal zu liefern. Joseph und ich packten die Engländer und hievten sie auf die Tragbahre. Einmal mußten wir einen toten Engländer aus dem Operationssaal holen. »Der kommt in die Leichenkammer«, sagte der Arzt.

Wir gingen mit der Tragbahre in den Flur. »Paß auf,

wenn wir die Treppe runtergehen«, sagte Lindberg, »damit wir den Toten nicht verlieren.«

»Wie sollten wir ihn verlieren?« fragte ich.

»Nun, er könnte von der Bahre runterpurzeln«, sagte Lindberg.

Lindberg war zu klug, um das vordere Ende zu nehmen. Er packte den hinteren Teil und sagte, ich solle vorgehen. Ich packte den vorderen Teil der Bahre und ging die Treppe runter. Zu spät merkte ich, daß Lindberg mich reingelegt hatte. Denn das vordere Ende wiegt auf der steilen Treppe viel schwerer. Aber das war nicht alles. Der Tote rutschte beim Runtergehen nach vorne und rutschte mit seinen nackten, kalten Füßen auf meinen Nacken. Ich zuckte wie elektrisiert zusammen und fing mit der Bahre zu rennen an. Lindberg wurde mitgezogen und stolperte hinterher. Wir erreichten die Leichenhalle mit dem hopsenden Toten rennend. Dort setzten wir die Bahre ab.

»Als die Füße des Toten meinen Nacken berührten«, sagte ich zu Lindberg, »hatte ich einen Moment lang das Gefühl, als würde mich ganz England bestrafen.«

»Wofür denn?«

»Weil die Juden ihn umgebracht haben«, sagte ich. »Und weil ich selber Jude bin.«

»Er hat deinen Nacken aber nur gekitzelt«, sagte Lindberg. »Und Kitzeln ist keine Strafe.«

»Wenn dich ein Toter kitzelt«, sagte ich, »dann ist das verdammt unangenehm, wenigstens hab ich einen ganz schönen Schreck gekriegt.«

Wir gingen anschließend in die Kantine und versuchten, bei einem guten Essen den Toten zu vergessen. Ich bestellte einen saftigen Rinderbraten mit Bratkartoffeln und verzehrte dann noch ein Stück Erdbeerkuchen.

»Die Leiche liegt mir trotzdem im Magen«, sagte ich zu Lindberg.

»Dann iß noch ein Stück Erdbeerkuchen«, sagte Lindberg.

Nachdem wir sechs Monate gearbeitet hatten, wurden wir entlassen. »Der Job war nur für sechs Monate«, sagte Schwester Wolkenstein.

»Warum?« fragte ich. »Wir haben unsere Arbeit gut gemacht.«

»Sehr gut«, sagte die Schwester, »aber daran ist die Gewerkschaft schuld. Die zwingen uns nämlich nach einer Probezeit von sechs Monaten, die Krankenpfleger fest anzustellen, mit Pensionsanspruch und bezahlten Ferien und so weiter. Deshalb kündigen wir nach sechs Monaten und stellen andere Leute ein.«

Was konnte ich dazu sagen. Wir fluchten beide ein bißchen und gaben unsre Zahlkarten ab. Die Schwester tröstete uns. »Kräftige Jungs wie ihr finden immer einen Job.«

»Ja«, sagte ich. »Die Frage ist nur was.«

»Na, es wird schon werden«, sagte Schwester Wolkenstein.

Ich war wieder auf der Straße. Das Pech war, daß mein Wirt mir das Zimmer kündigte.

»Sie haben hier billig gewohnt«, sagte er, »für nur drei Pfund im Monat, ich brauche aber das Zimmer für meinen Sohn, der aus Europa zurückgekehrt ist.«

Ich nahm meinen kleinen Reisekoffer und zog zu Joseph

Lindberg. Er wohnte in einem einzigen, winzigen Zimmer mit Ruth. Es war eigentlich eine Kammer, gerade groß genug für ein schmales Bett, einen Tisch und einen Stuhl.

Als ich ankam, sagte Lindberg: »Wo sollen wir dich unterbringen?« Lindberg kratzte sich am Kopf. »Aber wenn du willst, dann kannst du bei mir und Ruth schlafen. Es wird schon gehen.«

## 27

Wir schliefen also zu dritt in dem schmalen Bett. Lindberg lag schützend zwischen mir und seiner Freundin. Ich dachte, es wäre schön, wenn wir sie beide vögeln könnten, aber diesen Gedanken behielt ich für mich. So weit geht die Freundschaft nicht, dachte ich. Frühmorgens stand ich ziemlich gerädert auf. Das Bett war nicht nur eng, es hatte auch eine Matratze mit einem Loch in der Mitte, und ich rutschte nachts meistens auf Lindberg hinauf. Auch Ruth schlief unruhig, ihre Arme schlugen oft aus, über Lindberg hinweg, und trafen meinen Kopf. Einmal streckte sie ihre Beine so weit nach links, daß ich sie berührte. Ihr Hintern rutschte hin und her. Sie lag halb auf ihrem Freund, so daß ich ihren Hintern berühren konnte. Lindberg schlief tief und fest. Ich tätschelte vorsichtig ihren Hintern und steckte meinen Finger in einen ihrer Schlitze. Ich weiß bis heute nicht, welcher es war, und ob sie das im Schlaf bemerkt hatte.

Morgens kochte Ruth für uns das Frühstück. Es gab Bohnenkaffee und frische Brötchen vom Bäcker nebenan. Lindberg holte auch Butter und Marmelade, die er auf dem Fensterbrett aufbewahrte. Das ging so drei Tage lang. Nach drei Tagen setzte Lindberg mich vorsichtig vor die Tür.
 »Genug«, sagte er. »Bei aller Freundschaft.«
 »Ist schon gut«, sagte ich.
 »Wo wirst du schlafen?«
 »Irgendwo«, sagte ich.

Da mein Vater mir dreißig Pfund geschickt und ich mir noch fünfundfünfzig gespart hatte, besaß ich ein beachtliches Kapital von fünfundachtzig Pfund. Dieses kleine Vermögen trug ich immer bei mir, weil ich keiner Bank traute. Ich hatte eine alte Brieftasche, in der ich das Geld aufbewahrte, und die trug ich in der Hosentasche. Beim Gehen steckte ich immer die Hand in die Hosentasche, um zu sehen, ob das Geld noch da war. Da ich noch kein neues Zimmer gefunden hatte, aber kein Geld für Hotels ausgeben wollte, schlief ich wieder am Badestrand. Ich hatte nachts Alpträume, weil ich fürchtete, daß jemand meine Hosen durchsuchen könnte. Oft wachte ich nachts auf und betastete meine Brieftasche. Früh morgens ging ich in eines der großen Hotels in der Jarkonstraße. Sie lagen am Strand und hatten Zimmer mit Meeresblick. Ich wußte, daß diese Hotels verdammt teuer waren, andererseits fiel man in den großen Hotels nicht auf. Einmal bin ich in ein kleineres Hotel gegangen, um mich auf der Toilette zu rasieren und zu waschen, aber der Portier war sofort hinter mir her und fragte, ob ich hier wohne. In den großen

Hotels fragte niemand, wer ich sei und was ich auf der Toilette suche.

Eines der großen Hotels hatte eine elegante Toilette. Ich rasierte mich gerade vor dem Spiegel, als ein elegant gekleideter Mann hereinkam. Er fragte mich, ob ich in meinem Zimmer kein Bad hätte.

»Leider nicht«, sagte ich.

»Dabei dachte ich immer, daß hier alle Zimmer mit Bad und Toilette sind«, sagte der elegante Herr.

»Das stimmt auch«, sagte ich, »aber in meinem Bad funktioniert das Wasser nicht.«

»Da müßten Sie aber sofort der Hoteldirektion Bescheid sagen«, sagte der Herr.

»Das habe ich schon gemacht«, sagte ich, »aber das dauert eine Weile, bis ein Mechaniker kommt.«

»Ja, die Mechaniker«, sagte der Mann. »Wissen Sie, unlängst funktionierte meine Nachttischlampe nicht, und ich mußte zwei Tage auf den Elektriker warten. Das ist so eine Sache.«

»Ja, ich verstehe Sie«, sagte ich.

Ich ging sehr sparsam mit meinem Geld um, denn ich brauchte jeden Piaster für meine Frankreichreise. Ich wusch meine Hemden nach wie vor an irgendeiner Wasserleitung, auch die Khakihose und die Strümpfe, legte die Sachen dann am Strand zum Trocknen. Ich vermied Restaurants und kaufte mir Brot und Margarine im Kolonialwarengeschäft, manchmal leistete ich mir auch ein Stück Wurst oder Käse. Vorläufig hatte ich keine Lust zu arbeiten, aber ich dachte daran, daß ich zweimal wöchentlich beim Bau arbeiten könnte, wie in Nethania.

Nachmittags ging ich ins Café, um zu schreiben, aber meine schriftstellerischen Versuche mißlangen nach wie vor. Im Café Schalom in der Ben-Jehudastraße machte ich Bekanntschaften. Das Café Schalom war ein typisches Emigrantencafé. Die Emigranten saßen an großen Tischen und fielen mir auf, weil sie laut und ungeniert deutsch sprachen. Ich sprach einen Herrn an. »Ich höre, daß hier alle deutsch sprechen.«

»Ja, wir sind alle Österreicher«, sagte der Herr.

»Ich bin aus Deutschland«, sagte ich. »Ich bin Schriftsteller.«

»Sehr angenehm«, sagte der Herr. »Ich habe noch nie einen echten Schriftsteller kennengelernt. Wie ist Ihr werter Name?«

»Jablonski«, sagte ich. »Ruben Jablonski.«

»Sind Sie mir nicht böse«, sagte der Herr. »Aber den Namen habe ich noch nie gehört.«

»Ich bin noch nicht sehr bekannt«, sagte ich.

Der Herr mochte ungefähr fünfzig sein. Er trug ein blendend weißes Hemd und eine bunte Fliege. Er stellte mich seinen Freunden vor. »Darf ich euch einen Schriftsteller aus Deutschland vorstellen. Herr Jablonski.«

Ich schüttelte einige Hände. In der Runde waren auch Damen, alle nicht mehr die Jüngsten.

»Ich komme aus Deutschland«, sagte ich, »habe aber den Krieg in Rumänien erlebt.«

»Rumänien?« sagte eine Dame erstaunt.

»Meine Mutter ist aus der Bukowina«, sagte ich. »Da meine Großeltern in der Bukowina wohnten, sind wir 1938 dorthin gefahren. Ich wohnte dort in einem kleinen jüdischen Städtchen, in Sereth, wenn Ihnen das ein Begriff ist.«

»Nein«, sagte die Dame, »Sereth? Nie gehört.«

»Wir wurden im Jahre 41 alle deportiert«, sagte ich, »alle Bukowiner Juden. Man hat uns in die Ukraine verschleppt.«

»Ukraine?« rief die Dame erstaunt aus.

»Ja«, sagte ich. »Die Rumänen hatten an der Seite der Deutschen gekämpft und den ganzen Rußlandfeldzug mitgemacht. Hitler schenkte ihnen als Anerkennung ein Stückchen vom russischen Kuchen, das war der südlichste Teil der Ukraine, das Gebiet um Odessa.«

»Odessa«, sagte einer der Herren, »die berühmte Stadt am Schwarzen Meer. Waren Sie in Odessa?«

»Nein«, sagte ich. »Uns hat man in eine andere Stadt verfrachtet, wir kamen nach Moghilev-Podolsk.«

»Moghilev-Podolsk«, sagte die Dame. »Nie gehört.«

»Eine Stadt am Ufer des Dnjestr. Völlig zerschossen und zerstört, eine Ruinenstadt. Dort haben die Rumänen ein Ghetto eingerichtet.«

»Hat man Juden in Rumänien verfolgt?«

»Ja«, sagte ich. »Es ist anscheinend wenig bekannt. Aber die Rumänen haben Tausende von Juden erschossen und in den Ghettos verhungern lassen.«

»Antonescu«, sagte der Herr mit der bunten Fliege. »War der nicht der Faschistenführer in Rumänien?«

»Richtig«, sagte ich.

Ich erzählte den Herren und Damen von meiner Deportation, vom Typhus und vom Hunger im Ghetto und wie uns die Russen 1944 befreit haben. Ich erzähle, wie ich zu Fuß nach Rumänien zurückgegangen bin, ich erzählte von dem jüdischen Städtchen ohne Juden und wie ich nach Bukarest kam, und von dort nach Palästina.

»Palästina ist das Gelobte Land«, sagte die Dame. »Aber viele Emigranten sind hier unglücklich.«

»Palästina ist ein hartes Pflaster«, sagte ich.

»Wir haben jetzt Ärger mit den Engländern«, sagte der Herr mit der Fliege, »aber der größere Ärger kommt noch.«

»Welcher Ärger?« fragte ich.

»Der Ärger mit den Arabern«, sagte der Herr mit der Fliege.

»Es könnte ein richtiger Krieg zwischen Juden und Arabern ausbrechen«, sagte ich.

»Erst nachdem die Engländer abgezogen sind«, sagte der Mann mit der Fliege. »In den Vereinten Nationen wird demnächst abgestimmt. Wenn die Engländer abziehen und man einen jüdischen Staat gründet, dann werden die Araber losschlagen.«

»Glauben Sie daran, daß man einen jüdischen Staat gründen wird?«

»Davon bin ich fest überzeugt.«

»Wann wird die Entscheidung in den Vereinten Nationen gefällt?«

»Angeblich im November.«

»Warten wir ab«, sagte ein älterer Herr, der mir gegenüber saß.

Ich erfuhr, daß der ältere Herr Rosenfeld hieß und ein Rechtsanwalt aus Wien war. Neben ihm saß seine ungefähr fünfunddreißig Jahre jüngere Frau, die mich fortwährend wie hypnotisiert anschaute.

»Was sagen Sie als Schriftsteller zur arabischen Frage, Herr Jablonski?« sagte die Frau des Rechtsanwalts Rosenfeld.

»Wir müssen uns mit den Arabern vertragen«, sagte ich. »Der jüdische Staat wird auch ein Araberstaat sein. Wir müssen den Zukunftsstaat zusammen machen.«

»Sagen Sie das mal den Zionisten«, lachte der Rechtsanwalt. »Die wollen einen rein jüdischen Staat.«

»Das wollen wir alle«, sagte ich. »Aber was sollen wir mit den Arabern machen? Die Araber sind schließlich die Majorität im Lande.«

»Das ist wahr«, sagte der Rechtsanwalt.

Ich schätzte den Rechtsanwalt auf fünfundsiebzig, seine Frau auf vierzig. Sie sieht ganz knusprig aus, dachte ich, und sie guckt ziemlich vielsagend zu dir herüber. Vielleicht kann man sie aufs Kreuz legen. Den Alten könnte das kaum stören. Ich sagte: »Wenn es mit den Arabern zum offenen Krieg kommt, dann gnade uns Gott.«

»Wir sind den Arabern aber überlegen«, sagte der Rechtsanwalt.

»Sie vergessen die arabischen Staaten, die alle in diesen Krieg eingreifen werden, um ihre arabischen Brüder in Palästina zu unterstützen.«

»Zum Teufel mit den arabischen Staaten«, sagte die Dame, mit der ich vorher über Moghilev-Podolsk gesprochen hatte.

»Die arabischen Staaten hängen von England ab«, sagte der Rechtsanwalt. »Sie werden nichts ohne Einverständnis der Briten unternehmen.«

»Das ist wahr«, sagte die Dame.

Die Runde bestellte noch Kaffee und Kuchen. Die Frau des Rechtsanwalts aß eine Mokkatorte, bei deren Anblick mir das Wasser im Mund zusammenlief, aber ich mußte sparen und durfte nichts ausgeben.

»Wollen Sie keinen Kuchen, Herr Jablonski?« fragte die Frau des Rechtsanwalts. Es war offenbar, daß sie mit mir sprechen wollte.

»Ich weiß nicht, ob der Kuchen gut ist«, sagte ich.

»Kosten Sie mal ein Stückchen von mir«, sagte sie scherzhaft. Ich ließ mich nicht zweimal dazu auffordern und nahm ein Stück von ihrer Mokkatorte mit meinem Kaffeelöffel. Sie lachte und zwinkerte mir zu.

»Sie sind noch ein sehr junger Mann«, sagte sie. »Sie könnten mein Sohn sein.«

»Ich bin einundzwanzig«, sagte ich. »Und Sie sind höchstens dreißig.«

»Danke für das Kompliment«, sagte sie. »Ich bin zweiundvierzig, also könnten Sie mein Sohn sein.«

»Allerdings«, sagte ich. »Aber Ihr Alter sieht man Ihnen nicht an.«

Der Rechtsanwalt erzählte mir, daß er das Glück gehabt hatte, noch 1938 nach Palästina einzuwandern. »Sonst wären wir alle ins KZ gekommen«, sagte er.

Seine Frau sagte: »Und das KZ hätten wir nicht überlebt.«

»Bestimmt nicht«, sagte der Rechtsanwalt. »Ich bin fünfundsiebzig. Schon aus Altersgründen hätten die mich gleich in die Gaskammer gesteckt.«

»Ja«, sagte die Frau.

»Meine Frau ist bedeutend jünger als ich«, sagte der Rechtsanwalt. »Vielleicht hätte sie überlebt.«

»Ich bestimmt nicht«, sagte seine Frau, »obwohl ich viel jünger bin. Ich hätte den Hunger und die Qualen nicht ertragen.«

»Man erträgt vieles«, sagte der Rechtsanwalt. »Der Mensch weiß gar nicht, was er alles ertragen kann.«

Neben dem Rechtsanwalt saß ein kleiner, rundlicher Herr mit Brille und Glatze.

»Ich bin erst 46 hergekommen«, sagte er. »Ich habe den ganzen Krieg in Europa mitgemacht.«

»Waren Sie im KZ?« fragte ich.

»Nein«, sagte der Glatzkopf, »aber ich war fünf Jahre lang versteckt und immer auf der Flucht.«

»Wo waren Sie versteckt?« fragte ich.

»In Paris«, sagte der Glatzkopf, »dann in Südfrankreich.«

»Erzählen Sie mir, wie das war in Frankreich.«

»Nicht jetzt«, sagte der Glatzkopf, »aber wir könnten ja später in ein anderes Café gehen und in Ruhe plaudern.«

»Gern«, sagte ich.

Die Emigranten redeten viel und laut. Man hatte das Gefühl, als seien alle Flaneure von der Herrengasse und vom Ringplatz hier versammelt. Der Glatzkopf und ich standen auf, und wir verabschiedeten uns.

»So früh?« sagte der Rechtsanwalt.

»Ich will mir noch ein bißchen die Beine auf der Dizengoffstraße vertreten«, sagte der Glatzkopf, »und Herr Jablonski wird mich begleiten.«

»Ja«, sagte ich, »ein bißchen frische Luft kann nicht schaden.«

Die Frau des Rechtsanwalts blickte mich vielsagend an.

»Kommen Sie wieder, Herr Jablonski?«

»Morgen«, sagte ich. »Am Nachmittag.«

Ich ging mit dem Glatzkopf hinaus. Um diese Zeit war die Ben-Jehudastraße belebt. Schwärme von Spaziergängern säumten das Trottoir. Noch schlimmer wurde es, als wir in die Dizengoffstraße kamen. Die Dizengoff war das Herz der Stadt. Es war, als wollte sich ganz Tel Aviv hier ein Rendez-vous geben. Wir gingen in ein kleines Café und setzten uns an einen Ecktisch. Ich bestellte noch einen Espresso und der Glatzkopf eine heiße Schokolade. Wir rauchten.

»Also Sie wollten mehr von Frankreich hören«, sagte er.

»Ja«, sagte ich. »Ich hab mal einen Franzosen getroffen. Der behauptete, daß in Frankreich alles mit den Juden menschlich abgelaufen wäre. Die Bevölkerung hätte den Juden auch geholfen und sie vor den Nazis versteckt.«

»Eine fromme Lüge«, sagte der Glatzkopf. Er hieß Axelrad.

»Herr Axelrad«, sagte ich. »Also wurden die Juden in Frankreich gerettet?«

»Nein«, sagte Axelrad. »Die französische Polizei hatte die Namenliste der jüdischen Gemeinde und hat sie den Nazis ausgeliefert. Die Juden wurden mit Hilfe der französischen Polizei abgeholt und nach Auschwitz geschickt.«

»Das wußte ich nicht«, sagte ich.

»Ich bin kurz vor der Judenaktion nach Südfrankreich abgehauen«, sagte Axelrad. »Südfrankreich war angeblich das freie Frankreich, wo die Nazis sich nicht einmischten. Es wurde von der Vichyregierung kontrolliert. Aber glauben Sie mir, die war genauso antisemitisch, und sie haben Tausende von Juden an die Nazis ausgeliefert.«

»Und wie sind Sie davongekommen?«

»Das war nicht einfach«, sagte Axelrad. »Ich versuchte eine Zeitlang, nach Spanien zu gelangen, aber die Grenze war gesperrt, und wer schwarz ging, riskierte von den Spaniern zurückgeschickt zu werden, und das war der sichere Tod. Ich habe den Weg über die Grenze einmal versucht, konnte aber, als spanische Feldgendarmerie auftauchte, flüchten. Ich flüchtete in die Berge, versteckte mich dort ein paar Tage und ging dann wieder auf demselben Weg nach Frankreich zurück.«

»Spanien ist schön«, sagte ich. »Ich habe Leute getroffen, die auf der Insel Mallorca Zuflucht gesucht hatten. Ewiger Frühling und Palmen.«

»Sie sind ein Romantiker«, sagte Axelrad, »in meiner Situation hatte ich kein Verlangen nach Palmen und Sonnenständen, sondern nur nach Sicherheit. Die ewige Flucht und das Versteckspiel lasteten wie Zentnergewichte auf mir. Ich hatte nur einen Wunsch: mal jedem sagen zu dürfen, wer ich war, wie ich hieß, unbelästigt zu leben und freien Hauptes über die Straße zu gehen.«

»Kann ich verstehen«, sagte ich.

»Ich fand ein Zimmer in Nizza. Die Wirtin wußte nicht, daß ich Jude war, vermutete aber irgend etwas. Ich mußte scharf aufpassen. Dann kriegten wir die Italiener. Mussolini hatte Truppen nach Südfrankreich geschickt, und die versuchten Ordnung zu halten. Unter den Italienern ging es den Juden gut. Die Italiener lieferten uns nicht den Deutschen aus. Aber die italienische Besatzung war kurzfristig. Kurz darauf kamen die Deutschen und lösten die Italiener ab. Die Deutschen besetzten ganz Frankreich, angeblich, um die Küsten vor einer feindlichen Invasion abzusichern. Sie bauten an den Stränden riesige Bunker aus Beton und durchkämmten das ganze Land auf der Suche nach Spionen. Irgend jemand hatte mich angezeigt, entweder meine Wirtin oder einer der Nachbarn. Ich weiß es bis heute nicht. Eines Tages wurde ich von zwei Vichypolizisten abgeholt und den Deutschen übergeben. Sie schoben mich nach Polen ab. Und plötzlich befand ich mich in einem Todeszug nach Auschwitz.«

»Sie waren also in Auschwitz?«

»Nein«, sagte Axelrad. »Es waren viele Alte unterwegs gestorben. Als man die Türen öffnete und die Toten hinauswarf, sprang ich aus dem Zug.«

»Hat man sie nicht sofort erschossen?«

»Die Wachen schossen hinter mir her, aber trafen mich nicht. In der Nähe war ein Weizenfeld. Dort lief ich rein und tauchte unter.«

»Es war wahrscheinlich Sommer, nehme ich an, und der Weizen stand hoch?«

»Ja«, sagte Axelrad. »Es war Sommer, und der Weizen stand ziemlich hoch. Man konnte leicht im Feld verschwinden.«

»Eine ähnliche Geschichte hat mir eine frühere Freundin erzählt. Sie hieß Iwonna und war auch aus einem Todeszug herausgesprungen.«

»Ja. Manche haben es versucht«, sagte Axelrad. »Viele wurden auf der Flucht erschossen.«

»Und was haben Sie dann gemacht?«

»Ich lebte eine Weile von Kartoffeln, die ich ausgegraben hatte. Sie waren nicht ganz reif, aber zur Not stillten sie meinen Hunger. Da ich kein Polnisch konnte, wäre ich sofort aufgefallen. Ich traute mich also nicht in eines der Dörfer. Ein Glück, daß ich Raucher war und immer Streichhölzer bei mir hatte. So konnte ich die Kartoffeln am Lagerfeuer braten.«

»Hat sicher gut geschmeckt?«

»Vorzüglich«, sagte Axelrad. »Wer nie gehungert hat, weiß gar nicht, wie lecker solch eine Mahlzeit ist.«

»Sind Sie überhaupt nicht in die polnischen Dörfer gegangen?«

»Nein«, sagte Axelrad. »Die polnischen Bauern hassen die Juden. Das war mir zu riskant.«

»Und wie ging das weiter?«

»In Galizien gibt es Tausende von jüdischen Städtchen und Dörfern und Marktflecken. Einmal, als ich das schützende Feld verließ und ein Stück auf der Landstraße entlangging, kam ich in so ein jüdisches Städtchen. Die Deutschen hatten die meisten Juden schon abgeholt, aber in diesem Städtchen waren noch alle da. Als ich das Städtchen betrat, fand gerade eine Razzia statt. Ich flüchtete wieder ins Feld – und es gab viele Felder am Stadtrand –, und ich sah, wie man die Juden zusammentrieb. Besonders fiel mir ein alter Mann auf, der sechs kleine Enkel an der Hand führte. Es war ein rührender Anblick, wie die Kinder vertrauensvoll zu ihm aufschauten.«

»Was haben die Deutschen mit den Juden gemacht?«

»Sie führten die Juden in einen nahegelegenen Wald. Dort mußten sie ihr eigenes Grab schaufeln, und dann wurden sie alle erschossen.«

»Die Deutschen haben Sie nicht gesehen?«

»Nein, aber ich konnte alles erkennen.«

»In welchem Jahr war das?«

»Sommer 43. Im Herbst 43 fing die russische Großoffensive an. Im März 44 erreichten die Russen die polnische Grenze und drangen in Ostpolen ein. Ich lief den Russen entgegen.«

»Da haben Sie nochmal Schwein gehabt.«

»Ja«, sagte Axelrad, »obwohl es mit den Russen auch kein Spaß war.«

»Haben Sie die Russen belästigt?«

»Und wie«, sagte Axelrad. »Da ich nur deutsch sprach, hielten sie mich für einen deutschen Deserteur, verhafteten mich und verfrachteten mich in einen Zug, der mich nach Sibirien bringen sollte. Mir gelang aber wieder die Flucht.«

»Wohin?«

»Nach Bulgarien«, sagte Axelrad. »Von Bulgarien kam ich Anfang 46 nach Palästina.«

»Jeder von uns hat eine Geschichte zu erzählen«, sagte ich. »Ich nehme an, daß alle Emigranten im Café Schalom ähnliche Geschichten auf Lager haben.«

»Ja. Mit Ausnahme des Rechtsanwalts Rosenfeld und seiner Frau. Die hatten Glück und konnten 1938 legal nach Palästina einwandern.«

»Ja, ich weiß«, sagte ich. »Übrigens: seine Frau ist bedeutend jünger.«

»Ja«, sagte Axelrad. »Sie ist eine sehr charmante Frau. Ich glaube, daß er mehr eine Vaterrolle in der Ehe spielt. Auf jeden Fall hält sie immer Ausschau nach jungen Männern.«

»Sie hat auch mit mir geflirtet«, sagte ich.

Einige lärmende junge Leute kamen ins Café; einige Weiße, aber auch Orientalen. Sie bestellten Humus und Falaffeln.

»Das sieht man selten«, sagte ich, »daß weiße, europäische Juden in Gesellschaft von Orientalen anzutreffen sind.«

»Das stimmt«, sagte Axelrad, »die Europäer bleiben gewöhnlich unter sich. Diese Abgrenzung ist fast rassistisch.«

»Die Europäer halten sich für was Besseres. Dabei gibt es unter den Orientalen interessante Menschen.«

»Besonders die Jemeniten«, sagte Axelrad. »Haben Sie mal jemenitische Frauen gesehen? Sie stellen alle europäischen Frauen in den Schatten, so feingliedrig und schön sind sie, und solch edle Gesichtszüge.«

»Ja«, sagte ich.

»Im zukünftigen Judenstaat darf es keine Unterschiede zwischen Juden und Juden geben«, sagte Axelrad. »Aber ich glaube, daß die Unterschiede sowieso wegfallen, besonders bei der Jugend, die ja gemeinsam zur Schule gehen und außerdem alle hebräisch sprechen werden.«

»Im Augenblick ist hier noch ein Sprachengewirr, die arabisch sprechenden Juden haben wohl kaum etwas Gemeinsames mit den Europäern. Aber Sie haben recht, wenn die Sprachunterschiede wegfallen, fallen auch die anderen Unterschiede weg.«

»Sprache ist die gemeinsame Brücke zwischen den Menschen«, sagte Axelrad.

Wir leerten unsere Tassen und brachen dann auf.

»Gehen Sie nochmals ins Café Schalom?« fragte ich.

»Nein«, sagte Axelrad.

Mich zog es unwiderstehlich ins Café Schalom, weil ich die Frau des Rechtsanwalts nochmal sehen wollte. Als ich aber hinkam, war die Emigrantengruppe schon aufgebrochen. Auch der Rechtsanwalt und seine Frau waren schon fort.

## 28

Ich schlief wieder am Badestrand, jedoch die Angst, in der Nacht bestohlen zu werden, ließ mich gleich am nächsten Tag die Zeitung kaufen und nach einer Zimmerannonce Ausschau halten. Ich fand ein billiges Zimmer am Stadtrand, nahe Jaffa, ging gleich hin und mietete es. Es war nicht mehr als eine Bruchbude, ohne Bad und Toilette, mit einem wackligen Bett, einem kleinen Tisch und einem Stuhl. Die Tapete war abgerissen und fleckig. Dafür kostete das Zimmer nur zwei Pfund monatlich.

»Ein Bad gibt's nicht«, sagte die Wirtin. »Aber Sie können sich im Hausflur waschen und rasieren. Im Hausflur ist ein Gemeinschaftsbad.«

Ich suchte mir auch gleich eine Arbeit beim Bau. Ich hatte Glück. Auf dem Arbeitsamt war Hochbetrieb. Ich kriegte eine Arbeit für drei Tage. Die Bezahlung war ein Pfund pro Tag. Also nicht schlecht, sagte ich mir, die drei Pfund werden dich für einige Tage über Wasser halten.

Nach Ablauf der drei Tage ging ich wieder ins Café Schalom. Die Emigranten waren schon da und begrüßten mich lebhaft.

»Wo waren Sie, Herr Jablonski?« fragte die Frau des Rechtsanwalts.

»Ich hatte eine dringende Arbeit zu erledigen«, sagte ich.

»Sie versprachen vor drei Tagen zu kommen«, sagte die Frau des Rechtsanwalts. »Ich habe Sie sehr vermißt.«

»Ich habe Sie auch vermißt«, sagte ich.

Der Rechtsanwalt war gerade auf der Toilette.

»Kommen Sie doch mal zu mir zum Tee«, sagte sie. »Ich bin nachmittags allein zu Hause, während mein Mann schon früh ins Café geht.«

»Gern«, sagte ich. »Wie wär's morgen?«

»Um vier«, sagte sie. »Ich erwarte Sie.«

»Also um vier«, sagte ich. »Abgemacht.«

Als ihr Mann von der Toilette zurückkam, schob sie mir noch schnell ihre Adresse zu, sagte aber nichts mehr. Nur ihre Augen verrieten mir, wie sehr sie mit meinem Besuch rechnete.

Am nächsten Tag zog ich meine gute, graue Hose an, das Sportjackett und ein weißes, etwas fleckiges Hemd. Die Flecken verbarg ich unter dem Jackenkragen. Auch sah man unter der Jacke nicht, daß das Hemd zerknittert war.

Ich klingelte bei Frau Rosenfeld und war erstaunt, wie schnell sie öffnete.

»Das ist aber schön, daß Sie gekommen sind«, sagte sie.

»Glaubten Sie, ich würde nicht kommen?«

»Sie sind noch sehr jung«, sagte sie. »Vielleicht habe ich Sie erschreckt?«

»Womit denn?«

»Mit meiner Einladung und noch dazu, daß ich Ihnen sagte, ich sei allein zu Hause.«

»Wie sollte mich das erschrecken«, sagte ich. »Im Gegenteil, ich bin froh, daß wir allein sind.«

»Wirklich?« sagte sie.

»Ja«, sagte ich.

Sie nahm meinen Arm und führte mich ins Wohnzimmer. Es war ein kleinbürgerliches Wohnzimmer mit einem Sofa, zwei Klubsesseln und einem niedrigen Cocktailtisch. Über dem Eßzimmertisch hing ein Kronleuchter. Ich sah einen kleinen Bücherschrank und einen Zeitschriftenständer.

»Sie haben es schön hier«, sagte ich.

»Eine Emigrantenwohnung«, sagte sie. »Wir waren in Wien Besseres gewöhnt.«

»Wien«, sagte ich, »die guten alten Zeiten.«

»Ja«, sagte sie. »Mein Mann hatte in Wien eine große Anwaltspraxis.«

Wir setzten uns beide aufs Sofa. Frau Rosenfeld servierte Tee und Kuchen.

»Mögen Sie Tee oder lieber Kaffee?«

»Tee ist auch gut«, sagte ich.

Sie saß dicht neben mir. Ich legte meine Hand auf ihr Knie. Ich erwartete, daß sie die Hand wegschieben würde, aber sie rührte sich nicht.

»Ich möchte Sie küssen«, sagte ich, »aber ich wage es nicht.«

Sie lachte und bot mir ihren Mund. Wir küßten uns

leidenschaftlich. Dann schob ich meine Hand unter ihr Kleid. Da sie nichts sagte, ging ich ein Stückchen weiter und schob meine Hand unter ihren Schlüpfer. Sie zuckte zusammen, hielt aber still. Ich legte sie schnell auf den Rücken und zog ihren Schlüpfer aus. Dann riß ich mir mit einem Ruck die Hosen runter und warf mich auf sie drauf. Sie schlang die Arme um mich, während wir vögelten, und dabei küßte sie mich ununterbrochen.

»Was für ein toller junger Mann Sie doch sind«, sagte sie.

»Und Sie sind eine außergewöhnliche Frau«, sagte ich.

Wir schoben zwei Nummern auf dem Sofa. Dann stand ich auf und sagte: »Was machen wir, wenn Ihr Mann plötzlich nach Hause kommt?«

»Keine Angst«, sagte sie. »Wenn er im Café sitzt, bleibt er bis Abend. Ich habe ihm gesagt, daß ich später nachkomme, und ich nehme an, daß er auf mich wartet.«

Ich setzte mich wieder. »Erzählen Sie mir von Ihren Eltern«, sagte sie. »Wie alt ist Ihre Mutter?«

»Fünfundvierzig«, sagte ich.

»Also nicht viel älter als ich.«

»Nicht viel«, sagte ich, »aber das macht doch nichts.« Ich küßte sie wieder und wieder. »Sie sind bezaubernd«, sagte ich.

»Und Ihr Vater?« fragte sie.

»Er ist neunundvierzig«, sagte ich.

»Was macht er beruflich?«

»In Deutschland war er Kaufmann, so lange, bis die Nazis sein Geschäft ruinierten. Das Geschäft wurde schließlich arisiert. Er flüchtete ohne Geld, mit zehn Mark in der

Tasche. Mehr durften Juden nicht mitnehmen. Er flüchtete nach Frankreich.«

»Also legal aus Deutschland, aber schwarz nach Frankreich?«

»Ja, sonst wäre es zu gefährlich gewesen. Mit der Gestapo wollte er sich nicht anlegen.«

»Und in Frankreich?«

»Dort wurde er von der Fremdenpolizei gejagt. Er mußte mehrmals in Paris untertauchen. Dann kam der deutsche Einmarsch, und er flüchtete nach Südfrankreich. Dort nahm er einen falschen Namen an und tauchte ganz unter.«

»Wie hat er den Krieg überlebt?«

»Als Gelegenheitsarbeiter, immer auf der Hut, daß jemand seinen falschen Namen entdecken könnte.«

Ich sagte: »Meine Mutter und mein jüngerer Bruder waren in Rumänien. Aber das habe ich bereits im Café Schalom erzählt. Wir flüchteten zu meinem Großvater, der in einer kleinen jüdischen Stadt lebte. Die Stadt oder das Städtchen hieß Sereth. Im Jahre 41 wurden alle Juden aus Sereth deportiert. Wir auch.«

Ich tätschelte ihre Brüste. »Dann kamen die Hungerjahre im Ghetto, aber das habe ich schon erzählt.«

Sie streichelte meinen Kopf und küßte mich.

»Das ist traurig. Reden wir von was anderem. Nächstens erzählen Sie mir mehr vom Ghetto?«

»Ja«, sagte ich, »vorausgesetzt, daß wir uns nochmal treffen.«

»Sie können mich jeden Nachmittag besuchen«, sagte sie. »Ich werde auf Sie warten.«

Wir brachen zusammen auf, ich ließ sie aber allein ins

Café gehen, damit es nicht auffiel. »Ich komme später nach«, sagte ich zu ihr, »es ist besser, wenn man uns nicht zusammen sieht.«

Sie küßte mich noch einmal auf der Straße.

Am Abend ging ich allein ins Kino. Ich kaufte mir vorher eine Tafel Elite-Schokolade, ein palästinensisches Fabrikat, die ich sehr gern aß. Im Kino saß ich neben einer Jemenitin. Sie lachte mich an, als ich neben ihr Platz nahm. Ihre dunklen Augen und die blendend weißen Zähne machten mich ganz scharf. Im Dunkeln legte ich meine Hand auf ihr Knie. Da sie nichts sagte, versuchte ich, ihr unter das Höschen zu greifen, das wehrte sie aber ab. Als wir zusammen herausgingen, fragte ich sie, ob ich sie nach Hause begleiten dürfe.

»Das geht leider nicht«, sagte sie, »weil ich mit meinen Eltern und Brüdern zusammenwohne.«

Sie gab mir ihre Adresse, die ich aber bald darauf wieder wegwarf.

Mein wackliges Bett hatte ein Loch unter der Matratze, so ähnlich wie im Zimmer von Joseph Lindberg. Ich erwachte früh mit Rückenschmerzen und beschwerte mich bei der Wirtin.

»Für zwei Pfund im Monat kriegen Sie nichts Besseres«, sagte die Wirtin, und eine neue Matratze könne sie sich nicht leisten.

»Am besten, Sie nehmen das Bettzeug und schlafen auf dem Fußboden«, sagte sie. »Das ist immer die beste Lösung bei Rückenschmerzen.«

Ich arbeitete zwei Tage beim Bau. Dann ging ich wieder ins Café Schalom. Die Emigranten waren schon alle da. Die Frau des Rechtsanwalts begrüßte mich mit einem verschmitzten Lächeln. Ich flüsterte ihr leise zu, daß ich zwei Tage nicht zu Besuch kommen konnte, weil ich einen kleinen Job zu erledigen hatte.

»Ich dachte mir, daß Sie beschäftigt waren«, sagte sie. Es waren noch einige Frauen unter den Emigranten. Die eine hatte keine Brüste. Sie wurde im KZ als Versuchsobjekt für medizinische Experimente benützt, und dort hatten die SS-Ärzte ihr beide Brüste abgeschnitten. Sie sah wirklich gut aus.

Sie mochte dreißig sein, hatte große, dunkle Augen und braunes Kraushaar.

Ich gab der Frau des Rechtsanwalts zu verstehen, daß ich sie morgen besuchen würde. Der Rechtsanwalt war in ein Gespräch verwickelt und bemerkte nichts.

Ich erzählte den Emigranten, wie ich einmal von einem deutschen Flugzeug beschossen wurde.

»Es war zwei Tage nach dem Einmarsch der Russen in Moghilev-Podolsk«, sagte ich. »Eines Morgens kam ein russischer Soldat in unsere Wohnung und sagte, einer der jungen Männer müsse mitkommen. Es ginge darum, Holz zur Pontonbrücke zu bringen, die man dringend fertigstellen müsse, um den flüchtenden deutschen Truppen nachzusetzen. Ich meldete mich sofort.

›Wann wird mein Sohn zurückkommen?‹ fragte meine Mutter.

›In zwanzig Minuten‹, sagte der Soldat, ›das Holz muß nur auf Flöße verladen werden.‹

Es war Ende März, und als sportlicher Junge ging ich ohne Mantel und nahm nicht mal die Jacke mit.

›Gehst du im Hemd?‹ fragte meine Mutter.

›Ja, die Sonne scheint, und ich bin ja in zwanzig Minuten zurück.‹

Ich folgte dem Soldaten hinunter zum Dnjestr. Dort waren schon Dutzende Arbeiter mit dem Verladen des Holzes beschäftigt, frisch gefällten Baumstämmen, die auf die bereitstehenden Flöße getragen wurden.

›Die Pontonbrücke ist ungefähr zwei Kilometer entfernt‹, sagte der Soldat, ›und zwar flußabwärts. Kein Problem mit dem Floß, es wird von der Strömung getrieben.‹

Ich machte mich gleich an die Arbeit. Es wurde Nacht. Keine Rede von zwanzig Minuten. Nachdem wir ungefähr vier Stunden gearbeitet hatten, war das ganze Holz verladen. Wir sprangen auf die Flöße und stießen mit den Ruderstangen vom Ufer ab. Auf jedem Floß fuhr ein Soldat mit. Der Soldat auf unserem Floß hielt die Maschinenpistole in der Hand und suchte den Himmel ab. Ich fragte mich, was er am Himmel suche, aber bald verstand ich seine Sorge. Denn plötzlich tauchten deutsche Flugzeuge auf. Sie flogen im Sturzflug auf uns zu und beschossen uns mit ihren Bordmaschinengewehren. Ich schmiß mich gleich hin, obwohl das nichts nützte, denn wir hatten auf dem Floß keine Deckung. Ich hörte die Kugeln an meinem Ohr vorbeisausen, wurde aber nicht getroffen. Der Soldat auf meinem Floß riß seine Maschinenpistole herum und feuerte wahllos auf die Flugzeuge, er ballerte einfach drauflos, ohne zu treffen. Nach zwei Minuten war der Spuk vorbei. Bei uns war niemand verletzt. Wir brachten die Baumstämme noch bis zur Brücke, luden sie ab und durften nach Hause gehen. Es war aber schon Nacht und Ausgehverbot. Wir fanden Unterschlupf in einer Scheune, wo wir die Nacht verbrachten. Mir war unheimlich kalt. Ich zitterte am ganzen Körper. In der Nacht schneite es. Am nächsten Morgen ging ich zurück in die Stadt. Als ich zu Hause ankam, hatte ich vierzig Fieber. Meine Mutter steckte mich gleich ins Bett.

›Und du wolltest nicht mal die Jacke mitnehmen‹, sagte sie.

›Ich dachte, der Ausflug würde nur zwanzig Minuten dauern.‹ Ich erzählte nichts von den deutschen Flugzeugen.«

»Eine interessante Geschichte, Herr Jablonski«, sagte die Frau des Rechtsanwalts. »Stellen Sie sich vor, Sie wären getroffen worden.«

»Dann säße ich heute nicht im Café Schalom in Tel Aviv.«

»Trinken wir auf das Café Schalom«, sagte der Rechtsanwalt. Wir bestellten noch Schnaps und Wein.

»Auf Ihr Wohl«, sagte der Rechtsanwalt, »und auf das Café Schalom.« Alle Emigranten hoben ihr Glas. Einer von ihnen, ein kleiner, grauhaariger Mann, lächelte ununterbrochen.

»Wer ist das?« fragte ich den Rechtsanwalt.

»Er ist einer, der immer lächelt, auch ohne Grund. Er hatte fünf kleine Kinder und eine junge Frau, die alle in Auschwitz vergast wurden. Er ist ein bißchen wirr im Kopf.«

»Und wovon lebt er?« fragte ich.

»Von Unterstützung«, sagte der Rechtsanwalt.

Die meisten Emigranten, die hier am Tisch saßen, arbeiteten nur halbtags und schlugen sich irgendwie durch. Ich erfuhr, daß die Frau ohne Brüste am Vormittag bei einer Export-Import-Firma arbeitete. »Sie ist eine schöne Frau«, sagte der Rechtsanwalt, »nur sehr scheu, weil sie immer Angst hat, jemand könnte die fehlenden Brüste entdecken.«

Als wir aufbrachen, ging ich neben der Frau her. Wir ließen die anderen Emigranten hinter uns und schlenderten auf der Ben-Jehudastraße entlang.

»Sie interessieren mich«, sagte ich plötzlich. »Sie haben ein schweres Schicksal gehabt.«

»Ja«, sagte sie. »Ich habe den Auschwitzschock noch nicht überwunden.«

»Hatten Sie Familie?« fragte ich.

»Ja, einen Mann und zwei Kinder.«

»Und wo sind die geblieben?«

»In Auschwitz«, sagte die Frau. Sie sprach hastig. »Ich hatte die Kinder bei mir, aber die SS hat sie mir von den Händen gerissen, das war zu einer Zeit, als sie meinen Mann schon vergast hatten.«

»Und die Kinder?«

»Die kamen gleich ins Gas. Es ging alles sehr schnell.«

Ich drückte ihre Hand.

»Reden wir von was Schönem«, sagte ich.

»Ja«, sagte sie.

»Wie wär's, wenn wir heute abend gemeinsam ins Kino gingen?«

»Oh, das wäre schön«, sagte sie.

»Treffen wir uns um halb acht am Mugrabi-Platz?«

»Abgemacht«, sagte sie. »Ich freue mich.«

Ich traf sie um halb acht am Mugrabi-Platz. »Die Vorstellung beginnt um acht«, sagte ich, »wir haben Zeit.«

Wir gingen noch ein bißchen auf dem großen Platz spazieren, schlenderten durch eine Parkanlage und gingen dann zum Kino. Sie hatte sich bei mir eingehängt, und ich hatte das Gefühl, daß ich sie noch heute abend vögeln würde. Im Kino schmiegte sie sich eng an mich. Ich küßte sie, und sie erwiderte meinen Kuß. Irgendwie wagte ich nicht, ihr unters Kleid zu greifen, sondern sagte mir: »Vorsicht, Jablonski. Irgendwas stimmt mit ihr nicht. Die schreit sicher um Hilfe, wenn du ihr unters Kleid greifst.«

Später begleitete ich sie nach Hause.

»Darf ich ein bißchen in Ihre Wohnung kommen?« fragte ich.

»Ja«, sagte sie. »Wenn Sie wollen.«

Wir gingen zu ihr. Sie hatte ein kleines Zimmer, wo nicht viel mehr drin stand als in meinem: ein Bett, ein Tisch, ein Stuhl.

»Es ist alles sehr dürftig«, sagte sie, »aber ich kann mir im Augenblick nichts Besseres leisten.«

»Ich habe dasselbe Problem mit meiner Wohnung«, sagte ich. »Die kostet auch nur zwei Pfund monatlich.«

Wir tranken ein Glas Wein aus einer halbleeren Flasche. »Das ist Carmelwein, ein palästinensisches Erzeugnis.«

»Carmelwein ist sehr süß«, sagte ich, »aber dieser schmeckt ganz normal, fast herb.«

»Ja«, sagte sie. »Es ist eine besondere Marke, die ich immer kaufe.« Sie sagte: »Wein beruhigt meine Nerven. Ich trinke regelmäßig vor dem Einschlafen ein Glas Wein.«

»Was beunruhigt Sie so?« fragte ich.

»Eigentlich sind es die Bilder aus der Vergangenheit, die

mich nicht schlafen lassen. Ich kann sie nicht verscheuchen, so sehr ich mich auch bemühe.«

»Haben Sie es mal mit einem Arzt versucht?«

»Ja«, sagte sie. »Aber das hat wenig genützt. Der Arzt gab mir Beruhigungstabletten.«

»Sie sollten zu einem Psychiater gehen«, sagte ich.

»Vor Psychiatern habe ich Angst«, sagte sie, »seit mich im KZ zwei von diesen Psychiatern behandelt haben.«

»Das waren SS-Ärzte«, sagte ich. »Die sind kein Beispiel.«

»Ich war sechsundzwanzig, als ich nach Auschwitz kam«, sagte sie. »Nachdem man mir meine Kinder weggenommen hatte, untersuchten mich die SS-Ärzte und steckten mich gleich ins Bordell. Ich konnte nichts machen. Entweder das Bordell, sagten sie, oder das Gas.«

»Wie lange haben Sie das ausgehalten?«

»Zwei Jahre«, sagte sie. »Ich mußte mit Hunderten von Männern schlafen, obwohl ich mit sechsundzwanzig älter als die meisten war, aber die SS fand, daß ich schön sei.«

»Vergessen wir das«, sagte ich. »Sprechen wir von etwas Schönem.«

»Ja«, sagte sie.

Wir sprachen über Literatur, und ich erzählte von meinem geplanten Roman.

»Es ist ein berauschendes Gefühl«, sagte ich, »wenn man an einem großen Roman arbeitet. Man hat das Gefühl, die ganze Welt zu erobern.«

»Kann ich verstehen«, sagte sie.

»Manchmal vergleiche ich mich mit Rilke oder Zweig. So was steigt zu Kopf.«

»Lieben Sie Zweig?« fragte sie.

»Ja. Besonders die Novellen, zum Beispiel: Brief einer Unbekannten oder Brennendes Geheimnis.«

»Ich kenne Zweig«, sagte sie. »Mir gefiel besonders das Buch Die Welt von Gestern.«

»Kenne ich«, sagte ich.

Ich streichelte sie und küßte sie dann. Sie ließ sich widerstandslos küssen. Als ich ihr aber dann unter das Kleid griff, wehrte sie mich ab.

»Was ist los?« fragte ich.

»Seit meiner Zeit im Bordell laß ich mich nie wieder von einem Mann berühren«, sagte sie.

»Aber ich habe Sie doch geküßt.«

»Küssen ist Zärtlichkeit«, sagte sie. »Ich habe nichts gegen einen zärtlichen Kuß. Aber das, was Sie wollten, das nicht.«

Ich war ungeduldig und versuchte es mit sanfter Gewalt. Ich hob ihr das Kleid auf und versuchte, ihr Höschen herunterzuziehen, aber sie stieß mich derart heftig zurück, daß ich es aufgab.

»Wenn Sie es mit Gewalt versuchen«, sagte sie, »dann schreie ich.«

»Geschlechtsverkehr kann auch zärtlich sein«, sagte ich. »Ich bin kein SS-Mann, und Sie sind nicht mehr im Bordell.«

»Ja, ich weiß«, sagte sie. »Aber ich kann nichts dafür, wenn mich Männer anekeln. Die Erinnerung ist zu stark. Ich kann es einfach nicht.«

»Wann haben sie die medizinischen Experimente mit Ihnen gemacht?«

»Das war nachher«, sagte sie, »nachdem sie mich aus dem Bordell entlassen hatten.«

»Man hat Ihnen die Brüste abgeschnitten?«

»Ja, aber nicht nur das, sie nahmen meine Eierstöcke heraus und stellten noch einiges mit mir an, an das ich mich gar nicht erinnere. Es war so schrecklich.«

Ich tröstete sie und streichelte ihr Haar. Sie tat mir leid. Ich war nicht mehr böse.

Nach einer Weile verabschiedete ich mich.

Am nächsten Tag ging ich zu der Frau des Rechtsanwalts. Ich war Punkt vier dort, klingelte, und wie erwartet öffnete sie in freudiger Erregung die Tür. Sie zog mich gleich aufs Sofa im Wohnzimmer, legte sich auf den Rücken, öffnete die Beine, zog meine Hosen herunter, streichelte mein Glied, schluckte, stieß seltsame Laute der Erregung aus und gab sich dann ganz hin. Wir kamen gar nicht dazu, Tee zu trinken und Kuchen zu essen. Ich schob die üblichen zwei Nummern und legte dann erschöpft meinen Kopf auf das Sofakissen. Sie streichelte mich und küßte mich.

»Herr Jablonski«, sagte sie. »Ich bin so froh, daß wir uns kennengelernt haben.«

»Ich auch«, sagte ich.

»Ich hoffe nur, daß mein Mann nichts erfährt.«

»Ist er eifersüchtig?« fragte ich.

»Er tut so, als ginge ihn das gar nichts an. Ich habe schon oft mit jungen Männern geflirtet, aber mein Mann schien das nicht zu bemerken.«

»Haben Sie Verhältnisse mit jungen Männern gehabt?«

»Nein, nur geflirtet. Ich war zu feige, um mich auf etwas Ernsteres einzulassen.«

»Bin ich Ihr erstes Verhältnis?« fragte ich.

»Ja«, sagte sie.

Wir gingen wieder zusammen auf die Straße, paßten aber auf, daß wir nicht zusammen von den Emigranten gesehen wurden. Sie ging allein ins Kaffeehaus, ich kam etwas später nach.

Ich besuchte die Frau des Rechtsanwalts fast jeden Tag, mit Ausnahme der Tage, wo ich beim Bau arbeitete. Manchmal hatte ich Schmerzen im Schwanz, und dann blieb ich zu Hause. »Jablonski«, sagte ich zu mir, »das viele Ficken ermüdet dich. Diese Frau macht dich fertig.«

Einmal lagen wir zusammen auf dem Sofa und vögelten, als draußen die Wohnungstür aufging. Wir hatten nichts bemerkt, aber plötzlich stand der Rechtsanwalt im Wohnzimmer. Er war früher nach Hause gekommen. Als er uns sah, wurde er leichenblaß und fing zu schlucken an. Er war ein alter Mann, und ich fürchtete, daß er einen Schlaganfall erleiden würde. Er stand wie erstarrt und japste nach Luft. Dann fing er zu brüllen an. Ich war aufgesprungen und holte meine Hose vom Teppich. Die Frau blieb mit verschränkten Armen sitzen und starrte ihren Mann entgeistert an. Dann fing sie zu schluchzen an und heulte schließlich laut los.

Ich zog mich an und machte mich aus dem Staub.

Die beiden ließen sich einige Tage nicht im Kaffeehaus blicken. Dann kamen sie wieder. Er sah mürrisch aus und setzte sich wortlos an den Emigrantentisch, sie wirkte seltsam scheu und nahm zwischen zwei Damen Platz. Der Herr mit der bunten Fliege sagte schließlich: »Wir haben Sie vermißt, Herr Rosenfeld.«

»Meine Frau war krank«, sagte der Rechtsanwalt.

»Ach, tut mir leid«, sagte der Herr mit der bunten Fliege. »Was hat Ihre Frau gehabt?«

»Eine Grippe«, sagte der Rechtsanwalt.

Der Herr mit der bunten Fliege trug, wie immer, ein blendend weißes Hemd, und ich fragte mich, wieso er es sich leisten konnte, seine Hemden immer frisch waschen zu lassen und zu bügeln.

Ich fragte ihn: »Lassen Sie Ihre Hemden waschen und bügeln?«

»Das macht meine Wirtin für mich«, sagte der Herr mit der bunten Fliege.

»Ein seltener Glücksfall«, sagte ich. »So eine Wirtin möchte ich auch mal finden.«

»Sie ist eine polnische Jüdin und bemuttert mich ein bißchen.«

Einige Emigranten spielten Karten, die anderen unterhielten sich. Der Herr mit dem weißen Hemd und der bunten Fliege fragte mich: »Wie kommen Sie mit Ihrem Roman vorwärts, Herr Jablonski?«

»Ich habe in der letzten Zeit nichts geschrieben«, sagte ich.

»Kommen Sie da nicht aus dem Schwung? Ich nehme an, daß man den Faden verliert, wenn man zu lange unterbricht.«

»Da haben Sie recht«, sagte ich. »Andererseits ist das Ghetto, ich meine das Leben im Ghetto, noch so lebendig, daß ich gar nichts erfinden brauche. Ich sehe noch jeden Tag vor mir mit allem Schrecken, und ich sehe die hungrigen Menschen, als wäre all das gestern gewesen.«

## 29

Anfang September holte ich meinen britischen Reisepaß ab. Die Dame im Konsulat war sehr freundlich, und bei der Aushändigung des Passes wünschte sie mir viel Glück. Ich ging gleich ins Reisebüro.

»Ich heiße Ruben Jablonski«, sagte ich zu dem Mann am Schalter. »Ich war vor einiger Zeit hier und wollte ein Schiffsbillett nach Frankreich kaufen, hatte aber kein Besuchervisum. Sie sagten mir, daß Sie mir ein Visum besorgen könnten.«

»Ich erinnere mich, Herr Jablonski«, sagte der Mann hinter dem Schalter. »Das mit dem Visum hat nach wie vor seine Gültigkeit. Das kostet aber fünfundzwanzig Pfund.«

»Kein Problem«, sagte ich.

»Das Schiffsbillett kostet vierzig Pfund, insgesamt fünfundsechzig Pfund.«

Ich gab ihm den Paß und das Geld.

»Geht in Ordnung«, sagte der Mann. »Ich mache Sie

aber drauf aufmerksam, daß Sie mit einem griechischen Frachtdampfer fahren müssen, deshalb der billige Preis.«
»Auch das ist kein Problem«, sagte ich.
»Die Angelegenheit wird ungefähr drei Wochen dauern, dann gebe ich Ihnen den Paß zurück und Sie erhalten die Schiffskarte.«
Ich war mit allem einverstanden. Der Mann sagte: »Moment mal. Mir ist ein Irrtum unterlaufen. Ich kann Ihnen den Paß gar nicht aushändigen. Das war einmal. Die Franzosen haben ihre Bestimmungen geändert.«
»Was soll das heißen?«
»Daß Sie Ihren Paß selber in Jerusalem im Konsulat abholen müssen.«
Auch damit war ich einverstanden.

Im Oktober fuhr ich nach Jerusalem. Die Fahrt war gefährlich, da arabische Heckenschützen fast regelmäßig jüdische Autobusse beschossen, die durch das Jerusalemer Bergland fuhren. Erst vor einigen Wochen war Hans Beil, der Leiter der Jugendeinwanderung, von arabischen Terroristen erschossen worden, als sein Bus auf der Reise nach Tel Aviv durch das unwegsame Gebirge fuhr. Die Araber hielten den Bus an und erschossen alle Insassen.
Wir fuhren mit Polizeischutz. Kurz vor Jerusalem hörten wir Gewehrschüsse. Wir gingen sofort in Deckung. Die Polizisten feuerten durch das offene Fenster. Die Araber kamen aber nicht näher und beschossen uns aus sicherer Entfernung. Der Fahrer gab Gas, und so rasten wir im Eiltempo die Landstraße entlang. Der Bus erlitt leichten Schaden. Ein paar Fenster gingen kaputt, und einige Kugeln schlugen in die Motorhaube ein. In der großen Jerusa-

lemer Busstation stürzten die Leute wild gestikulierend ins Freie.

»Da haben wir noch Glück gehabt«, sagte ein Fahrgast zu mir. »Wenn die Araber den Bus angehalten hätten, dann hätte der Polizeischutz auch nichts genützt. Die hätten uns alle umgelegt, ohne mit der Wimper zu zukken.«

»Ja, ein Glück«, sagte ich.

»Haben Sie mal einen Araber gesehen, wenn er einen Juden abschlachtet?«

»Nein«, sagte ich.

»Dann blitzen die Augen, und er beschwört dabei seinen Gott. Allah ist groß, wird er immer wieder sagen.«

Ich konnte mir kein Hotelzimmer in Jerusalem leisten, und so ging ich gleich ins französische Konsulat, um die Sache mit dem Visum zu erledigen und noch heute abend nach Tel Aviv zurückzufahren.

Im Konsulat war ein großer Menschenandrang. Offenbar war ich nicht der einzige, der nach Frankreich fahren wollte. Ich setzte mich im Wartesaal neben eine Frau, die einen kleinen Pudel bei sich hatte.

»Warten Sie auch auf ein Visum?« fragte ich sie.

»Ja«, sagte sie, »ein Besuchervisum.«

»Ich auch«, sagte ich, vermied aber, die Sache mit den fünfundzwanzig Pfund Bestechungsgeld zu erwähnen.

»Frankreich ist schön«, sagte sie. »Ich fahre jedes Jahr dahin, nur machen die Franzosen jetzt Schwierigkeiten mit den Besuchervisen.«

»Wissen Sie warum?« fragte ich.

»Ja«, sagte sie, »weil viele gar nicht zu Besuch fahren,

sondern dort bleiben wollen. Das mit dem Besuch ist nur ein Vorwand.«

»Wegen der Unruhen hier«, sagte ich.

»Ja«, sagte sie. »Das hier ist ein Unruheherd. Und es wird noch schlimmer werden.«

»Wieso schlimmer?« fragte ich.

»Nun, die Vereinten Nationen suchen jetzt eine Entscheidung in der Palästinafrage. Wenn sie entscheiden, daß das Land zwischen Juden und Arabern geteilt wird, dann kommt es hier zum Krieg.«

»Krieg?« sagte ich.

»Ja«, sagte die Frau. »Wissen Sie, mein Mann ist Diplomat. Er sagte, daß die Araber eine Teilung nie akzeptieren werden. Sie werden die Juden dann angreifen.«

»Dann ist es gut, daß ich wegfahre.«

»Und Sie wollen nicht mehr zurückkommen?«

Ich dachte: Paß auf, Jablonski. Diese Frage ist eine gefährliche Falle.

»Natürlich werde ich zurückkommen«, sagte ich. »Ich habe ein Dreimonatsvisum beantragt.«

»Und das ist nicht nur ein Vorwand?«

»Natürlich nicht«, sagte ich.

»Wen wollen Sie in Frankreich besuchen?«

»Meine Eltern«, sagte ich.

»Sind Ihre Eltern Franzosen?«

»Nein«, sagte ich. »Sie sind Überlebende des Genozids.«

»Ach so«, sagte sie.

Als ich an die Reihe kam, nickte ich ihr kurz zu und begab mich zum Schalter. Die Dame hinter dem Schalter fragte mich: »Warten Sie auch auf ein Visum?«

»Ja«, sagte ich. »Ich heiße Ruben Jablonski.« Sie schaute in ihre Unterlagen, fand meinen Paß und reichte ihn mir.

»Was ist mit dem Besuchsvisum?« fragte ich.

»Alles im Paß«, sagte sie.

Es stimmte. Der Paß war abgestempelt und das Besuchsvisum vom Konsul unterschrieben. Ich dachte: Das Bestechungsgeld hat also doch genützt. Dann verließ ich schnell das Konsulat.

Ich wollte abends mit dem letzten Bus zurückfahren. Ich hatte also noch Zeit, um mir die Stadt anzusehen. Zuerst ging ich in die Neustadt. Ich schlenderte die Jaffaroad herunter. Ich wußte, daß es die verkehrsreichste Straße Jerusalems war. Sie fing am Jaffator an und führte direkt nach Jaffa. Ich fand die Neustadt trotz der schönen Villen nicht interessant. Deshalb bahnte ich mir meinen Weg zur Altstadt. Hier tat sich die Geschichte der Stadt wie ein Bilderbuch vor mir auf. Ich sah die Stadtmauern, die die ganze Altstadt umgaben, besonders beeindruckten mich das Jaffator, die Zitadelle und der Davidsturm. Ich ging durch das Tor und kam direkt zur Klagemauer. Ein alter Jude mit einem weißen Bart reichte mir einen Gebetsmantel und gab mir ein Gebetbuch. Er schlug die richtige Stelle auf, die ich beten sollte. Ich betete laut und blickte dabei auf die Klagemauer. Dann schrieb ich einen Wunsch auf einen Zettel und steckte den Zettel, wie es Sitte war, in eine der Mauerritzen. 2000 Jahre hatten Juden an dieser Mauer geweint und gebetet. Die Mauer war der letzte Rest des großen Tempels, den die Römer zerstört hatten. Anschließend ging ich zur Omarmoschee, die direkt hinter der Klagemauer lag. Von hier, so die Legende, ist der Prophet

Mohammed auf seinem weißen Pferd El Buraq in den Himmel geritten. Die goldene Kuppel der Moschee glänzte im Sonnenlicht. Ich bewunderte die Marmorsäulen, zog mir dann die Schuhe aus und betrat das Innere der heiligen Stätte. Später ging ich noch zur Via Dolorosa und folgte dem Weg, den einst Jesus ging, als er zur Kreuzigung geführt wurde.

Ich machte noch einen Abstecher nach Mea Scharim, dem Viertel der orthodoxen Juden. Diese Juden sahen so aus, wie sie in den chassidischen Schtetls ausgesehen hatten. Bei ihnen hatte sich nichts verändert. Sie trugen ihre Kaftane und Pelzmützen und sogar den Talliss auf der Straße, den kleinen Gebetsmantel mit den Fransen. Sie sprachen nur jiddisch, und sogar ihre Kinder durften nur jiddisch sprechen. Sie standen auf den Straßen herum und gestikulierten und trieben Handel, sie scharten sich um die Verkaufsstände auf der Straße, die Süßigkeiten und allerlei Krimskrams feilboten. Ich guckte mir das eine Weile an, Erinnerungen an die orthodoxen Judenviertel in Osteuropa tauchten auf, und so machte ich schleunigst kehrt und ging dem Ausgang zu. Diese Juden, so sagte ich mir, sind erbitterte Feinde des jüdischen Staates, denn sie glauben, daß nur der Messias, der irgendwann erscheinen wird, um die Menschheit zu erlösen, das Recht hat, die Juden ins Gelobte Land zurückzuführen. Sie waren fanatische Hüter des Sabbats und steinigten jeden, der das Sabbatgebot übertrat. Sie hatten schon Autos und andere Fahrzeuge angegriffen, die es gewagt hatten, am heiligen Sabbat durch ihr Viertel zu fahren.

Ich fuhr zurück nach Tel Aviv. Es war schon dunkel. Wir wurden nicht durch Araber belästigt. Die Fahrt verlief ohne Zwischenfälle. Ich fühlte den Reisepaß in meiner Tasche. Morgen wirst du dein Schiffsbillett abholen, dachte ich. Nun kann nichts mehr dazwischenkommen. Ich war froh, daß ich der Dame mit dem Pudel nicht die Wahrheit gesagt hatte. Niemand durfte wissen, daß ich nicht die Absicht hatte, zurückzukehren. Mein Vater würde den Aufenthalt in Frankreich verlängern und schließlich erreichen, daß ich eine unbefristete Aufenthaltserlaubnis bekam. Ich wußte, daß mein Vater gute Beziehungen hatte und sagte mir: der wird die Angelegenheit schon deichseln.

Am nächsten Tag holte ich mein Schiffsbillett.

»Ihr Schiff fährt am 2. Dezember«, sagte der Reiseagent.

»Da muß ich ja mehr als einen Monat warten.«

»Das ist üblich«, sagte der Reiseagent.

»Und was soll ich meinen Eltern schreiben? Sie wollen genau wissen, wann ich ankomme.«

»Schreiben Sie, daß Sie am 10. Dezember ankommen.«

Ich nahm das Ticket und legte es zu Hause in meinen kleinen Reisekoffer. »Das mußt du wie deinen Augapfel hüten«, sagte ich zu mir. Ich zählte mein Geld und stellte fest, daß ich noch neunzehn Pfund in der Tasche hatte. »Du wirst noch ein paarmal beim Bau arbeiten«, sagte ich mir, »damit du das Geld nicht aufbrauchst. Für die neunzehn Pfund wirst du dir einen leichten Mantel kaufen, den kriegst du für fünf oder sechs Pfund, wenn du ihn gebraucht kaufst.«

Mir wurde bewußt, daß ich die ganze Zeit in Palästina ohne Mantel gelebt hatte. »Hier braucht man keinen Mantel, Jablonski, aber Europa ist kalt. Am besten, du kaufst dir einen gefütterten Regenmantel.«

»Du müßtest mindestens noch einmal ficken, Ruben Jablonski«, sagte ich zu mir. »Als Abschiedsgeste an Palästina.« Aber wen? Zur Frau des Rechtsanwalts traute ich mich nicht mehr.

»Du könntest sie überraschen, wenn der Mann nicht da ist«, aber diesen Gedanken verwarf ich sofort. »Vielleicht gehst du zu einer der Huren in der Jarkonstraße.«

Aber die waren mir zu teuer. Am besten wäre noch ein arabisches Bordell in Jaffa. Aber das war gefährlich. Neulich sagte einer am Orangenverkaufsstand, daß die Araber jedem Juden, den sie in ihrem Viertel erwischen, den Hals durchschneiden. Das hätte mir noch gefehlt. Ich sah mich schon mit durchschnittenem Hals im Bett einer dicken arabischen Nutte. »Nein, Jablonski, dieses Risiko wirst du nicht auf dich nehmen.«

Nach langem Hin und Her entschloß ich mich zu einem Brief an die Frau des Rechtsanwalts. Ich würde ihr den Brief verstohlen im Kaffeehaus zustecken.

Ich schrieb: Liebe Frau Rosenfeld. Ich habe große Sehnsucht nach Ihnen. Könnten wir uns nicht wenigstens noch einmal treffen? Da ich nicht zu Ihnen kommen kann, schlage ich vor, daß Sie zu mir kommen. Sie könnten Ihrem Mann ja sagen, daß Sie einkaufen waren. Während des Einkaufens nehmen Sie schnell ein Taxi und kommen bei mir vorbei. Ich wohne in der Jaffaroad 22, Hinterhaus, eine Treppe. Ich liebe Sie und erwarte Sie morgen um vier.

Ich steckte ihr den Brief im Kaffeehaus zu, während ihr Mann in eine Diskussion verwickelt war. Sie schob ihn schnell in ihre Handtasche und warf mir einen zärtlichen Blick zu. Ich war sicher, daß sie kommen würde.

Am nächsten Tag ging ich erregt in meinem Zimmer auf und ab. Um Punkt vier klopfte es zaghaft an der Tür. Ich öffnete schnell und zog sie ins Zimmer. Sie küßte mich leidenschaftlich. »Ich hatte auch solche Sehnsucht«, sagte sie.
»Das Zimmer ist ziemlich schäbig«, sagte ich. »Aber ich konnte nichts Besseres finden.«
»Es ist gut genug für uns beide«, sagte sie.
Ich hatte mir eine Flasche Carmelwein besorgt und auch zwei Gläser. Ich goß ein, und wir stießen an.
»Auf unsere Liebe«, sagte ich.
»Ja, auf unsere Liebe«, sagte sie.

Ich zog sie gleich aus und legte sie auf das wacklige Bett mit dem Loch unter der Matratze. Wir sanken ein bißchen ein, aber das störte uns nicht. Ich liebte sie leidenschaftlich und stieß immer wieder zu.
»Du willst mich durchbohren«, flüsterte sie.
»Ich werde dich zu Tode ficken«, sagte ich.
»Ja, fick mich zu Tode«, sagte sie.

Ich arbeitete mittwochs und donnerstags beim Bau.
»Mittwoch und Donnerstag habe ich keine Zeit, aber die anderen Tage sind frei.«
»Ich werde jeden Tag kommen, außer Mittwoch und Donnerstag«, sagte sie.
Sie kam tatsächlich jeden Tag. In der zweiten Woche kriegte ich wieder Schmerzen im Penis und mußte sie bitten, nicht mehr so oft zu kommen.

»Wie hat dein Mann eigentlich reagiert, damals, als er uns erwischte?«

»Du hast ja gehört, wie er gebrüllt hat.«

»Ja, natürlich, aber ich bin dann sofort weggegangen.«

»Ich habe fürchterlich geweint«, sagte sie, »das hat ihn mitleidig gestimmt, und wir haben uns wieder versöhnt. Er wollte vor allem wissen, was ich an dir fände, und warum ich mich mit dir eingelassen hätte.«

»Und was hast du ihm gesagt?«

»Ich fände dich nett, sagte ich, und einsam, sehr einsam.«

»Ist das alles?«

»Ja, das ist alles.«

In der Nacht vom 29. und 30. November fiel in den Vereinten Nationen die Entscheidung in der Palästinafrage. Die Vollversammlung der Vereinten Nationen nahm den Teilungsplan an, mit dreiunddreißig Stimmen gegen dreizehn und zehn Stimmenthaltungen. Es war also beschlossen. Wir würden unseren Judenstaat erhalten.

In Tel Aviv herrschte an jenem Tag ausgelassene Freude. Die Menschen tanzten auf der Straße. Auch die Emigranten aus dem Café Schalom schlossen sich den jubelnden Menschenmassen an. Sogar der alte Rechtsanwalt tanzte Hora auf der Straße und auch Frau Rosenfeld und die Frau mit den abgeschnittenen Brüsten. Sogar der pedantische Mann mit dem blütenweißen Hemd und der bunten Fliege. Ich schloß mich dem Reigen an. Das war mein Abschiedstanz in Palästina, denn in drei Tagen würde ich mein Schiff besteigen und zu meinem Vater fahren.

## 30

Am 1. Dezember fuhr ich nach Haifa, übernachtete dort bei entfernten Verwandten und ging am nächsten Tag zum Hafen. Das Schiff war ein uralter Frachtdampfer, der unter griechischer Flagge fuhr. Der Frachtdampfer konnte ungefähr dreißig Passagiere mitnehmen, die alle in winzigen Kabinen im Zwischendeck untergebracht waren.

Ich teilte meine Kabine mit einem arabischen Schauspieler aus Kairo. Als das Schiff abfuhr, gingen wir alle an Deck. Die hellen Häuser von Haifa und der große Hafen entschwanden allmählich unseren Blicken.

»Es tut mir irgendwie leid«, sagte ich zu einem der jüdischen Passagiere. »Ich war ziemlich einsam in Palästina, und zu den Eingeborenen, den Sabras, hatte ich fast gar keinen Kontakt. Trotzdem ist es ein jüdisches Land, und mir ist ein wenig bange, und ich bin traurig.«

»Es geht mir genauso«, sagte der Passagier.

»Ich habe Angst um dieses Land.«

»Wer weiß, was mit den Juden geschieht, wenn sie im Mai 1948 ihre Unabhängigkeit ausrufen werden. Mai ist der Stichtag, ich glaube der 14. Mai. Dann ziehen die Engländer ab.«

»Die Juden werden frei sein«, sagte ich. »Sie wissen noch nicht, wie sie ihren Staat nennen werden: Judäa oder Israel.«

»Egal wie«, sagte der Passagier. »Das Wort Freiheit muß man groß schreiben.«

»Man spricht von einem arabischen Überfall«, sagte ich. »Es ist fast eine klare Sache, daß die Araber nicht stillhalten werden.«

»Gnade uns Gott, wenn es dort Krieg gibt«, sagte der Passagier. »Die arabischen Staaten haben reguläre Armeen, und die 20000 Jordanier unter englischen Offizieren sind eine Truppe, mit der man rechnen muß.«

»Die 20000 Jordanier nennen sich Arabische Liga. Ich war mal eine Nacht in ihrem Camp, sie sind gut ausgebildet und diszipliniert.«

»Die Araber werden im jüdischen Staat einmarschieren und ein Gemetzel veranstalten. Es wird ein zweites Auschwitz werden.«

»Glauben Sie?«

»Die Araber sind voller Haß. Sie sind die neuen Antisemiten nach dem Zweiten Weltkrieg.«

»Aber sie sind doch selber Semiten.«

»Auf den Namen kommt's nicht an. Nennen wir es Judenhaß.«

»Haben Sie in Tel Aviv gelebt?«

»Nein. In Tiberias. Ganz in der Nähe vom See Genezareth. Waren Sie mal dort?«

»Einmal«, sagte ich. »Jesus ging zu Fuß über den See.«

»Es gibt viele Legenden um den See«, sagte der Passagier. »Ich kannte dort ein Fischrestaurant. Der Besitzer behauptete, daß sogar die Fische im See heilig wären.«

Das Schiff hatte keinen Speisesaal. Deshalb wurde das Essen in der Küche serviert. Ich fand das irgendwie gemütlich. Wir saßen zusammen mit den Matrosen und langten tüchtig zu. Das Essen war reichhaltig, und ich aß mit gesundem Appetit. Später wurde mir übel. Das Meer war stürmisch, und der Dampfer schaukelte regelrecht von Welle zu Welle. Ich ging zum Oberdeck, mußte aber bald feststellen, daß mir dort oben noch schwindliger wurde. Ich holte tief Luft, aber das nützte wenig. Ich beugte mich über die Reling und kotzte. Der Schiffsarzt sagte mir, daß das üblich sei, ich solle am besten nicht dran denken.

»Ich werde nichts mehr essen«, sagte ich.

»Das ist noch schlimmer«, sagte der Arzt. »Essen Sie ruhig ganz normal.«

Nachts in der Kabine unterhielt ich mich mit dem arabischen Schauspieler. Er sprach nur englisch.

Er schwärmte von Paris. »Das ist eine ganz tolle Stadt«, sagte er. »Nirgends auf der Welt gibt es so attraktive Frauen wie in Paris. Und vor allem: die ficken toll.«

Ich sagte: »Ich wäre auch lieber nach Paris gefahren, ich fahre aber nach Lyon.«

»Ah, Lyon«, sagte er, »die Stadt der Seidenindustrie und der zwei Flüsse.«

»Zwei Flüsse?« fragte ich.

»Ja«, sagte er. »Wußten Sie das nicht? Dort fließt die Rhône und die Saône. Beide Flüsse treffen sich mitten in der Stadt unter den Brücken.«

»Die Stadt hat also viele Brücken?«

»Ja, es ist ganz romantisch, wenn man am Quai von Lyon spazierengeht.«

»Und wie ist es mit den Frauen in Lyon?«

»Schlecht«, sagte der Schauspieler. »Sie sind sehr bürgerlich und streng katholisch.«

»Das kann man doch nicht verallgemeinern«, sagte ich.

»Natürlich nicht«, sagte er. »Wenn Sie richtig suchen, finden Sie auch in Lyon was zum Ficken.« Er lachte und blinzelte mir zu. Er holte eine Flasche Wein aus seinem Koffer, nahm unsere Zahnputzgläser vom Waschbecken und schenkte ein.

»Trinken wir auf die französischen Frauen«, sagte er.

Ich wollte kein Spielverderber sein und stieß mit ihm an.

»Sind Sie Jude?« fragte er.

»Ja«, sagte ich.

»Ich bin Araber«, sagte er, »aber ich hasse die Juden nicht, im Gegenteil. Ich hatte in Ägypten viele jüdische Freunde.«

Wir kamen auf das Palästinaproblem zu sprechen.

»Die Juden haben die Araber aus Palästina verdrängt«, sagte er. »Die Juden behaupten, es sei ihr Land, das Gott ihnen vor fast 4000 Jahren geschenkt hat, aber das ist doch lächerlich. Wer kann einen Anspruch erheben und sich auf Ereignisse berufen, die vor 4000 Jahren stattfanden.«

»Die Juden hatten aber einen Staat, der mehr als 1500 Jahre existiert hat«, sagte ich. »Waren Sie mal in Palästina? Jeder Stein dort ist Zeugnis der jüdischen Vergangenheit.«

»Das mag sein«, sagte er.

»Und das Wichtigste«, sagte ich. »Die Juden haben das Land aufgebaut. Fast jeder Baum in Palästina, alle Plantagen und Pflanzungen, jeder Grashalm ist von Juden gepflanzt worden.«

»Schon möglich«, sagte der Schauspieler, »aber Sie vergessen, daß die Araber seit dem 7. Jahrhundert in Palästina wohnen. Man kann sie doch nicht einfach vertreiben, weil ein anderes Volk angebliche Ansprüche auf das Land hat.«

»Wir wollen die Araber ja nicht vertreiben«, sagte ich. »Sie sollen mit uns zusammenleben.«

»Das wird nicht gehen«, sagte er. »Es ist schon zu viel Haß gesät worden.«

»Hunderttausende, die die deutschen KZs überlebt haben, warten auf die Einwanderung«, sagte ich. »Und sobald die Engländer abziehen, werden sie alle kommen.«

»Die arabischen Armeen werden das verhindern«, sagte er.

»Spricht man in Ägypten von Krieg?« fragte ich.

»Ja«, sagte er. »In ganz Ägypten herrscht Kriegsstimmung. Wir warten nur darauf, daß die Engländer abziehen, und das soll am 14. Mai sein. Dann werden ägyptische Truppen in den neuen jüdischen Staat einmarschieren.«

»Nur Ägypten?« fragte ich.

»Nein«, sagte er. »Alle arabischen Staaten werden ihre Armeen schicken. Vor allem Syrien und der Libanon, die an Palästina grenzen.«

»Die Syrer sollen ganz besonders gefährlich sein?«

»Die Syrer hassen die Juden mehr als die Ägypter«, sagte er. »Und die Syrer besitzen moderne Panzer und Artillerie. Wie werden sich die Juden verteidigen? Die Juden haben keine Armee und nur einen Zivilschutz. Also womit denn?«

»Das weiß ich nicht«, sagte ich. »Aber vielleicht gibt es noch Wunder.«

»Die Engländer sind auch nicht ganz unschuldig«, sagte er. »Sie müssen zwar im Mai abziehen, aber sie wollen durch eine Hintertür wieder rein. Und die Hintertür ist Jordanien und die Arabische Liga, die unter englischem Kommando steht.«

»Ja, die Arabische Liga«, sagte ich. »Ich weiß, daß englische Offiziere dort das Kommando führen.«

»Die Engländer sind schlau«, sagte der Schauspieler, »wetten, daß sie in dem zukünftigen arabisch-jüdischen Konflikt tüchtig mitmischen werden.«

Wir tranken noch Wein und löschten dann das Licht.

Ich ging oft ans Oberdeck, um mich zu übergeben. Das Schiff schaukelte nach wie vor, sauste im Sturz vom Rand einer Welle hinunter, bäumte sich auf und kletterte wieder auf die nächste Welle. Nachdem ich mich übergeben hatte, blieb ich an der Reling stehen und schaute aufs Meer. Wir legten zweimal an der griechischen Küste an, einmal in Italien, in Neapel. In Neapel durften wir das Schiff verlassen und machten einen Spaziergang. Der Ausblick auf den Vesuv und die südliche Stadt berauschten mich. Wir gingen in Gruppen bis zum Stadtrand und erlebten das wüste Treiben der großen Stadt, die im Ruf stand, von der Mafia regiert zu werden. Kleine Händler, eigentlich noch Kinder, umringten uns und wollten uns ihre Waren verkaufen. Die Stadt bot ein Bild des Chaos, ein Durcheinander von Fuhrwerken, Autos, brüllenden, schreienden Händlern und wild gestikulierenden alten Frauen. Wieder an Bord, stellte ich mich an die Reling und dachte an meinen Vater. Ich hatte ihn fast zehn Jahre nicht gesehen. Als ich aus Deutschland wegfuhr, war ich zwölf. Ich erinnerte mich, wie mein Vater sagte: »So Gott will, sehen wir uns nächstes Jahr in Paris. Paris ist schön, und wir werden durch die Stadt strolchen und uns amüsieren.«

»Aber wir fahren doch zu unseren Großeltern nach Rumänien, wir fahren nach Sereth.«

»Ja«, sagte mein Vater. »Ihr müßt schnell weg aus Deutschland, und Rumänien ist das einzige Land, wo ihr ohne weiteres hinkönnt, weil eure Großeltern dort wohnen. Ich muß vorläufig hierbleiben und alles Geschäftliche abwickeln. Dann fahre ich nach Paris und hole euch nach –«

Das war damals, dachte ich. Wer hätte damals ahnen können, daß kurz darauf ein Weltkrieg ausbrechen würde und wir von unserem Vater abgeschnitten würden. Dann kam der Krieg und dann unsere Deportation. Mein Vater war nur kurze Zeit in Paris. Als die Deutschen einmarschierten, mußte er weg. Er floh nach Südfrankreich in die Kleinstadt Villeneuve, änderte seinen Namen und tauchte unter. Ich erinnere mich, daß meine Mutter ihm aus dem Ghetto geschrieben hatte. Natürlich ging keine normale Post aus dem Ghetto. Sie gab den Brief einem italienischen Offizier, und der versprach, den Brief abzuschicken. Wenn der Brief angekommen war, dann mußte mein Vater die ganze Zeit gewußt haben, wo wir waren.

Als kleiner Junge – ich mußte vier Jahre alt gewesen sein – nahmen mich meine Eltern zu einem Einkaufsbummel mit. Es war um die Weihnachtszeit, und wir bestaunten die weihnachtlich geschmückten Schaufenster. Ein Weihnachtsmann mit langem, weißem Bart stand glöckchenläutend vor einem Geschäft. Er trug einen großen Sack auf dem Rücken. Als er mich sah, öffnete er den Sack und fragte mich, ob ich Spielsachen wolle.

»Ja«, sagte ich.

»Warst du auch schön brav?«

»Ja, ich war brav«, sagte ich.

»Komm morgen wieder«, sagte der Weihnachtsmann, »heute ist noch keine Bescherung.«

»Wann ist die Bescherung?«

»Wenn das Christkind kommt.«

»Wann kommt das Christkind?«

»Wenn alle Kinder brav sind, dann kommt es bald.«

Mein Vater zog mich weg. »Laß den Weihnachtsmann in Ruhe. Er darf dir nämlich gar nichts geben.«

»Warum, Papa?«

»Weil du ein jüdisches Kind bist.«

»Warum bin ich ein jüdisches Kind?«

»Weil deine Eltern Juden sind.«

»Was sind Juden, Papa?«

»Die Juden sind ein heiliges Volk. Sie sind vom lieben Gott auserwählt worden, um die Menschheit an Gottes Gebote zu erinnern.«

Meine Mutter, die neben meinem Vater stand, lachte.

»Wenn du brav bist, dann kaufen wir dir ein Chanukahgeschenk.«

»Was ist Chanukah?«

»Das jüdische Weihnachten.«

»Es ist eigentlich das Fest der Lichter«, sagte mein Vater. »Das Öllämpchen brannte damals, wie durch ein Wunder, acht Tage lang im heiligen Tempel, so lange, bis alle Feinde des jüdischen Volkes das heilige Land verlassen hatten. Deshalb zünden wir Juden zur Chanukahzeit acht Kerzen an, jeden Tag eine.«

Meine Mutter sagte: »Was wünschst du dir zu Chanukah?«

»Ein Kinderfahrrad«, sagte ich.

»Das Kinderfahrrad kriegst du«, sagte mein Vater.

Ich hatte noch einen kleinen Bruder. Der lag zu Hause in seinem Kinderbett, behütet von unserem Dienstmädchen. Er hieß Manfred.

»Kriegt Manfred auch ein Kinderfahrrad?« fragte ich.

»Nein. Manfred kriegt nur einen bunten Ball.«

»Einen aus Leder?«

»Nein. Aus Gummi.«

»Warum aus Gummi?«

»Weil der besser springt.«

Meine Mutter tätschelte meinen Kopf. »Wir gehen jetzt in dieses Geschäft«, sagte sie. »Du bleibst einen Moment lang draußen stehen, aber lauf nicht weg.« Sie band mich wie einen Hund mit meinem langen blauen Wollschal am Umzäunungsgitter fest. Dann gingen beide in den Laden.

Ich war ein wildes Kind, und so dauerte es nicht lange, bis ich den Schal losgebunden hatte und wegrannte. Ich mochte ungefähr zwei Minuten gerannt sein, als ich verängstigt stehenblieb und nach meinen Eltern Ausschau hielt. Sie waren nirgendwo zu sehen. Ich ging in einen Bäckerladen und fragte die Bäckerin:

»Haben Sie meinen Papa nicht gesehen?«

»Nein«, sagte die Bäckerin.

»Und meine Mama?«

»Auch nicht.«

Ich fing zu heulen an, aber die Bäckerin beruhigte mich. »Sie werden schon auftauchen«, sagte sie. »Wie heißt dein Papa?«

»Weiß ich nicht.«

»Und deine Mama?«

»Weiß ich auch nicht.«

Die Bäckerin ging mit mir auf die Straße und blickte sich suchend um. »Na, guck mal, siehst du irgendwo deinen Papa und deine Mama?«

»Nein«, sagte ich.

Sie blickte sich ratlos um, streichelte meine Wangen und ging wieder in den Laden.

Ich ging ins nächste Geschäft. Es war eine Fleischerei. Ich fragte den Fleischer: »Haben Sie meinen Papa nicht gesehen?«

»Nein«, sagte der Fleischer.

»Und meine Mama?«

»Die auch nicht.« Der Fleischer lachte, hob die Axt und zerschmetterte mit Wucht einen Kalbskopf.

»Hast du schon mal einen Kalbskopf gesehen?« fragte der Fleischer.

»Nein«, sagte ich.

»Der ist aus seiner Mutter rausgekrochen«, sagte der Fleischer.

»Wer war seine Mutter?«

»Eine dicke braune Kuh.«

»Wo ist die Kuh?«

»Die haben wir gestern geschlachtet.«

»War das Kalb nicht traurig, als sie die Mutter geschlachtet haben?«

»Natürlich war es traurig«, sagte der Fleischer. »Aber darum kümmern wir Menschen uns nicht.«

»Warum?«

»Weil wir nur ans Fressen denken«, sagte der Fleischer.

Er kam jetzt hinter seinem Tisch hervor, nahm mich bei der Hand und schob mich zur Tür hinaus.

»Dein Papa sucht dich sicher«, sagte er. »Lauf mal die Straße entlang, dann wirst du ihn sehen.«

»Auch meine Mama?«

»Ja, die auch.«

Vor einem Schokoladengeschäft traf ich den Lustmörder, oder wenigstens schien mir, wenn ich mich später daran erinnerte, daß es ein Lustmörder gewesen sein mußte. Er war ein dürrer, älterer Mann mit einem Vogelgesicht. Als er mich ansprach, zuckte ich zusammen.

»Na, Kleiner«, sagte er. »Willst du ein Stück Schokolade?«

»Ja«, sagte ich.

Er nahm meine Hand. »Komm, wir kaufen dir in dem Laden Schokolade.« Wir traten ein. »Na, was für Schokolade willst du, einen kleinen Neger oder einen kleinen Weihnachtsmann?«

»Ein Stück Marzipan«, sagte ich.

»Also Marzipan«, sagte der Mann. »Geben Sie dem jungen Mann eine Marzipanstange«, sagte er zu der Verkäuferin. Die lachte und reichte mir die Marzipanstange.

»Komm, wir gehen jetzt in meine Wohnung«, sagte der fremde Mann. »Dort habe ich viele Spielsachen für dich.«
»Was für Spielsachen?« wollte ich wissen.
»Alle möglichen«, sagte der Mann.
Er führte mich in ein dunkles Haus. Dort stiegen wir drei Treppen hinauf. Der Mann schloß die Tür auf.
»Na, komm«, sagte er.
Im Wohnzimmer knöpfte der Mann seine Hosen auf und zeigte mir seinen Schwanz.
»Hast du schon mal so was gesehen?« fragte er mich.
»Nein«, sagte ich.
»Faß mal an«, sagte er.
»Ich will aber nicht«, sagte ich.
Der Mann zog mich an den Haaren. »Schöne Locken hast du«, sagte er. »Viel schöner als meine.« Er lachte und zeigte auf seine Glatze. »Als ich so alt war wie du, hatte ich auch Locken. Aber der Herrgott hat sie mir wieder weggenommen.«
»Warum?« fragte ich.
»Weil ich nicht brav war«, sagte der Mann. »Bist du brav?«
»Ja«, sagte ich.
»Dann zieh mal deine Hosen aus.«
»Will ich aber nicht«, sagte ich.
»Dann wird der Onkel böse«, sagte der Mann.
Er versuchte mir jetzt die Hosen runterzureißen. Ich wehrte mich verzweifelt und biß ihn in die Hand.
Der Mann fluchte und schlug mir ins Gesicht. »Du verfluchter, kleiner Dreckskerl«, sagte er. Er riß mit einer einzigen Bewegung meinen Hosenstall auf und griff nach meinem Glied. Plötzlich ging die Wohnzimmertür auf,

und seine Frau kam herein. Sie blieb wie angewurzelt stehen, schien die Szene schnell zu überblicken, stürzte auf ihren Mann zu und gab ihm eine schallende Ohrfeige. Dann packte sie mich am Kragen und schob mich aus dem Zimmer. Ich rannte aus der Wohnung und stürzte die Treppe im Hausflur hinunter. Auf der Straße rannte ich einem Schupo in die Arme. »Ah, da haben wir den kleinen Ausreißer«, sagte er.

»Wie heißt du?«

»Ruben«, sagte ich.

»Deine Eltern haben Anzeige erstattet«, sagte der Schupo. »Komm, ich bring dich auf die Wache.«

Meine Eltern warteten schon im Polizeirevier. Meine Mutter weinte. Mein Vater blickte mich ernst an und gab mir einen Kuß.

Ich erinnerte mich daran, daß mein Vater oft mit mir Fußball spielte. Er hatte mir einen echten Lederball gekauft, den wir mit der Fahrradpumpe aufpumpten. Wir spielten meistens im Wohnzimmer, was meine Mutter natürlich verärgerte. Einmal nahm ich ihn zu einem Knabenmannschaftsspiel mit. Als wir uns auf dem Fußballfeld aufstellten, baten ihn die Knaben, mit uns mitzuspielen, denn ich hatte ihnen erzählt, daß mein Vater in seiner Jugend ein berühmter Fußballspieler gewesen war. Mein Vater war damals achtunddreißig, ein sportlich aussehender Mann. Mein Vater lachte und zog sich die Jacke aus. »Also gut, Jungs«, sagte er. »Ich bin dabei.«

Das Spiel war eigentlich ein Freundschaftsspiel, aber wir wollten unbedingt gewinnen, denn unsere Gegner waren ältere Jungens, mindestens vierzehn, und lachten uns

Zehnjährige oft aus. Mein Vater war Mittelstürmer und schoß ein Tor nach dem anderen. Oft spielte ich ihm einen Ball zu und freute mich jedesmal, wenn er ihn wieder ins Tor kriegte.

Als wir nach dem Spiel nach Hause gingen, war ich mächtig stolz auf meinen Vater, und ebenso stolz war er auf mich. Wir waren damals zum ersten Mal Freunde. Ich wünschte, daß dieser Zustand nie enden würde.

Als ich noch kleiner war, nahm er mich beim Schwimmen oft auf den Rücken. Ich erinnere mich, daß meine Mutter besorgt am Ufer stand und zuguckte. »Laß den Jungen nicht los«, rief sie immer wieder. Aber mein Vater ließ mich nicht los. Wieder am Ufer hob er mich hoch und warf mich in die Luft. Wir machten dann noch ein Wettrennen, wobei mein Vater mir ungefähr zwanzig Meter Vorsprung gab. Er holte mich rasch ein und lachte, als er an mir vorbeisauste.

Wir wohnten in Halle an der Saale, während meine Großeltern, die Eltern meines Vaters, in Leipzig wohnten. Zum Osterfest, dem jüdischen Pessach, fuhren wir immer nach Leipzig, da die Großeltern ein jüdisches Essen für uns vorbereitet hatten. So war es auch zu Ostern 1938. Meine Mutter war einen Tag früher gefahren und hatte meinen Bruder mitgenommen. Mein Vater und ich kamen später.

Mein Vater kam immer etwas zu spät zum Zug. Auch diesmal verließen wir die Wohnung in letzter Minute. Wir hatten früher in der Bernburger Straße gewohnt, waren aber in die Königstraße umgezogen, die direkt am Bahnhof lag. Wir rannten also los und erreichten den Bahnhof im Dauerlauf. Der Zug fuhr gerade ab. Mein Vater sprang auf das Trittbrett und zog mich nach. Im Zug lachten wir beide. »Da hätten wir den Zug fast verpaßt«, sagte mein Vater.

In Leipzig fuhren wir im Taxi zu meinen Großeltern. Mein Bruder und meine Mutter waren schon da. Die Großeltern küßten mich, was mich ein bißchen anekelte, denn mein Großvater hatte einen Bart, der kitzelte.

Das rituelle Mahl verlief wie üblich. Wir aßen Matzes, das ungesäuerte Brot, und kosteten aus der symbolischen Pessachschüssel, da gab es verschiedene Kräuter und Eier und geriebene Nüsse und Äpfel. Das jüngste Kind, in diesem Fall mein Bruder, mußte die zehn Kasches fragen – das waren zehn vorgedruckte Fragen, hebräisch und deutsch, die sich auf den Bibeltext und das Pessachfest bezogen. Später las mein Großvater aus dem Legendenbuch der Hagadah vor und erzählte uns vom Auszug der Kinder Israel aus Ägypten. Er las hebräisch, wir konnten den deutschen Text, der links gedruckt war, nachlesen. Wir Kinder mußten eine von Großvaters Matzen stehlen – das war ein Pessachspaß –, und wenn er sie fand, wurde dem Dieb bei Rückgabe ein Geschenk versprochen. Wir tranken süßen, koscheren Wein. Ein Glas wurde weggestellt für den Propheten Jeremia, der unsichtbar durch die Wohnungstür kommen würde.

Wir blieben drei Tage in Leipzig. Am dritten Tag sagte mein Vater: »Wir gehen heute ins Eden.«

»Dürfen wir nicht mitkommen?«

»Nein, das ist nichts für Kinder.«

»Was ist das Eden?«

»Ein Tanzlokal mit Varieté.«

»Dann wollen wir ins Kino gehen.«
»Gut«, sagte mein Vater und gab uns Geld.
Wir gingen in einen Film mit Dick und Doof. Es wurde viel gelacht. Als wir herauskamen, sagte ich zu meinem Bruder: »Und jetzt gehen wir ins Eden.«
»Aber Papa hat doch gesagt, daß das nichts für Kinder ist.«
»Ja, ich weiß«, sagte ich. »Wir gehen aber trotzdem hin.«
Wir fragten die Leute auf der Straße, ob sie wüßten, wo das Tanzlokal und Varieté Eden sei. Viele Leute wußten das nicht, aber einige konnten uns den Weg zeigen.
Es war ziemlich weit, und wir mußten fast durch halb Leipzig gehen. Deshalb rannten wir. Wir kamen ganz verschwitzt im Eden an.
Draußen stand ein Portier in einer bunten Livree. Als wir hineinwollten, hielt er uns an.
»Das ist nichts für Kinder«, sagte er.
»Wir wollen zu unseren Eltern. Sie sind hier drin.«
Der Portier überlegte. Dann ließ er uns vorbei.
Unsere Eltern waren wie vom Blitz getroffen, als sie uns plötzlich sahen.
»Das sind meine Kinder«, sagte meine Mutter zu ihren Freunden. Sie alle starrten uns entgeistert an.
Einer der Freunde meiner Eltern zog zwei Stühle heran und sagte: »Da ihr nun schon hier seid, könnt ihr auch sitzen.«
Wir nahmen Platz. Auf der Bühne wurde gerade ein Tanz aufgeführt. Dann kamen zwei Clowns, die uns zum Lachen brachten. Der eine versuchte immer wieder, auf einem Bein zu stehen, was der andere aber verhinderte,

indem er ihn fortwährend anstieß. Mein Vater bestellte für jeden von uns ein riesiges Stück Mokkatorte mit Schlagsahne.

Die Erinnerungen tauchten auf, als ich an der Reling stand. Ich sah meinen jungen Vater leibhaftig vor mir und fragte mich, ob er sich wohl sehr verändert hatte. Immerhin hatte ich ihn fast zehn Jahre nicht gesehen. »Du warst ein zwölfjähriger Junge, als du dich am Leipziger Bahnhof von ihm verabschiedet hast, und jetzt kommst du zurück und bist ein Mann. Er wird dich gar nicht erkennen.«

Ich schlenderte über das Deck. Der arabische Schauspieler kam mir entgegen.

»Na, schnappen Sie frische Luft«, sagte er.

»Das Meer ist stürmisch«, sagte ich. »Ich habe die Wellen beobachtet.«

»Ist Ihnen noch immer übel?«

»Es geht mir besser«, sagte ich. »Man gewöhnt sich an die Schaukelbewegung.«

»Dieser Frachtdampfer ist eigentlich ein Kahn. Ich wundere mich, daß wir noch nicht alle abgesoffen sind.«

»Hoffentlich schaffen wir es bis Marseille«, sagte ich. »In Marseille sind alle unsere Sorgen vorbei.«

»Warten Ihre Eltern auf Sie in Marseille?«

»Ja. Sie werden unten am Landesteg warten.«

»Sind Sie aufgeregt?«

»Ja, ein bißchen.«

»Wie lange haben Sie sie nicht gesehen?«

»Meine Mutter sah ich 1944 zum letzten Mal, meinen Vater aber nicht seit 1938...«

»Das ist lange her.«

»Ja«, sagte ich. »Ich weiß nicht, wie ich mich zu Hause fühlen werde. Ich war selbständig in Palästina, und jetzt erwartet man von mir, daß ich wieder das Kind spiele.«

»Es tut gut, für eine Zeitlang wieder Kind zu sein«, sagte der Araber. »Lassen Sie sich ruhig von Ihren Eltern verwöhnen. Es wird Ihnen gut tun.«

»Und dann?«

»Dann brechen Sie wieder aus, wenn Sie fühlen, daß Sie wieder allein sein wollen. Ich würde mir an Ihrer Stelle nicht allzuviele Gedanken machen.«

»Vielleicht haben Sie recht«, sagte ich.

Wir gingen zum Mittagstisch. Es gab Schweinebraten mit Rotkohl und Klößen.

»Dürfen Juden Schweinebraten essen?«

»Nein«, sagte ich. »Aber ich bin nicht religiös. Ich esse Schweinebraten sogar sehr gerne.«

»Wir Araber essen auch kein Schweinefleisch«, sagte der Schauspieler. »Ich werde mich beim Koch beschweren.«

Er stand auf und ging zum Koch. Ich hörte, wie er sich laut beschwerte. Der Koch entschuldigte sich und kam kurz darauf mit einem Rinderfilet für den Araber zurück.

»Die Juden hier essen alle Schweinefleisch«, sagte der Koch.

»Die Juden sind Abtrünnige«, sagte ich, »aber die Araber nehmen das mit dem Schweinefleisch ernster.«

Wir bekamen noch griechische Süßspeisen, vor allem einen Milchreis mit Zimt und Zucker, und schwarzen Kaffee. Nach dem Essen spielten wir Karten und gingen dann wieder auf Deck.

## 31

Das Schiff lief um zehn Uhr früh im Hafen von Marseille ein. Ich erkannte meine Eltern gleich am Landungssteg. Sie winkten mir freudestrahlend. Als ich bei ihnen anlangte, fing mein Vater zu weinen an. Auch meine Mutter hatte Tränen in den Augen. Mein Vater streichelte mich ununterbrochen, als könnte er nicht genug von seinem Sohn kriegen.

»Wie lange haben wir uns nicht gesehen«, waren die ersten Worte meines Vaters. »Ich habe all die Jahre immer an dich gedacht, mein Junge. Ich wußte, daß ihr im Ghetto wart.«

»Du hast also unseren Brief aus dem Ghetto bekommen?«

»Ja«, sagte mein Vater. »Einerseits war ich froh, daß ihr am Leben wart, andererseits wußte ich, wie schwer man in einem Ghetto überlebt. Ich habe Gott gebeten, daß euch nichts passiert ... «

»Wir hatten Glück, daß wir unter den Rumänen waren«, sagte ich. »Die Rumänen haben zwar Tausende von Juden erschossen, aber nachdem sie sich ausgetobt hatten, ließen sie den Rest der Juden in Ruhe.«

»Na, in Ruhe ist viel gesagt«, sagte meine Mutter. »Sie kamen monatelang nachts ins Ghetto und holten Juden raus, angeblich zur Arbeit, später wurden alle erschossen.«

»Wir haben diese Razzien überstanden, weil wir Aufenthaltspapiere hatten, die bestätigten, daß wir eine wichtige Arbeit im Ghetto machten und von der Regierung gebraucht wurden.«

»Trotzdem haben wir gehungert«, sagte meine Mutter. »Ein Glück, daß wir die Pelze und Wintermäntel gerettet hatten, sonst wären wir bei der Kälte alle erfroren.«

»Es war auch ein Glück, daß wir einen Ofen hatten, den wir heizen konnten, allerdings mit gestohlenem Holz, aber das klappte.«

»Und wie war das mit dem Essen?« fragte mein Vater.

»Das hab ich dir doch schon erzählt«, sagte meine Mutter.

»Ich will es aber von Ruben hören«, sagte mein Vater.

»Wir machten Schwarzen Markt«, sagte ich. »Einige unserer Gruppe gingen auf Schleichwegen aus dem Ghetto heraus in die ukrainischen Dörfer und kauften dort Lebensmittel auf. Es war gefährlich, denn wer erwischt wurde, der wurde standrechtlich erschossen. Das Verlassen des Ghettos war streng verboten.«

»Na, es ist alles vorbei«, sagte mein Vater. »Jetzt seid ihr in einem freien Land, und wir sind alle wieder zusammen.«

Die Eisenbahnfahrt nach Lyon war gemütlich. Mein Vater war sehr erregt und erzählte allen Fahrgästen von seinem großen Glück, seinen Sohn wiedergefunden zu haben. Die Franzosen in unserem Abteil lächelten verständnisvoll und fragten mich einiges, was ich nicht verstand, denn ich konnte kein Französisch.

»Er kommt aus Palästina«, sagte mein Vater stolz. »Dort entsteht jetzt ein jüdischer Staat.« Einer der Fahrgäste wollte wissen, ob es wahr ist, was die Zeitungen schreiben. Die Sache mit den arabischen Überfällen auf Juden und die der Juden auf Engländer. Mein Vater übersetzte. Ich sagte: »Es ist alles wahr. Im Land herrscht ein wildes Chaos und Mord und Totschlag. Vor allem die jüdischen Terroristen jagen eine englische Kaserne nach der anderen in die Luft.« Ich erzählte von dem toten Engländer im Hadassa-Krankenhaus, den ich aus dem Operationssaal getragen hatte und der mir seine kalten Füße auf die Schulter gelegt hatte. Mein Vater war sehr stolz auf meine Abenteuer und versicherte den Franzosen, daß ich beinahe Terrorist geworden wäre, aber nichts dergleichen unternommen hätte, weil ich niemanden töten kann.

»Er ist zu sensibel«, sagte mein Vater.

»Ja«, sagte ich. »Ich hatte oft Gelegenheit, mit den Terroristen mitzumachen, aber ich habe das abgelehnt. Ich war allerdings mal drei Tage im Gefängnis bei den Engländern, aber sie konnten mir nichts nachweisen.«

»War es ein arabisches Gefängnis?« wollte einer der Franzosen wissen.

»Ja«, sagte ich. »Es war ein arabisches Gefängnis.«

»Wie ist die Kost in einem arabischen Gefängnis?«

»Wasser, Tee und Brot«, sagte ich, »ein arabisches Brot,

das als Pitah bezeichnet wird. Allerdings gab's manchmal auch eine dünne Suppe.«

»Also Suppe«, sagte der Franzose.

Ein junges Mädchen in unserem Abteil küßte sich ganz ungeniert und sehr leidenschaftlich mit ihrem Freund.

Mein Vater zeigte mir die Szene verlegen. »Das ist Frankreich«, sagte er, »die jungen Paare machen das in aller Öffentlichkeit. Es ist das einzige Land auf der Welt, wo man derartiges zu sehen bekommt.«

Meine Mutter packte ein Eßpaket aus, belegte Brötchen, wie sie in Deutschland gegessen wurden. Allerdings waren die Brötchen keine Brötchen, sondern eine in mehrere Teile zerschnittene Baguette.

»Das ist französisches Brot«, sagte mein Vater, »dunkles Brot kennt man hier nicht, alles Weißbrot, aber die Baguettes sind knusprig, und du wirst dich dran gewöhnen.«

Mein Vater öffnete eine Flasche Rotwein, meine Mutter holte die Gläser aus ihrer Tasche. Mein Vater goß ein, und wir tranken auf unser Wiedersehen. »So Gott will«, sagte mein Vater, »werden wir für dich eine ständige Aufenthaltserlaubnis in Frankreich kriegen. Ich kenne einen Juden, der mit dem Polizeichef befreundet ist und alles für dich regeln wird.«

»Ich habe einen britischen Paß«, sagte ich.

»Den kannst du wegschmeißen«, sagte mein Vater. »Wir tragen dich hier als polnischen Flüchtling ein. Wir gelten als polnische Staatsbürger.«

»Ja«, sagte ich. »Aber ist das besser als ein britischer Paß?«

»Du hast einen Mandatspaß«, sagte mein Vater, »und der wird sowieso ungültig, wenn die Juden ihren eigenen Staat errichten. Und das wird im Mai 1948 sein.«
»Da hast du recht«, sagte ich.
Mein Vater zeigte mir seine Papiere. »Hier, guck mal«, sagte er. »Flüchtling aus Polen. Das ist das beste Dokument.«

Wir kamen in Lyon an. Mein Vater rief ein Taxi. »Wir werden jetzt die Rhône entlangfahren, und ich zeig dir mal die vielen Brücken.«
Ich öffnete das Fenster und lehnte mich weit hinaus. Ich genoß die Aussicht.
»Es ist wirklich eine schöne Stadt«, sagte ich. Wir fuhren durch das Herz der Stadt und die lange Rue de la République entlang.
»Das ist die Geschäftsstraße«, sagte mein Vater. »Viele Juden haben hier ihre Geschäfte.«
»Gibt es Juden in Lyon?«
»Ja«, sagte mein Vater. »Eine ziemlich große jüdische Gemeinde, die hier den Krieg überlebt hat.«
Die Wohnung meiner Eltern lag in der Rue du Garet, dicht neben der Oper. Es war ein altes Haus, und wir mußten sechs Treppen emporsteigen.
»Wir wohnen unter dem Dach«, sagte mein Vater, »die Wohnung ist klein und ziemlich alt, aber es wird dir trotzdem gefallen.«
Mein Bruder war allein zu Hause und hatte uns erwartet. Er schlang die Arme um mich und küßte mich.
»Na, du alter Weltenbummler«, sagte er. »Du mußt mir viel von Palästina erzählen.«

»Ja, später«, sagte ich.

»Ich bin nämlich Mitglied in einem zionistischen Verein. Die sind alle neugierig auf dich.«

»Hast du ihnen erzählt, daß dein Bruder aus Palästina kommt?«

»Natürlich«, sagte mein Bruder. »Ich habe kräftig mit dir angegeben. Einen Bruder in Palästina zu haben ist nichts Alltägliches.«

»Sie wollen mich also alle kennenlernen?«

»Ja. Sie träumen alle von Palästina. Du wirst sehen, wenn wir in den Verein kommen, dann bist du dort eine Sensation.«

»Sind auch hübsche Mädchen unter den Zionisten?«

»Sehr hübsche«, sagte mein Bruder. »Und sie wollen dich alle kennenlernen.«

»Na, dann los in euren Verein«, sagte ich. »Ich kann aber kein Französisch.«

»Das lernst du schnell«, sagte mein Bruder. »Und am Anfang werde ich für dich übersetzen.«

Die Wohnung war ziemlich dunkel, und man mußte auch am Tage das Licht anmachen. Sie hatte kein Bad, sondern nur eine kleine Toilette. Ein Schlafzimmer war da, wo meine Eltern schliefen, und ein Wohnzimmer, wo ich und mein Bruder schlafen sollten.

»Wir schlafen im Alkoven«, sagte mein Bruder. »Es wird ein bißchen eng sein, aber es wird schon gehen.«

Als ich aus Sereth wegfuhr, war mein Bruder fünfzehn. Jetzt, mit achtzehn, sah er fast wie ein Mann aus. Meine Mutter hatte sich kaum verändert. Dagegen fand ich meinen Vater gealtert. Immerhin, es waren zehn Jahre vergangen, seit ich mich damals am Leipziger Bahnhof von ihm verabschiedet hatte. Sein Haar war fast grau, obwohl er noch keine fünfzig war, sein Gesicht härter und spitzer geworden.

Meine Mutter sagte verlegen: »Die Toilette ist sehr klein, und sie ist in der Küche.«

»Stört dich das nicht beim Kochen?«

»Daran bin ich gewöhnt«, sagte meine Mutter.

»Die Franzosen essen abends warm, aber wir machen es so wie in Deutschland.«

»Belegte Brötchen«, sagte ich.

»Ja«, sagte meine Mutter. »Belegte Baguettes. Papa hat in der Epicerie vis-à-vis Schinken und Käse gekauft, und wir trinken dazu Wein, wie es alle Franzosen machen.«

»Bordeaux ist meine Marke«, sagte mein Vater.

Wir aßen das Abendbrot zusammen.

»Das ist ein feierlicher Anlaß«, sagte mein Vater, »weil die ganze Familie zum ersten Mal gemeinsam bei Tische sitzt.«

Am nächsten Tag war Sonntag. Da mein Bruder, der eine Kürschnerlehre machte, an diesem Tag nicht arbeitete, hatten wir Zeit spazierenzugehen. Er zeigte mir zuerst die Place des Terreaux. Der lag um die Ecke von unserer Wohnung.

»Hier treffen sich die Juden aus ganz Lyon«, sagte er. »Komm, ich zeig dir mal ein typisches Emigrantencafé.« Wir gingen in ein kleines Café, dicht am Brunnen des großen Platzes. Das Café war rauchgeschwängert. Es wurde laut jiddisch gesprochen, ab und zu hörte man auch österreichisches Deutsch. »Meistens polnische Juden«, sagte mein Bruder, »aber auch viele aus Wien.«

Er stellte mich einigen Leuten vor. »Das ist mein Bruder aus Palästina«, sagte er stolz.

Die Leute schüttelten mir erfreut die Hände.

»Wie ist es in Palästina?« fragte einer.

»Als ich wegfuhr«, sagte ich, »da tanzten die Leute in Tel Aviv, weil gerade der Teilungsplan im Radio verkündet wurde.«

»Ein jüdisches Land«, sagte ein anderer, »wo Juden auf der Straße tanzen dürfen.«

»Wir wollen auch alle nach Palästina auswandern«, sagte ein Mann mit Glatze und Schnauzbart.

»Ja«, sagte ein anderer. »Es ist unser aller Traum.«

»Was haben Sie in Palästina gemacht?« fragte eine Frau, die am Tisch der Emigranten saß.

»Ich war im Kibbuz«, sagte ich, »aber ich habe auch in Haifa, Nethania und Tel Aviv gelebt.«

»Wie ist Tel Aviv?« wollte sie wissen.

»Es ist unglaublich«, sagte ich, »eine richtige jüdische Großstadt.«

Wir tranken noch einen Pernod, schwatzten noch mit den Emigranten und verabschiedeten uns dann.

Mein Bruder zeigte mir die Place de la Comédie.

»Hier ist ein intimes Tanzlokal«, sagte er, »das aber merkwürdigerweise am Samstag und Sonntag geschlossen ist.«

»Wieso? Am Samstag müßte doch Hochbetrieb sein, und auch am Sonntag.«

»Stimmt«, sagte mein Bruder, »aber nicht in diesem Lokal. Hier kommen nämlich nachmittags die verheirateten Frauen Lyons, die mal fremdgehen wollen. Sie lassen sich zum Tanzen einladen und gehen dann mit einem jungen Mann in ein Stundenhotel. Es gibt einige von diesen Hotels an der Place de la Comédie, wo du für den halben Preis ein Zimmer für eine Stunde mieten kannst. Es ist für Pärchen gedacht, die mal schnell eine Nummer schieben wollen.«

»Und warum ist das Tanzlokal nur am Nachmittag während der Woche geöffnet?«

»Ich hab's dir doch gesagt. Das sind Frauen, die mit viel älteren Männern verheiratet sind. Die Männer sind tagsüber im Geschäft, und die Frauen benützen die Gelegenheit, um sich einen jungen Mann zu schnappen. Es sind auch meistens ganz junge Männer in dem Lokal, so zwischen siebzehn und zweiundzwanzig.«

»Da möcht ich mal hingehen«, sagte ich.

»Wir können zusammen hingehen«, sagte mein Bruder, »aber erst mußt du ein bißchen Französisch lernen.«

»Ich werde versuchen, schnell Französisch zu lernen«, sagte ich.

Mein Bruder erzählte mir, daß er Ärger mit unserem Vater gehabt hätte.

»Warum?« fragte ich.

»Weil ich studieren wollte, Vater aber dagegen war. Er war der Ansicht, daß ich ein Handwerk erlernen soll, nach dem Motto: Handwerk hat goldenen Boden. Da er mal in der Pelzbranche war, gab er mich zu einem jüdischen Kürschner in die Lehre.«

»Die Pelzbranche war immer eine jüdische Branche.«

»Ist es auch jetzt noch«, sagte mein Bruder. »Fast alle Pelzhändler und Kürschner in Lyon sind Juden.«

Wir fuhren noch mit der Straßenbahn die Rue de la République herunter bis zur Place Bellecourt. Dort, mitten auf dem Platz, zeigte mir mein Bruder das Maison dorée.

»Das berühmteste Tangolokal von Lyon«, sagte er. »Es gibt noch eins, das Palais d'hiver, aber das Maison dorée ist näher und auch schöner.«

»Ein Tangolokal?«

»Eine fabelhafte Kapelle. Willst du mal reingehen?«

Wir traten ein und nahmen an einem Ecktisch Platz. Mein Bruder bestellte Wein. Ich blickte mich um und war erstaunt, so viele schöne Frauen zu sehen.

»Lyon ist also gar nicht so bürgerlich, wie behauptet wird.«

»Die Frauen sind hier nicht so frei wie in Paris, aber wenn du ein bißchen Glück hast, findest du auch hier Frauen, die mit dir schlafen.«

»Ich möchte wenigstens einmal tanzen«, sagte ich zu meinem Bruder, »aber ich kann kein Französisch.«

»Beim Tanzen brauchst du nicht viel zu sprechen«, sagte mein Bruder. Er zeigte mir, wie ich eine Frau engagieren sollte. »Du verbeugst dich«, sagte er, »und fragst nur: Mademoiselle? – das genügt. Sie wird aufstehen und mit dir tanzen.«

»Kann man auch einen Korb kriegen?«

»Das ist nicht üblich«, sagte mein Bruder. »Das wäre unhöflich und verstieße gegen die guten Sitten. Es sei denn, die Dame hat den Tanz schon einem anderen versprochen, aber das würde sie dir sagen, und natürlich müßte der andere auch gleich zur Stelle sein, sonst wäre sie als Lügnerin entpuppt. Die Franzosen sind sehr darauf bedacht, niemanden vor den Kopf zu stoßen.«

Ich suchte mir das hübscheste Mädchen aus, stand kurz entschlossen auf, machte, was mein Bruder mir gesagt hatte, verbeugte mich, sagte fragend: »Mademoiselle?«

und war überrascht, daß sie gleich aufstand und mit mir tanzte. Ich versuchte, keine Konversation zu machen, sondern lächelte nur, was mir ein bißchen blöd vorkam, aber sie schien das ganz in Ordnung zu finden. Bei der süßen Tangomusik lehnte sie sich an mich und schmiegte ihre Wange an die meine.

Als ich zu meinem Bruder zurückkam, lachte er. »Du weißt schon, wie man es macht«, sagte er. »Du hast sogar joue contre joue getanzt.«

»Was ist das?« fragte ich.

»Backe an Backe«, sagte mein Bruder.

Mein Bruder tanzte nur einmal. Ich beobachtete ihn und fand, daß er sehr gut aussah. Er war das Gegenteil von mir. Während ich hellbraune Haare hatte und grüne Augen, war er dunkelhaarig und hatte braune Augen. Er war schlank und im Grunde charmant. Ich glaube, daß die Frauen ihn mochten.

Mein Bruder hatte beschlossen, nach Amerika zu fahren, hauptsächlich, weil er dort studieren wollte. »Dort kann man tagsüber arbeiten und nachts zur Universität gehen«, sagte er, »etwas, was es in Frankreich nicht gibt.«

Am Dienstag war das große Treffen im zionistischen Klub. Da die meisten am Tage arbeiteten, fand das Treffen am Abend statt. Als wir eintraten, begrüßten uns die Mitglieder mit lautem Schalom. Mein Bruder stellte mich vor: »Das ist mein Bruder aus Palästina.« Allgemeine Begeisterung schlug mir entgegen. Ich las meinen Namen auf der Schiefertafel. Dort stand auf französisch: »Ruben Jablonski wird über Palästina sprechen.«

Mein Bruder hatte also meine Rede angekündigt, ohne mir etwas zu sagen. Ich war sehr verlegen. Ich sagte zu meinem Bruder: »Wie soll ich eine Rede halten? Ich bin weder vorbereitet, noch kann ich Französisch.«

»Du kannst deutsch sprechen«, sagte mein Bruder. »Die meisten hier sind Kinder von Emigranten, für die anderen werde ich übersetzen.«

»Ich habe aber keine Rede vorbereitet.«

»Brauchst du auch nicht«, sagte mein Bruder. »Hier ist alles ganz locker. Erzähl ihnen irgendwas von Palästina.«

Ich setzte mich in den Kreis. Alle starrten mich an. Mir fiel besonders ein schönes, dunkelhaariges Mädchen auf, das mich begeistert anstarrte.

Ich fing also an, von Palästina zu erzählen, vermied meine Enttäuschungen, erzählte auch nichts von meinem Job als Tellerwäscher oder der Arbeit beim Bau, nichts von meiner Affäre mit der Frau des Rechtsanwalts, nichts vom Emigrantencafé und nichts vom Wohnheim in Nethania und der Halbverrückten, die mit uns allen gefickt hatte. Ich erzählte vom Kibbuz und von Beth Eschel, der Versuchsstation einer Baumschule in der Negevwüste, erzählte von meinem Aufenthalt in einem arabischen Gefängnis, von den bösen Engländern und wie die Juden eine englische Kaserne nach der anderen in die Luft jagten, erzählte von arabischen Überfällen auf Autobusse und jüdische Siedlungen, erzählte von meiner Gefangennahme im Militärcamp der Arabischen Liga, von dem höflichen Offizier, der uns zum Essen eingeladen und später, im Morgengrauen, uns ein Ehrengeleit zum Ausgang des Camps gegeben hatte. Ich erzählte vom Hadassa-Krankenhaus und dem toten Engländer, den wir aus dem Operationssaal getragen hatten und dessen kalte Füße auf meinen Nacken gerutscht waren. Mir war ganz heiß geworden. Ich schaute das schöne Mädchen an und bemerkte, daß ihre Begeisterung noch gewachsen war. Ich war wirklich der Star des Abends. Später wurde Limonade getrunken. Das schöne Mädchen trat auf mich zu und fragte mich ganz dreist, ob sie mich nicht mal privat treffen könnte. Ich fragte sie, ob sie Lust hätte, mit mir ins Kino zu gehen, und wir verabredeten uns für nächsten Sonntag.

»Du hast Erfolg gehabt«, sagte mein Bruder, als wir weggingen. »Auch bei den Frauen. Da waren einige, die gern mit dir ins Kino gegangen wären.«

»Ich hab nur die eine gesehen«, sagte ich.

»Sie heißt Bea«, sagte mein Bruder. »Ich hab's schon mal mit ihr versucht, aber sie ist Jungfrau und eine harte Nuß.«

»Du meinst, daß man die Nuß nicht knacken kann?«

»Nicht so ohne weiteres«, sagte mein Bruder. »Es ist überhaupt schwer mit jüdischen Frauen. Die wollen alle heiraten und vor allem ihre Jungfräulichkeit bewahren.«

»Es hat also keinen Zweck, daß ich mit ihr ins Kino gehe?«

»Versuch's trotzdem«, sagte mein Bruder. »Sie ist sehr hübsch, und du wirst schon deinen Spaß haben.«

Am Sonntag traf ich Bea. Wir hatten uns an der Place des Terreaux verabredet, vor dem Brunnen. Sie wartete schon, als ich ankam. Sie hängte sich gleich bei mir ein, und wir gingen zu Fuß in eines der großen Kinos an der Place Bellecourt.

Im Kino machte ich mich gleich an sie ran, betastete ihre Brüste, küßte sie und legte meine Hand auf ihr Knie. Sie sagte nichts, küßte mich leidenschaftlich und flüsterte mir zärtliche Worte ins Ohr. Als ich aber meine Hand unter ihr Kleid schob, wehrte sie mich ab.

»So weit und nicht weiter«, sagte sie.

»Warum?« fragte ich.

»Weil ich so etwas nicht mache«, sagte sie.

»Auch nicht mit dem Mann, den du liebst?«

»Mit niemandem«, sagte sie.

Wieder auf der Straße, fragte ich sie, ob ich nicht zu ihr in die Wohnung könne.

»Das geht nicht«, sagte sie, »weil ich bei meinen Eltern wohne.«

»Strenge jüdische Eltern«, sagte ich scherzhaft.

»Ja«, sagte sie.

»Wie wär's mit einem Stundenhotel?« fragte ich.

Als ich das sagte, wurde sie böse. »Ich bin doch keine Nutte«, sagte sie. »So was darfst du nie wieder sagen. Versprich es mir.«

Ich versprach es. Also das war erledigt.

Als ich meinem Vater erzählte, daß ich einen Roman schreibe, begann er zu toben. »Schlag dir das mit dem Schreiben aus dem Kopf«, sagte er. »Schriftstellerei ist ein Hungerberuf. Die Kunst wird dich um den Verstand bringen. Ich habe in Leipzig viele Künstler gekannt.«

»Und was schlägst du vor?«

»Du wirst Kürschner so wie dein Bruder. Damit kann man immer Geld verdienen.«

Es stellte sich heraus, daß mein Vater bereits mit einem jüdischen Kürschner gesprochen hatte, der bereit war, mich trotz meines Alters in die Lehre zu nehmen.

»Es war nicht leicht«, sagte mein Vater, »weil die alle Lehrlinge von vierzehn oder fünfzehn Jahren wollen. Aber der Kürschner ist ein alter Bekannter von mir.«

Ich fing schon in der nächsten Woche an, machte anfangs nur Handlangerdienste, mußte Felle an Bretter nageln oder die Werkstatt auskehren. Nach einer Zeitlang hatte ich es satt und erzählte meinem Vater, daß ich bei diesem Kürschner nichts lerne. Mein Vater schlug vor zu kündigen, was ich auch gleich machte, und eine Woche später hatte er mich bei einem anderen Kürschner untergebracht. Dort wurden vor allem Felle für Schaffelljacken zugeschnitten, eine leichte Arbeit, die ich schnell erlernte, so daß ich bereits nach einigen Wochen selbständig zuschneiden konnte. Ich kündigte auch diesem Kürschner und machte mich selbständig. Ich fand einen Job als Zuschneider in einer Fabrik und begann zum ersten Mal gut zu verdienen. Das Geld händigte ich meinem Vater aus und behielt nur ein Taschengeld für mich zurück, Geld für Zigaretten, für Tanzlokale und gelegentlich für ein Zimmer in einem Stundenhotel.

Mein Vater besorgte mir neue Papiere, aus denen hervorging, daß ich ein polnischer Flüchtling war und unbefristeten Aufenthalt in Frankreich hatte. Den englischen Paß legte ich vorläufig in die Schublade. Am Wochenende ging ich ins Bistro und machte Schreibübungen. Aus dem Ghettoroman wurde nichts, und so fing ich einen Roman über einen Wahnsinnigen an, der aus einer Pariser Nervenheilanstalt geflüchtet war. Auch dieser Roman mißlang, und so fing ich wieder einen neuen an. Diesmal handelte es sich um einen Kibbuz während eines arabischen Überfalls. Als auch das mißlang, gab ich das Schreiben vorläufig auf.

Meine Mutter hatte viele Freundinnen. Viele waren nicht viel älter als ich. Eine, sie hieß Lina Weber, war zweiunddreißig und hatte ein Auge auf mich geworfen. Ihr Mann war Handelsreisender und während der Woche nie zu Hause. Meine Eltern spielten immer mittwochs bei Webers Karten. Ich ging auch hin und kiebitzte. Einmal, beim Abschied, sagte Frau Weber: »Kommen Sie mich doch mal besuchen, Ruben, ich bin abends immer allein zu Hause.«
Ich ließ mir das nicht zweimal sagen und besuchte sie gleich am nächsten Abend. Sie hatte zwei kleine Kinder, die sie früh zu Bett gebracht hatte.
Ich ging also hin, scherzte ein wenig mit ihr, trank ein Glas Wein und packte sie plötzlich bei den Brüsten. Da sie nichts sagte, griff ich ihr unter den Rock, aber auch da machte sie keine Einwendungen. Ich legte sie aufs Sofa und zog ihr die Höschen aus. Wie erwartet, schlang sie mir die Arme um den Hals und biß mich in die Wange. Ich zog meine Hosen aus und schob ihr mein Glied in die feuchte Öffnung. Sie war heiß und leidenschaftlich.
»Warum kommst du so spät?« fragte sie. »Ich meine, warum bist du nicht schon früher gekommen?«
»Ich wußte nicht, daß du willst«, sagte ich. »Du bist schließlich die Freundin meiner Mutter.«
Sie lachte. »Ich hoffe, daß du deiner Mutter nichts erzählst.«
»Unsinn«, sagte ich. »Ich schweige wie Gold.«

»Auf keinen Fall darf mein Mann davon erfahren.«
»Du kannst dich auf mich verlassen«, sagte ich.

Der Winter war fast vorbei. Im März borgten wir uns zwei Paar Ski und fuhren nach Grenoble. Das Bergland von Grenoble war herrlich. Mein Bruder und ich klommen die Berge hinauf und fuhren im Schuß hinunter. Die Märzsonne und der glitzernde Schnee bräunten. Wir tranken Wein mit den Leuten in der Skihütte und fuhren gutgelaunt zurück nach Lyon.

»Das müßten wir öfter machen«, sagte ich zu meinem Bruder.

»Ja«, sagte mein Bruder. »Ich erkenne dich gar nicht wieder. Du wirktest in der letzten Zeit so traurig.«

»Weil es mit dem Schreiben nicht mehr geht«, sagte ich.

»Laß dir Zeit«, sagte mein Bruder.

»Das hat schon mal jemand zu mir gesagt.«

»Wer war das?«

»Ein Freund in Palästina. Joseph Lindberg. Er sagte: Irgendwann wird es dich überkommen, und es wird dann ganz einfach aus dir herausquellen wie aus einem Brunnen.«

»Ja, du mußt dir Zeit lassen«, sagte mein Bruder. »Und erwähne nichts davon zu Vater. Du weißt ja, wie er eingestellt ist.«

»Ja, leider«, sagte ich.

Ich konnte inzwischen ziemlich gut Französisch und brauchte meinen Bruder nicht mehr als Dolmetscher. Zuweilen ging ich ins Tanzlokal und scheute mich nicht, ein Mädchen zum Tanz aufzufordern. Ich unterhielt mich auch auf französisch. Meistens ging ich ins Maison dorée. Es waren wirklich hübsche Mädchen dort, bald aber hatte ich heraus, daß sie nur tanzen gingen, um sich auf der Tanzfläche aufzugeilen, aber sich mit keinem der Tänzer auf sonstige Abenteuer einließen. Sie verschwanden einfach nach dem Tanz. Einmal gelang es mir, eine nach Hause zu begleiten, aber als ich sie vor dem Haus bei den Brüsten packte, fing sie zu schreien an. Bei einer anderen war es so ähnlich. Ich brachte sie nach Hause und griff ihr im Dunkeln vor dem Hauseingang unter den Rock. Sie rief tatsächlich um Hilfe, so daß ich mich schleunigst aus dem Staube machte.

Ich ging auch in das Lokal an der Place de la Comédie, wo angeblich nachmittags verheiratete Frauen hingingen, um einen jungen Mann zu angeln, während der eigene im Geschäft war. Aber ich hatte auch dort kein Glück. Entweder war ich nicht jung genug oder zu klein. Die Achtzehnjährigen schnitten da besser ab. Vielleicht, so dachte ich, hängt es damit zusammen, daß sich dein Haar allmählich lichtet. Ich hatte nämlich trotz meiner zweiundzwanzig Jahre eine leichte Stirnglatze. Vergeblich versuchte ich, meinen Haarausfall mit allen möglichen Cremes und Ölen zu bekämpfen. Ein Arzt sagte mir, ich solle keinen Kaffee mehr trinken, ein anderer, ich müsse meine Kopfhaut mit Schwefelsäure einreiben. Ich versuchte das alles, aber es half nichts. Ich verlor mein Haar büschelweise.

Ich versuchte, in meiner Freizeit wieder an meinem Ghettoroman zu arbeiten, aber die Sätze gelangen irgendwie nicht. Ich klappte meinen Schreibblock zusammen und sagte zu mir: »Jablonski. Das wird nichts. Gib es auf.«

Ich gab das Schreiben tatsächlich auf und verfiel in eine schwere Depression. Nichts konnte mich aufheitern. Es wurde so schlimm, daß ich meinen Job als Zuschneider verlor. Ich saß den ganzen Tag brütend zu Hause und bewegte mich nicht. Meine Mutter war verzweifelt. »Was ist nur los mit dir, Junge«, sagte sie immer wieder. Sie weinte, aber das machte mich um so unlustiger.

Mein Vater verstand nicht, warum ich Depressionen hatte. Er behauptete, ich bilde mir irgend etwas ein, eine Bestätigung seiner These, daß ich Flausen im Kopf hatte.

»Was willst du eigentlich«, sagte er. »Es geht dir gut, du hast zu Essen, wir sind alle zusammen, und du bist frei, der Krieg und das Ghetto und das Leid, das ist vorbei. Du bist jung und du hast das Leben noch vor dir.«

Aber das half mir nicht. Mein Geist verfinsterte sich. Ich schlief schlecht und erwachte frühmorgens mit einem seltsamen Druck auf dem Herzen. Ich glaubte manchmal zu ersticken und rang um Luft. Ich versuchte mich bei den Frauen aufzuheitern, aber da versagte ich vollkommen. Ich besuchte die Freundin meiner Mutter, Lina Weber, und ging mit ihr ins Bett, war aber völlig impotent. Nichts bewegte sich mehr. So sehr ich mich auch bemühte, einen Ständer zu kriegen, um so weniger gehorchte mein Glied. Es blieb schlaff, und so sehr Lina auch versuchte, es zu beleben, durch Streicheln, Lecken und Küssen, es nützte nichts...

»Ich bin fertig«, sagte ich zu Lina. »Ich bin ein alter Mann.«

»Unsinn«, sagte Lina. »Mit zweiundzwanzig ist man kein alter Mann. Irgend etwas bedrückt dich. Du mußt herausfinden, was es ist.«

»Ich wollte Schriftsteller werden«, sagte ich, »aber ich kann nicht schreiben. Ich habe alle Hoffnung verloren.«
»Dann versuch etwas anderes«, sagte Lina.
»Ich will aber nichts anderes«, sagte ich.

Ich machte am Nachmittag lange Spaziergänge am Ufer der Rhône, ging bis zum Stadtpark und schlenderte dort zwischen den Parkbänken auf und ab. Manchmal saßen einzelne Frauen auf einer Bank und wollten angesprochen werden. Ich versuchte es ein paarmal, aber als die Frauen mein trauriges Gesicht sahen und die deprimierte Art und Weise meines Redens und meiner Bewegungen, wandten sie sich wieder von mir ab.

Einmal versuchte ich es bei einer Prostituierten. Sie war jung, hübsch und sagte mir, daß sie es ohne Präservativ machen würde. Wir gingen auf ihr Zimmer, aber als ich mich auszog und sie mein schlaffes Glied sah, lachte sie.

»Was ist los, junger Mann«, sagte sie. »Keine Lust?«
»Es geht in der letzten Zeit nicht mehr«, sagte ich. Sie versuchte, es mir mit der Zunge zu machen und versuchte es mit Massagen. Als alles nichts nützte, wurde sie ungeduldig.

»Na, Sie sind ja ein seltsamer junger Mann«, sagte sie. »In Ihrem Alter schon impotent, das ist mir noch nie passiert.«

»Es tut mir leid«, sagte ich, »aber ich kann nichts dafür.«
Sie schlang mitleidig die Arme um mich und küßte mich. Ich zahlte und ging.

## 32

Am 14. Mai 1948 wurde der Staat Israel gegründet. Die französische Presse brachte die Nachricht mit Schlagzeilen. Am nächsten Tag brach der Krieg in Palästina aus. Alle arabischen Staaten hatten gleichzeitig dem neuen jüdischen Staat den Krieg erklärt. Die arabischen Armeen kamen in einem gewaltigen Stoß über Israels Grenzen. Die französische Presse reagierte sehr pessimistisch und prophezeite den baldigen Untergang des neugegründeten jüdischen Staates. Es war ja klar. Wie sollte ein kleiner, schwacher Staat, der nicht einmal eine Armee hatte, dem geballten Angriff moderner arabischer Armeen standhalten? Ich verfolgte fieberhaft die Pressemeldungen. Irgendwie vergaß ich über diesen Berichten meine eigenen Depressionen. Dann kam die große Überraschung. Die Juden hielten stand. Sie kämpften mit selbstgebastelten Waffen und Molotowcocktails und hatten natürlich große Verluste. Dann trafen Schiffe mit Waffenlieferungen ein. Sie kamen hauptsächlich aus der Tschechoslowakei. Die Juden erhielten moderne Panzer, Flugzeuge und Kanonen, vor allem Panzerfäuste und Panzerabwehrgeschütze. Die Presse berichtete von einer plötzlichen Wende im Kampfgeschehen. Die Juden schlugen die arabischen Armeen. Jüdische Panzereinheiten drangen tief in die Negevwüste ein und warfen die ägyptische Armee zurück auf die Sinaihalbinsel. Beer Schewa wurde befreit und kurz darauf der ganze Negev. Die Lyoner Juden jubelten. Ein Wunder war geschehen. Im zionistischen Verein wurde gefeiert. Viele junge Juden meldeten sich freiwillig zum israelischen Militär und ließen sich nach Israel einschiffen. Ich erlebte das alles wie im Rausch. Dann aber, als sich die Lage beruhigte, kamen die alten Depressionen zurück.

Mein Vater hatte beschlossen, mich zu einem berühmten Nervenarzt zu bringen. Es war Dr. Larivé, Chefarzt der Lyoner Irrenanstalt. Mir grauste schon, als wir die Irrenanstalt betraten, aber mein Vater zog mich energisch durch das schmiedeeiserne Tor. Ein paar Irre gingen im Vorgarten spazieren und grinsten uns an. Wir kamen ins Büro des Arztes. Dr. Larivé, ein weißhaariger Mann in den Fünfzigern, sah mich mitleidig an. Mein Vater schilderte ihm hastig meinen Lebenslauf. Der Arzt hatte wenig Zeit und dachte gar nicht an eine Gesprächstherapie.

»Also Sie waren im KZ?« sagte er.

»Im Ghetto«, sagte ich.

»Das ist dasselbe«, sagte er. Er machte ein paar Notizen und sagte dann: »Die Depressionen sind Spätfolgen des Konzentrationslagers. Wir hatten hier einige ähnliche Fälle.«

Das klang ziemlich oberflächlich, und ich wußte im selben Moment, als er das sagte, daß er sich irrte. Mein Vater aber starrte den Arzt so ehrerbietig an, daß ich nichts darauf erwiderte.

»Wir werden Ihren Sohn mit Elektroschocks behandeln«, sagte Dr. Larivé.

Mein Vater war sofort einverstanden, obwohl er gar nicht wußte, was Elektroschocks waren, aber ihn überzeugte alles, was der berühmte Arzt sagte. Ich machte keine Einwände.

»Kommen Sie zweimal wöchentlich in die Anstalt«, sagte Dr. Larivé. »Wir machen die Behandlung gleich hier.«

»Muß mein Sohn in der Anstalt bleiben?« fragte mein Vater.

»Natürlich nicht«, sagte der Arzt. »Er kann nach der Behandlung nach Hause gehen.«

Ich bekam zwei Schockbehandlungen wöchentlich. Ich hatte jedesmal das Gefühl, als ob mir jemand einen heftigen Schlag vor den Kopf versetzt hätte. Ich wurde sofort bewußtlos. Wenn ich aufwachte, war niemand im Behandlungsraum. Es war, als hätten sie mich abgeschrieben. Ich ging einfach hinaus. Niemand hinderte mich. Die Irren im Garten starrten mich grinsend an. Ich trat durch das schmiedeeiserne Tor und war froh, wenn ich wieder auf der Straße war. Ich war wie benommen und taumelte nach Hause.

Nach drei Wochen hatte ich genug. Ich sagte meinem Vater: »Ich gehe nie wieder dort hin.«

Mein Vater sagte, daß sechs Schockbehandlungen genügten, er wolle aber vorher nochmals mit Dr. Larivé sprechen. Dr. Larivé war nicht gerade erfreut, daß ich die Behandlung auf eigene Faust abgebrochen hatte, erklärte sich aber schließlich und endlich damit einverstanden, daß sechs Schockbehandlungen in meinem Fall genügen würden.

Mein Bruder hatte seinen Freunden erzählt, daß ich mit Elektroschocks behandelt wurde. Die erzählten es weiter, und so kam es, daß kurz darauf die ganze jüdische Gemeinde von Lyon davon wußte. Die meisten Leute glaubten damals, daß nur Verrückte und Irre mit Elektroschock behandelt würden. Im zionistischen Verein guckten mich die Leute entgeistert und ziemlich verlegen an. Auch im Emigrantencafé behandelten mich die Leute wie einen Geisteskranken. Die Kellner waren vorsichtig mit mir, als fürchteten sie, ich könnte jeden Moment wie wild um mich schlagen.

Die Depressionen waren nicht verschwunden, aber da ich in einem Zustand leichter Betäubung verharrte, spürte ich eine gewisse Erleichterung. Ich hatte mein Kurzzeitgedächtnis verloren und konnte mich oft nicht erinnern, was ich gestern gegessen hatte. Verletzungen, die mir in jüngster Zeit zugefügt wurden, vergaß ich einfach. Das Leben schien mir etwas leichter, und ich dachte nicht mehr an die große Enttäuschung, als ich festgestellt hatte, daß das mit dem Schreiben nicht mehr ging. Allmählich aber kehrte mein Gedächtnis zurück und mit ihm die alten Depressionen. Die Behandlung hatte nicht geholfen. Ich sprach noch einmal mit Dr. Larivé, aber der meinte, daß der Effekt der Behandlung erst nach einigen Monaten wirksam würde. Ich hielt das für eine Ausrede und glaubte ihm nicht.

Ich versuchte mein Glück bei den Frauen, aber die Erfolge stellten sich nicht ein. Sie merkten irgendwie, daß mit mir etwas nicht stimmte. Meine Traurigkeit deprimierte sie, und sie fanden mich nicht anregend. Einmal gelang es mir beim Tanzen, eine kleine Brünette abzuschleppen. Ich überzeugte sie, mit mir in ein Stundenhotel zu gehen, aber die Katastrophe ließ nicht lange auf sich warten. Ich war impotent. Nichts regte sich in mir, und mein Glied blieb schlaff. Die Kleine lachte und stieß mich schließlich weg.

»Wie alt sind Sie eigentlich?« fragte sie.

»Fast dreiundzwanzig«, sagte ich.

»Man könnte glauben, Sie wären siebzig«, sagte sie.

Das deprimierte mich noch mehr. Als ich zu Hause war, schaute ich in den Spiegel, glaubte frühzeitige Alterserscheinungen zu entdecken, bemerkte, daß mein Haar immer dünner wurde und verfiel in eine billige Verzweiflung. Ich ging am nächsten Tag zu unserem Hausarzt.

»Sehen Sie irgendwelche frühzeitigen Alterserscheinungen an mir?« fragte ich ihn.

Der Arzt studierte eingehend mein Gesicht und schüttelte den Kopf.

»Nein«, sagte er. »Sie sehen ganz wie ein Mann Ihres Alters aus.«

»Ich bin dreiundzwanzig«, sagte ich.

»Ja, ich weiß«, sagte er.

Ich erzählte ihm von meiner Impotenz.

»Das ist seelisch bedingt«, sagte er. »Das wird sich wieder geben.«

»Wann?« fragte ich.

»Wenn Sie sich seelisch erholt haben«, sagte er. »Ich weiß ja nicht, was Sie bedrückt, aber es muß ein tiefgreifendes Ereignis sein, das Sie in Ihrem ganzen Wesen erschüttert und verunsichert hat. Die Potenz ist der beste Ausdruck unserer inneren Verfassung.«

»Ich wollte Schriftsteller werden«, sagte ich, »und ich habe das Schreiben aufgegeben.«

»Fangen Sie wieder an«, sagte er.

»Womit?«

»Mit dem Schreiben.«

»Aber mein Vater ist dagegen.«

»Eltern sind fast immer dagegen, wenn der Sohn sagt, daß er Künstler werden will. Kümmern Sie sich nicht um Ihren Vater, sondern folgen Sie Ihrem Gefühl.«

»Ich werde es versuchen«, sagte ich.

## 33

Monate verstrichen. Ich ging ein paarmal zu Prostituierten, nur um meine Potenz auszuprobieren, aber immer mit demselben negativen Ergebnis. Die Prostituierten lachten mich nie aus. Sie hatten Mitleid mit mir und trösteten mich. Eine fragte, ob ich sie mal in den Hintern vögeln wollte. »Das macht manche Männer besonders scharf«, sagte sie. »Vielleicht wirkt das bei Ihnen.« Ich versuchte es. Sie hatte einen fetten Hintern, und der reizte mich schon ganz und gar nicht. Ich hatte einen totalen Versager und gab es schließlich auf.

Im Herbst 1949 hatte ich ein Schlüsselerlebnis, das mein ganzes Leben veränderte. Ich hatte kurz vorher Erich Maria Remarques Arc de Triomphe gelesen, ein Buch, das mich so begeistert hatte, daß ich tagelang davon sprach. Zum ersten Mal hatte ich gesehen, wie einer in knappster Sprache Atmosphäre einfängt, gute Charaktere schafft, rasend spannend erzählen kann und vor allem Dialoge schreibt, wie ich sie noch nie gelesen hatte. Das brachte mich auf den Gedanken, meinen Ghettoroman ähnlich zu schreiben. Nicht etwa, daß ich nachahmen wollte, aber die Art und Weise, wie Remarque mit scheinbar leichter Hand eindrucksvolle Szenen beschrieb und mit ganz eigenen Dialogen würzte, wollte ich auch hinbekommen. Wie gesagt: Remarque war die Anregung, aber es sollte ein ganz eigener Roman von mir werden.

Mit diesen Überlegungen ging ich eines Abends in ein Tanzcafé. Es war ein Studentenlokal. Die Studenten tanzten, dicht aneinandergeschmiegt, joue contre joue, manche Paare saßen an kleinen Tischen und küßten sich. Ich tanzte ein paarmal, hatte aber, wie üblich, keinen Erfolg. Gegen elf Uhr abends verließ ich das Lokal. Ich ging in ein Bistro an der Place de la Comédie. Als der Kellner kam, bat ich um ein Glas Rotwein, einige Bögen Schreibpapier und einen Bleistift.

Ich spürte plötzlich das, was mein Freund Joseph Lindberg vorausgesagt hatte: Eines Tages wird es dich überkommen, und es wird aus dir herausfließen wie aus einer Quelle.

Ich spürte plötzlich, daß es soweit war. Ich trank Wein und schrieb wie besessen. Nach zwei Stunden hatte ich dreißig Seiten geschrieben. Ich wußte plötzlich: es klappte. Ich kann schreiben. Ich bin Schriftsteller. Der Kellner räumte gerade ab und verschloß die Außentür.

»Wir schließen«, sagte er zu mir.

»Ja, ich weiß«, sagte ich lächelnd. Ich gab ihm den Bleistift und den Rest des Schreibpapiers zurück, zahlte, drückte ihm ein gutes Trinkgeld in die Hand und ging.

In fast jubelnder Stimmung ging ich nach Hause. Monatelang hatte ich schlecht geschlafen. In dieser Nacht aber schlief ich gut. Als ich am Morgen erfrischt erwachte, war mein erster Gedanke: Du kannst wieder schreiben. Wer hätte das gedacht, daß ich dreißig Seiten wie aus einem Zug aufs Papier bringen würde. Nach dem Frühstück las ich das Geschriebene nochmals durch. Es war gut. Jeder Satz stimmte. Es brauchte gar nicht korrigiert und umgeschrieben zu werden. Es war wirklich so: wie aus einer geheimen Quelle war es aus mir herausgeflossen. Ich ging am Nachmittag gleich in ein Bistro und setzte den Roman fort. Es fiel mir leicht. Es floß mir nur so aus der Feder. Ich schaffte noch fünfzehn Seiten und klappte meinen Schreibblock zu. Ich war jetzt sicher, daß ich mein Buch fertigschreiben würde, beschloß aber, den Schreibvorgang noch aufzuschieben, bis ich die nötige Ruhe hätte, denn ich fühlte mich von den kritischen Augen des Vaters bedrängt. Am besten, du wanderst nach Amerika aus, dachte ich. Und schreibst das Buch, ohne den Vater, zu Ende.

Das mit Amerika war keine Schnapsidee, denn wir hatten zu Hause oft davon gesprochen auszuwandern. Es war auch bald soweit. Mein Bruder fuhr 1950 nach New York, ich sollte 1951 nachfolgen, dann 52 oder 53 meine Eltern. Wir forderten die Visen vom amerikanischen Konsulat an. Da wir sogenannte displaced persons waren, kamen wir schnell an die Reihe. Ende 1950 mußte ich zum amerikanischen Konsulat in Paris, um die nötigen Formulare zu unterschreiben. Es ging alles reibungslos. Der Konsul wollte wissen, ob ich jemals Mitglied einer kommunistischen Partei oder Organisation gewesen war, was ich guten Gewissens verneinte. Ich gab meinen Namen an, das Geburtsdatum und den Geburtsort. Damit war alles erledigt. Im Dezember 1950 bekam ich alle nötigen Einwandererpapiere, und wir beschlossen, daß ich im März 1951 abdampfen sollte. Wir belegten einen Schiffsplatz für mich auf dem französischen Luxusdampfer DE GRASSE. Kurz vor meiner Abreise mußte ich nochmals nach Paris, um irgendein Dokument zu unterschreiben. Ich fuhr nicht nach Lyon zurück, sondern verbrachte die letzte Woche vor meiner Abreise in der Hauptstadt. Ich machte lange Spaziergänge auf den Champs-Élysées und ließ mir dabei meinen Roman durch den Kopf gehen. Manchmal war ich so in Gedanken versponnen, daß ich mit Spaziergängern zusammenstieß. Einmal ging ich zu einer Nutte, um meine Potenz zu überprüfen. Es war alles in Ordnung. Die Nutte sagte bewundernd: »Na, junger Mann. Sie haben ja einen riesigen Ständer.«

Ich war glücklich. Ich hatte keine Depressionen mehr, konnte schreiben und war nicht mehr impotent. Was konnte ich mehr vom Leben erwarten.

Mein Vater hatte mich einmal gefragt: »Was willst du eigentlich werden, Junge?«

Und ich habe geantwortet: »Gar nichts, Vater. Ich will atmen und leben und schreiben.«

Im Ghetto hatte ich oft an die Befreiung gedacht und an das Leben nach dem Kriege. Aber nie war mir bewußt, daß ich eigentlich dann eine Karriere anfangen müßte. Ich wollte keine Karriere. Wie gesagt: Ich wollte atmen und leben und schreiben. Ich glaube, die Toten im Schlamm des Ghettos hätten mir recht gegeben. Was war schon eine Karriere im Vergleich mit meinem jetzigen Glück, der Tatsache, daß ich meine Potenz und meine Männlichkeit wiedergewonnen hatte und das Bewußtsein, wieder schreiben zu können. Ich holte tief Atem und spürte, daß ich lebte. Ich genoß den Frühling in Paris und den milden Sonnenschein. Ich durfte im Café sitzen, ein freier Mann, das Ghetto lag weit hinter mir, ich durfte den Frauen hinterherschauen und meinen Gedanken nachhängen. Ich brauchte keine Angst mehr zu haben vor den Razzien, vor den Massenerschießungen, vor der Tatsache, daß ich Jude war und vogelfrei. Ich brauchte nicht mal Angst vor den Russen zu haben und vor dem Kommunismus, vor staatlicher Intoleranz und Unterdrückung. Ich durfte meine Meinung frei äußern, ohne Angst haben zu müssen, dafür nach Sibirien geschickt zu werden oder in die Kohlengruben am Don. Ich war in Paris und konnte Freiheit atmen. Ich würde nach Amerika fahren, ein freies Land, wo ich ohne Angst leben konnte. Und ich würde schreiben.

Ich wohnte in einem billigen Hotel in Paris. Hôtel du Paradis, Rue du Paradis, ein besseres Absteigehotel, aber ich war damit zufrieden. Die Wirtin brachte mir früh das Frühstück aufs Zimmer: Kaffee und Croissant, das übliche. Ich lag frühmorgens lange im Bett und schmiedete Pläne. Wie würde die Überfahrt sein? Sollte ich schon auf dem Schiff an meinem Roman arbeiten oder die Sache aufschieben, bis ich festen Boden unter den Füßen hatte? Ich beschloß zu warten. Das Schreiben lief mir jetzt nicht mehr davon.

Am Abend ging ich in ein Tanzcafé. Es war das erste Mal, daß ich in Paris tanzen ging. Frauen gab es genug. Ich engagierte eine bildhübsche Französin und war erstaunt, daß alles klappte. Ich erzählte ihr, daß ich nur auf der Durchreise war und daß ich nächste Woche nach Amerika fahren würde. Wir verabredeten uns für den nächsten Tag. Am nächsten Tag ging ich mit ihr essen und nahm sie dann mit in mein Hotel. Sie war leidenschaftlich, und ich schob zwei Nummern mit ihr, so wie ich das immer gemacht hatte, vor meiner Impotenz.

»Können Sie sich vorstellen, daß ich mal impotent war?« fragte ich sie.

Sie lachte und sagte: »Nein.«

Ich fragte: »Warum nicht?«

»Weil Sie zu jung sind«, sagte sie. »Und weil Sie eine außergewöhnliche Potenz haben.«

»Ich hatte schwere Depressionen«, sagte ich. »Deshalb.«

»Und was hat Sie so deprimiert?«

»Weil ich alles aufgegeben hatte, was mir im Leben wichtig war.«

»Man gibt doch nicht auf, was einem wichtig ist«, sagte sie.

»Sie haben recht«, sagte ich. »Wahrscheinlich hatte ich es nie wirklich aufgegeben. Aber ich redete mir ein, daß ich es aufgegeben hätte.«

»War es eine Frau?« fragte sie.

»Nein, es war die Kunst.«

»Ach, Sie sind Künstler?«

»Schriftsteller«, sagte ich.

Meine Eltern brachten mich zum Schiff. Es ging von Le Havre ab. Es war ein sonniger Märztag. Sie weinten beim Abschied, aber ich tröstete sie. »Ihr kommt doch bald nach«, sagte ich. »Wir werden uns alle in New York wiedersehen.«

»Paß gut auf dich auf, Junge«, sagte meine Mutter.

Und mein Vater sagte: »Schreib ab und zu mal, ich meine Briefe an uns, keine Bücher.«

Ich lachte und sagte: »Die Briefe bekommt ihr.«

Die DE GRASSE war wirklich ein Luxusdampfer von höchster Eleganz. Ich wurde natürlich in der billigen Touristenklasse untergebracht, aber die war nicht schlecht. Ich teilte die Kabine mit einem älteren Herrn. Wie sich herausstellte, schnarchte er nachts. Ich machte ein paarmal Krach, bis er aufhörte. Das Essen war ausgezeichnet. Es gab ein englisches Frühstück mit Eiern und Speck und Schinken, dazu Käse und Marmelade und Toast. Der Kaffee war gut. Ebenso gut war das Mittagessen und das Abendbrot. Nachmittags wurden Tee und Snacks auf dem Deck serviert. Sie hatten auf der DE GRASSE auch einen Swimming-pool und einen Tennisplatz.

Ich lag auf Deck in der Märzsonne. Oft stand ich stundenlang an der Reling und starrte aufs Meer. Unter den Gästen waren einige Amerikaner, mit denen ich meine Englischkenntnisse ausprobierte. Wir sprachen über die Neue Welt und die Überraschungen, die Amerika zu bieten hatte.

»Was wollen Sie drüben machen?« fragte mich ein Amerikaner.

»Schreiben«, sagte ich.

»Sind Sie Schriftsteller?«

»Ja«, sagte ich.

»Haben Sie drüben einen Verlag?«

»Noch nicht«, sagte ich. »Ich nehme aber an, daß ich zu einem Bestsellerverlag gehe.«

»Das wäre der Doubleday Verlag.«

»Ja. Ich werde mein Buch bei Doubleday herausbringen.«

Eine Dame, die sich zu uns gesellt hatte, sagte: »Oh, Doubleday. Sind Sie ein Doubleday-Autor?«

»Ja«, sagte ich.

»Darf man fragen, wie Ihr Buch heißt?«

»Es heißt Das Nachtasyl«, sagte ich.

»Das erinnert mich an Gorkijs Theaterstück.«

»Ja, richtig, das ist ein Titel von Gorkij«, sagte jemand in der Gruppe.

»Ich könnte den Titel natürlich ändern«, sagte ich.

»Titel werden immer von den Verlegern geändert«, sagte die Dame. Sie sagte: »Sie könnten den Titel auch kürzen, zum Beispiel anstatt Nachtasyl bloß Nacht.«

»Nacht ist nicht schlecht«, sagte ich.

Sie fragte: »Wann wird Ihr Buch erscheinen?«

»1953«, sagte ich.

»Ist das sicher?«

»Es ist so gut wie sicher«, sagte ich.

»Das muß ich mir aufschreiben«, sagte die Dame. Sie zückte einen Bleistift und schrieb in ihr Notizbuch: Doubleday 1953. Das Nachtasyl oder Nacht.

»Schreiben Sie überhaupt englisch?« wollte ein Herr aus der Gruppe wissen.

»Nein, deutsch«, sagte ich.

»Dann muß Ihr Buch ja übersetzt werden.«

»Natürlich wird es übersetzt.«

»Haben Sie schon einen Übersetzer?«

»Noch nicht«, sagte ich. »Aber ich werde bestimmt einen finden.«

»Wie heißen Sie überhaupt?« fragte die Dame.

»Ruben Jablonski«, sagte ich.

»Und Sie werden unter Ihrem eigenen Namen veröffentlichen?«

»Selbstverständlich«, sagte ich. »Nur Schufte verbergen sich hinter einem Pseudonym.«

»Hat Schopenhauer nicht etwas Ähnliches gesagt?«

»Sehr richtig«, sagte ich. »Es war Schopenhauer, der alle Pseudonyme haßte.«

»Also Ruben Jablonski«, sagte die Dame. »Ich trage Ihren Namen in mein Notizbuch ein. Und ich werde nach Ihrem Buch Ausschau halten.«

Ein Herr aus der Gruppe sagte: »Ich werde in der New York Times nach Ihnen suchen.«

»Ja, machen Sie das«, sagte ich.

**PIPER**

## Thomas Kraft (Hg.)
## *Edgar Hilsenrath –*
## *Das Unerzählbare erzählen*

256 Seiten mit 15 Fotos und einer Zeichnung
von Natascha Ungeheuer. Kt.

Dieser Band mit Beiträgen zu seinem Leben und Werk
charakterisiert einen der wichtigsten deutschen Autoren
der Gegenwart: einen Überlebenden des Holocaust,
der für das eigentlich Unerzählbare einen literarischen
Weg auf der Grenze zwischen der Not und der Lust des
Erzählens gefunden hat.
Dieser Band zeichnet in Aufsätzen, Kritiken, Selbstzeugnissen und Interviews ein faszinierendes Bild eines Autors,
dem es gelungen ist, für die entsetzlichsten Verbrechen
dieses Jahrhunderts eine Sprache und eine Bildwelt zu
finden, in denen das Grauen und das Lachen eine einzigartige Verbindung eingegangen sind.